그때 카메라가
내 눈물을
닦아주었습니다

그때
카메라가
내 눈물을
닦아주었습니다

1판 1쇄 펴냄 2009년 1월 5일
1판 2쇄 펴냄 2011년 4월 15일

지은이 SBS 뉴스를 만드는 55인의 카메라기자
펴낸이 권선희

펴낸곳 사이
출판등록 제313-2004-00205호
주소 121-819 서울시 마포구 동교동 198-24 재서빌딩 501호
전화 02-3143-3770
팩스 02-3143-3774

ISBN 978-89-93178-02-9 03810

값 13,500원

사이

그때
카메라가
내 눈물을
닦아주었습니다

SBS 뉴스를 만드는
55인의 카메라기자 지음

차가운 카메라를 든 사람들의 뜨거운 이야기

지구촌 곳곳을 오로지 발로 뛰며 역사의 현장을 온몸으로 기록해온 카메라기자들의 숨결이 한 권의 책으로 태어났습니다. 이 책에는 취재 장비의 무게보다 훨씬 무겁게 다가오는 중압감을 오로지 사명감으로 이겨내며 한 올 한 땀씩 짜낸 주옥같은 생생한 체험담 55편이 실려 있습니다.

출장 명령을 받고 항공기에 몸을 실을 땐 적진에 투입되는 특공대처럼, 매서운 눈빛으로 현장을 누빌 때는 정글을 헤쳐나가는 용맹스런 전사처럼, 그리고 촌각을 다투며 촬영 영상을 송출할 때는 승전보를 알리는 마라토너처럼, 그들은 그렇게 진실 추구를 위해 긴 시간을 달려왔습니다. 이들에게 영상은 바로 신앙이요, 카메라는 신앙의 도구입니다. 그 속에서 그들의 소명의식이 절절히 묻어나오고 있습니다.

눈물마저 삼켜버린 이란과 쓰촨의 대지진과 인도네시아의 쓰나미 같은 엄청난 인류 대재앙의 참혹한 현장 속에서, 때론 총탄이 쏟아지는 일촉즉발의 팔레스타인 전쟁터와 아프가니스탄 인질극의 현장에서, 그리고 여객기 추락과 여객선 침몰의 아비규환 속에서, 또 때론 기아와 질병과 처절하게 싸우는 우간다, 소말리아 같은 아프리카 오지에서 인간 한계에 도전하며 일궈낸 시큼한 땀 냄새의 결과물들이 마치 한 편의 파노라마처럼 우리 눈앞에 펼쳐집니다. 그들의 글을 읽다 보면 불타오르는 화마 속에서 절규하는 가족들의 목소리. 시위현장에서 노도와 같이 성난 민심과 민초의 날선 목소리들이 메아리처럼 들리는 듯합니다. 또한 승리를 일군 선수들의 환호와 패배에 고개 숙인 선수들의 눈물, 그리고 한국의 장애인 남자에게 시집 가는 가녀린 베트남 신부의 흐느낌도 그대로 전해져 옵니다.

특종과 낙종의 갈림길에서 안타까움을 홀로 삼켜야 했던 빛바랜 일기장을 넘겨보며, 때론 냉정을 잃지 말아야 하는 카메라기자의 본분도 잊은 채 뷰파인더를 보던 눈가에서 뜨겁게 흘러내린 눈물을 남몰래 훔쳐야 했던 그들의 진솔한 고백들을 엿볼 때는 독자 여러분들도 또 다른 눈물을 훔치게 될지도 모르겠습니다.

〈미디어는 메시지다.〉 맥루언의 이 말은 모든 미디어 종사자들에게 기본 명제처럼 인식되는 문구입니다. 사관은 사초로 말하고, 카메라기자는 영상으로 말합니다. 진실이 담긴 영상은 감동을 낳고, 그 감동은 기적의 밀물로 되돌아옵니다.

보도 영상의 진면목을 알고자 하는 고든 이들에게 반드시 읽어보기를 권합니다. 영상 메시지가 다름 아닌 미디어라고 저는 믿기 때문입니다.

2008년 12월
SBS 뉴스텍 대표이사
이선명

차례

추천의 글 차가운 카메라를 든 사람들의 뜨거운 이야기 /4
서문 카메라가 기록하는 세상, 이젠 그 카메라를 기록한다. /10

1부

그들이 눈물 짓습니다,
카메라도 눈물을 흘립니다.

지구로부터 버림받은 도시를 가다 /17

그렇게 저마다 비극의 시간을 버텨내고 있었다 /24

그 어린 베트남 신부는 지금 행복할까? /31

눈물로 담은 사할린 /37

천일간의 사랑 /42

2부

카메라를 들었다,
그러나 너무 위험하다.

총소리엔 어떤 인간의 냄새도 나지 않는다 /49

우리는 그렇게, 살아서 돌아왔다 /53

흙탕물을 마시는 소녀 /61

전쟁을, 기록하다 /66

서로를 길들인 시간을 남기고 이별하는 사람들 /72

내 어깨에 카메라 여섯 대의 무게가 실렸다 /76

시체를 태웠던 그 자동차에 올라탈 수 있을까 /84

누군가의 생의 마지막 순간을 찍는다는 것 /89

캄보디아, 그 비포장도로를 기억하다 /94

카메라를 들었다, 그러나 너무 위험하다 /99

3부

그곳을 담는다는 것,
그곳에 마음을 놓는다는 것.

이곳은 태풍의 종점이고, 바람의 두덤입니다 /107

카미노 데 산티아고, 그곳을 걷는다는 것 /111

사람의 주검을 낚는 어부들 /117

그 아이들은 왜 돈 대신 연필을 달라고 했을까 /122

이번엔 어느 나라 촬영팀이,
어느 나라 관광객이 기념사진을 찍으러 올까 /127

하마를 찍어야 할 텐데 /133

여인의 눈물이 고여 만들어진 루구호 /137

4부

처음이라는,
그 차가움과 뜨거움의 사이

눈앞에서 놓친 특종 /145

세상에서 가장 슬픈 특종 /154

그것은, 세계적 특종, 이었다 /159

최초의 우주 방송, 그 리허설 없는 생방송 /167

금강산 계곡, 그 깊은 물속의 아름다움을 아시나요 /173

이곳이 남극이기 때문입니다 /180

5부

땀, 환호, 그리고 눈물

중국 하늘에 울려 퍼진 〈백두산은 우리 땅〉 /187

다시 만난 사막의 모래폭풍 /193

그 감동 앞에서 심장이 떨리지 않는다면 /199

내 카메라가 눈물을 닦아줄 수는 없을까 /203

거인, 자기만의 정원에 갇히지 않다 /206

9부작 드라마는 시작됐다 /209

6부

카메라, 그 앞의 이야기,
그리고 그 뒤의 이야기.

총성 없는 전쟁 치르기 /219

단 6초 동안의 촬영을 위해 /225

평양의 사람들을 만나고 싶다 /230

테이프를 사수하라! /234

0.001초의 승부 /238

항공모함 위에서 촬영한다는 것 /242

"이 비행기는 지금 서울로 바로 돌아가지 못합니다." /249

스투디움과 푼크툼 /253

2인치 프레임 짜기 /257

7부

나의 카메라는
그들을 따라갔습니다.

당신, 행복하십니까? /265

바르셀로나, 스쳐간 추억의 그림자 /270

무엇이 아일랜드의 슬픈 역사를 달래줄까 /275

그 할머니는 지금도 살아계실까 /279

이곳에선 잠시 카메라를 내려놓는다 /283

에든버러에 가면 즐거움이 있습니다 /288

배가 산으로 가다 /293

이소룡을 찾아서 /297

칭기즈 칸의 후예를 찾아서 /302

카메라 뒤가 아니라 카메라 앞에 서다 /305

길 위에서 /308

나는 행복한 사람 /314

카메라가 기록하는 세상,
이젠 그 카메라를 기록한다.

카메라에 빨간 불이 켜진다.

시간처럼 흘러가는 일상에 렌즈를 들이댄다. 그 순간 그 일상은 뉴스가 되고, 다큐멘터리가 된다. 그렇게 카메라는 시대를 기록한다.

지금까지 우리는 카메라 앞의 세상에 주목해 왔다. 하지만 이 책은 그 반대다. 이 책은 카메라가 기록하는 세상이 아니라, 그 세상을 주목하는 카메라를 기록하고 있다. 12킬로그램이나 되는 무게로 단 2인치의 프레임을 짜는 카메라, 그리고 그 카메라를 짊어지고 있는 사람들의 이야기를 담고 있는 것이다.

샤워하다 말고 뛰쳐나와 비행기에 몸을 실어야 하고, 머리 위로 총알이 빗발치는 전쟁터를 수시로 드나들어야 하고, 지진으로 폐허가 된 도시 위에 겹겹이 쌓여 있는 수많은 주검들에, 설령 트라우마가 생길지언정 끔찍하게 썩어 들어가는 그 주검들에 카메라의 포커스를 맞추어야 하고, 한없는 슬픔으로 눈물 쏟는 사람들에게 위로의 손수건을 건네기보다 잔인하게도 카메라를 먼저 들이대야 하고, 단 몇 초간의 촬영을 위해 찬 겨울바람을 맞으며 뜬 눈으로 꼬박 밤을 지새워야 하는 것이 카메라기자들이 맞이해야 하는 현실이다.

환희의 현장에서 드러내놓고 웃을 수 없고, 눈물 나는 곳에서 목 놓아 울 수 없어 카메라 뒤에서 남몰래 눈물을 훔쳐야만 하고, 아무리 참혹하다 할지라도 보이는 모든 것을 2인치 뷰파인더를 통해 봐야 하지만 그렇다고 보는 것 모두를 보여줄 수 없는 것 또한 카메라기자의 숙명이다.

그래서 누군가의 죽음의 원인을, 누군가의 비극을, 누군가의 눈물을, 누군가의 짓밟혀버린 꿈을, 누군가의 잃어버린 가족과 사랑을 중계하여 슬픔을 전하는 우리의 일이 때론 버겁게 느껴지기도 한다. 그러나 누군가의 환희와, 누군가의 땀과, 누군가의 되찾은 희망과, 누군가의 소중한 행복을 화면에 담아 전할 땐 우리의 일이 너무나 소중하게 느껴진다.

그러나 무엇을 전하든, 카메라만 들면 힘이 난다. 아무런 감정도 없는, 강철 인간만이 해낼 것 같은 일들도 카메라만 들면 못할 것이 없다. 아무리 위험해도, 아무리 불가능해 보여도 우리는 카메라만을 믿고 현장으로 달려간다. 옆집 오빠 같기도 하고 이웃집 아저씨 같기도 한 사람들에게 어디서 이런 괴력이 생기는지 모를 일이다.

시나리오와 가공이 끼어들 수 없는 뉴스 현장에서 가장 많은 시간을 보내야 하는 사람이 카메라기자다. 세상의 이목이 집중된 이슈를 ENG 카메라에 담아 알리는 우리는 누구보다 먼저 보고, 먼저 듣고, 먼저 보여주는 〈세상 사람들의 눈〉을 대신하고자 한다. 또한 우리 곁에 있는 사람들의 눈물을 닦아주고 그들의 행복에 함께 웃음 짓는, 그런 따뜻한 카메라를 어깨에 메고 다닐 것이다. 전 세계를 돌며 카메라기자로서 겪은 이런 소중한 기억들을 꺼내 이제 독자 여러분과 함께 나누고자 한다.

1부에서는 수많은 현장에서 카메라를 쥔 채 흐르는 눈물을 멈출 수 없었던 이야기를, 2부에서는 전쟁과 재난 속에서 들려오는 애절한 목소리와 사선을 넘나든 숨 가쁜 기억들을 담았다. 3부에서는 전 세계 수많은 오지를 다니면서 장기간에 걸친 다큐멘터리를 만들면서 느꼈던 카메라기자의 감상을 마치 한 편의 독백처럼 들려주고 있고, 4부에서는 특종과 낙종 사이에서 겪은 긴박한 심정과, 국내 최초로 시도한 다양한 촬영 이야기를 담으려 했고, 5부에서는 경기장에서 선수들이 흘리는 땀과 환호, 그리고 눈물의 순간을 생생하게 되살려 내려 했다. 6부에서는 카메라의 앞과 뒤에서 일어나는 수많은 일들과 치열하게 현장을 누비는 카메라기자들의 생동감 있는 모습을 담으려 했고, 7부에서는 카메라가 포착한 지구촌 사람들의 삶을 무겁지 않게 풀어내려 했다.

카메라기자는 냉정해야 한다. 어떤 곳에서도 취재 대상과 적당한 거리를 유지하며 정확한 사실만을 보도해야 한다. 그러나 때론 카메라도 뷰파인더 안에서 눈물을 머금는다. 그리고 그 카메라를 들고 있는 우리도 눈물을 흘린다. 그러나 그때, 카메라가 우리의 눈물을 닦아준다. 그래서 우리는 오늘도 카메라를 들고 수많은 현장으로 숨 가쁘게 달려나간다.

　이 한 권의 책에 우리의 모든 이야기를, 모든 웃음을, 모든 눈물을 솔직하게 담고자 했다. 우리의 이런 마음이 독자 여러분에게 조금이라도 전해진다면 그것으로 만족한다.

　마지막으로, 예상치 못한 출장으로 늘 걱정만 안겨준 카메라기자들의 소중한 가족들에게 미안함과 고마움을 보낸다.

SBS 뉴스를 만드는
55인의 카메라기자

1부

그들이 눈물 짓습니다,
카메라도 눈물을 흘립니다.

제아무리 좋은 화면인들
이곳의 아픔을 전하기에는 애당초 불가능해 보였고,
제아무리 뉴스인들
사실 보도라는 명목으로 보이는 모든 것을 방송한다는 건,
턱도 없다.
죽은 자도 산 자도 서로가 원망스러울 따름이다.

지구로부터 버림받은
도시를 가다

살면서 뜻하지 않게 목도한 사건이 평생을 두고 뇌 한켠에서 불쑥 떠오르기도 한다. 희로애락의 감정은 차치하고라도 단지 그 현장을 목격했다는 이유 하나만으로 그 사건과 직접적으로 연관되어져 버리는 것이다. 사건을 향해 부나방처럼 달려드는 우리 직업은 언제나 사건의 중심에서 관찰자로 머물러 있는 것인데, 누군가 나에게 혹은 우리 직업에 대해 작은 관심이라도 보일라치면 마치 기다렸다는 듯이 펼쳐 보이는 나만의 이야기보따리는 늘 하나였던 것 같다. 천일야화는 아니지만 나는 그 하나에게 무척 감사해야 할 것이다. 그러나 이는 사실 잔인하고 버르장머리 없는 그릇된 떠벌리기다. 내가 매일 그림을 찍어대지만 이런 건 그림이 아니다.

불과 얼마 안 되는 시간을 기점으로 세상이 죽음의 도시로 변했다.

사망자에 대한 정확한 집계도 애매하다. 한 도시의 인구 3분의 1이 하루아침에 명을 달리했다. 바다에 인접해 바다를 터전 삼아 삶을 꾸려가던 이들이었다. 그러나 땅과 물에 대한 믿음이 산산조각 나버린 그곳, 인도네시아 반다아체. 2004년 12월 26일, 진도 8.9의 강진으로 발생한 쓰나미(지진해일)의 영향을 온몸으로 맞닥뜨린 곳이다.

나는 대재앙의 거대한 공동묘지로 향했다. 12월 29일, 출장 명령이 떨어졌다. 쓰나미 발생 2, 3일 후였지만 내게는 해일만큼 갑작스러운 명령이었다. 애써 감추려 했지만 긴장한 빛이 역력했고 어깨는 출렁였다. 많은 시간이 주어지진 않았다. 필요한 모든 걸 완벽하게 준비할 수는 없다. 최소한의 필요 장비만을 챙겨본다. 송출기, 위성전화기, 충전기 등. 모든 게 방송 위주의 식단 같다. 일행의 안전에 대한 준비는 늘 뒷전이고 사치다.

난 카메라만을 믿는다. 카메라는 배신한 적이 없다. 일단 움직이면서 생각하고, 생각하며 재빨리 이동해야 한다. 현장에서의 우리는 전투에서의 야전사령관과 닮아 있다면 과장일까. 우리 직업이 약간은 무모하게 보일 때가 있고 가끔은 물불 안 가리고 달려드니 말이다. 천생 부나방이다. 무엇이 나를 이다지도 용감하게 만들어 가는지 모르겠다. 어깨에 카메라를 들쳐매는 순간이면 어김없이 샘솟는 용기. 사실 보도에 대한 의무인가, 아니면 그 어떤 소명인가? 모를 일이다.

끔직했다. 도시는 참담했던 상흔을 간직한 채 쓰러져 있었다. 해안가로부터 2킬로미터까지의 모든 건물들이 파도에 휩쓸려 무너져버렸다. 도저히 걸어서는 해안가에 다다르지 못할 것 같았다. 어디가 길이었던가. 고도 35미터 이하의 모든 건축물들이 물에 휩쓸렸다. 10만 명이 넘는 영혼이 물에 휩쓸려 바다로 갔거나, 이 폐허에 묻혔거나, 그것도 아니면 여기저기에 그냥 보인다. 과연 내가 이곳을 제대로 취재해 보도하는 게 현실적으로 가능한 것일까. 제아무리 좋은 화면인들 이곳의 아픔을 전하기에는 애당초 불가능해 보였고, 제아무리 뉴스인들 사실 보도라는 명목으로 보이는 모든 것을 방송한다는 건, 턱도 없다.

내 평생 다시는 보고 싶지 않은 처참한 장면들이 도시를 가득 채우고 있었다. 도시를 관통하는 좁은 강이 있는데, 들이닥친 물길이 물러가며 교각에 기다란 나무들이 연이어 걸렸다. 차곡차곡 켜켜이 쌓여가는 건물더미들. 그 위에 아체인들의 시체가 휩쓸려 있다. 아마도 지독한 시체 썩는 냄새와 넋을 잃고 바라보는 아체인이 없었다면 내가 그걸 그리 쉽게 발견하지는 못했을 것이다. 족히 이삼백여 구는 되어 보였다. 충격적이었다. 촬영을 했던가? 기억도 모호하다. 분명 찍었던 것 같은데, 찍어야만 할 것 같았는데, 제정신이었는지가 아리송하다. 왜 방치해두나 하는 의구심도 들었지만, 경찰서 유치장에, 병원에, 건물 더미 속에, 그리고 길가에 널브러진 시신들을 생각해보니 강가의 그들이 언제 구조의 대기표를 받을지는 아득했다.

끝이 보이지 않는 작업 같았다. 매일 쏟아지는 시신들은 신원 확인 절차도 생략한 채 서둘러 매장된다. 전염병에 대한 우려도 있고, 무더운 날씨에 부패가 심해 확인이 어렵다고 한다. 아울러 지인들이 모두 함께 죽은 이도 많다는데, 그 불쌍한 영혼에 대한 통곡과 애도는 어느 누구에게 부탁해야 하는지, 죽은 자도 산 자도 서로가 원망스러울 상황이다.

사실 이번 쓰나미는 인도네시아 아체에만 국한된 게 아니다. 아체는

중심 도시이고 피해가 집중되어 있어 돋보일 뿐, 아체 이남의 모든 해안가 마을이 초토화되었다. 구조도 구호도 요원한 작은 마을들. 비행기 안에서 인도네시아 여성과 결혼한 한국인을 만나 들은 얘기로는, 처갓집 식구 50여 명에 대한 생사여부를 확인하지 못하고 있단다. 도

로는 끊겨 접근이 불가능해 헬리콥터를 알아보고 있다는데 비관적이라고 한다. 슬픔을 넘어선 담담함에 가슴이 아팠다.

아체에 숙소라고 할 만한 곳은 전혀 없었다. 당연히 처음 이틀은 숙소도 잡지 못해 차에서 보냈다. 더위를 피하자니 모기가 괴롭고, 씻는다는 건 꿈도 못 꿀 일이었다. 그래도 호사스럽게까지 느껴졌다. 아침이면 어김없이 바나나잎에 쌓여 있는 도시락을 구입해 차에 싣고 다니며 끼니를 때우곤 했는데, 예상을 넘어선 취재 환경에 지치고 예민해질 무렵 〈민박〉이라는 그 간단한 여행의 ABC를 생각해냈다. 다행히 주민들은 해외 취재진에 대해 호의적이었다. 하지만 이런 대접이 우리로 하여금 막무가내식의 취재 준비를 관행으로 만들어온 건 아닌지.

대낮의 긴장과 피로에 지친 심신을 뉘여 느긋이 인도양의 파도 소리에 귀기울인 밤. 길고 고요함 밤이었다. 밖에 나가본들 반기는 이도 있을 리 만무하고, 제아무리 길가의 시신들이 일상으로 다가온다 한들 감히 나갈 엄두는 나지 않았다. 그저 쥐 죽은 듯 내일의 태양을 기다릴 즈음, 태어나 처음 지진의 생경함을 체험했다. 호러 영화를 봤을 때 신경이 곤두서는 듯한 차디찬 오싹함과 비슷하다. 너무 당황해 잠결에 벌떡 일어나니 어둠 속에서 현지 가이드가 발을 툭 치며 그냥 누워 자라고 한다. 나름의 대책을 세울 수가 없었다. 차라리 야외에서 자는 게 낫겠다는 생각이 간절했지만, 이마저도 나를 소심하게 볼 게 뻔한 남들 이목에 무관심해야 하는 용기가 필요했다. 간밤의 여진은 진도 6에 가까웠다는데, 간담이 서늘하다.

지구로부터 버림받은 듯한 도시의 처절한 절규와 세상을 관통하는 비명을 들었다. 모든 희망은 희생자와 함께 어디론가 사라지거나 묻혀버린 곳. 자포자기의 기운이 너무 만연해 회복 가능성이 의심스러워 보이는 땅. 난 그곳을 5일 만에 빠져나왔다. 더 이상 뉴스로서의 가치를 상실했기 때문이다. 부나방이 달려들 이유가 사라져버린 것이다.

크리스마스의 여운이 채 가시지 않은 12월 26일 아침. 죽음의 파도 앞에선 아체인들도 비몽사몽했을 것이다. 왔던 길을 돌아가는 나 역시 긴장의 끈을 놓으니 피곤이 덮치며 몽롱해진다. 그런 나를 역행하며 가는 기다란 구호물자의 트럭 행렬이 끊임없이 이어진다. 갈 때처럼 두렵지 않았다. 각국의 의료진과 자원봉사자들이 피해민들에게 커다란 힘을 주기 위해 달려가고 있는 것이다. 그들은 고통을 딛고 일어설 아체인과 함께 비를 맞을 각오로 사지를 방문하는 것이다. 인류애의 쓰나미가 일고 있었다.

| 임우식

그렇게 저마다
비극의 시간을
버텨내고 있었다

출발하기 전날, 일본산 맥주를 곁들여 집에서 직접 저녁을 해먹었다. 저녁이라도 그럴싸하게 먹어야 할 것 같은 기분이었다. 지난번 태국에서의 쓰나미 취재 때 끔찍하게 썩어 들어가는 주검들을 본 후 트라우마가 생긴 탓인지 또다시 대량의 주검들과 맞닥뜨려야 한다는 사실이 가슴을 짓눌렀다.

대지진으로 28초 만에 10만 명의 사람이 사망한 나라, 파키스탄. 아프가니스탄 진입로인 국경 지역 퀘타에서 총기로 위협하는 자들을 피해 야반도주를 감행해야 했던 악몽 같은 기억마저 생생한 이곳, 파키스탄. 쓰레기통 주위를 몰려다니는 까마귀 떼, 검고 진한 자동차 매연, 알록달록 요란하게 치장을 하고 달려가는 트럭들. 익숙한 풍경들이 데자뷰를 일으킨다.

한 시간짜리 다큐멘터리를 며칠 내에 취재해야 하는 빡빡한 일정 탓에 곧바로 지진 피해가 심각하다는 파키스탄 북부 무자파라바드라는 도시로 이동했다. 약 3만 명으로 추정되는 그곳 인구의 절반 가까이가 이번 지진 사태로 희생되었다는 소식이 전해졌다. 일곱 시간을 차로 달려 해발 2천 미터의 산간 지방을 지날 무렵, 말 그대로 칠흑 같은 밤이다. 자동차 라이트에 의존해 조심조심 통과하다가 최초의 지진 발생 지역을 목격하게 되었다.

굽이굽이 이어지던 산간 도로는 지진 당시 떨어진 바위들로 막혀 있어 야밤에 도로 복구 작업이 진행되고 있었다. 열악한 장비들밖에 없지만 한시라도 빨리 도로를 복구해보겠다는 현지인들의 다급함이 느껴져 카메라를 들고 촬영을 시작한다. 마침내 차량 한 대가 지나갈 넓이가 확보되자 다시 산길을 달린다. 어둠 속에서 피해 지역 주민들이 짐 보따리를 이고 지고 걸어가는 모습이 눈에 들어온다. 마치 유령도시를 배회하는 기분이다. 여진의 피해를 우려해 넓은 공터에 마련된 베이스캠프에 짐을 풀고서야 각국의 구호팀, 취재팀을 보며 안도감을 느낀다.

아침이 되어 본격적인 취재를 시작한다. 무너져버린 건물들, 스멀스멀 건물 밑에서 기어나오는 냄새. 쓰나미 취재 이후로 절대로 잊을 수 없을 거라 생각했던 바로 그 냄새가 난다. 지진 발생 나흘이 지난 탓에 도시 전체에 부패하는 냄새가 넘쳐난다. 무너진 건물을 보고서야, 시신이 부패하는 냄새를 맡고서야 비로소 이곳이 재난 발생 지역임을 체감하기 시작한다. 건물의 잔해를 치워내고 시신을 수습하는 작업이 도시 여기저기서 펼쳐지고 있지만 턱없이 열악한 장비 탓에 작업의

속도는 더디기만 하다. 장비 하나 없이 오직 양손에만 의지해 돌을 치워내는 사람들도 있다.

뜨거운 태양 아래 짐을 들고 바삐 걸어가는 사람들, 무너진 건물 주위에 모여 근심스러운 표정으로 이야기를 나누는 사람들, 특유의 요란한 트럭을 타고 어딘가로 이동하는 한 무리의 사람들, 구호물품을 받아보고자 뻗어 올리는 손들, 생존자 및 시신 수색 작업을 벌이고 있는 구조단의 드릴 소리, 그리고 혼잡한 도로 위에서 시끄럽게 울려대는 경적 소리. 슬픔이 배여 있는 죽음의 도시라기보다 오히려 북적대고 활기가 넘치는 모습이다.

이란의 대지진을 소재로 하여 제작되었던 압바스 키아로스타미 감독의 「그리고 삶은 계속된다」라는 영화가 생각난다. 죽음의 그림자가

채 가시지 않은 도시 위로 생존한 사람들의 삶의 풍경이 펼쳐지는 영화였다. 죽음은 죽음이고, 살아가는 문제는 또 다른 문제인가? 재난의 현장이 마치 건설 현장을 보는 듯하다. 그러나 북적거리는 재난 현장의 한가운데서 조금만 벗어나자 도시의 또 다른 얼굴이 드러나기 시작한다.

조심스레 구호팀에게 다가와 무너진 건물 밑에 있는 부인의 시신이라도 수습해주기를 부탁하는 50대의 남자. 남자가 인도하는 장소로 따라가 보았지만 시신 수습 과정에서 자칫 2차 붕괴의 위험이 있어 구조가 어렵다는 말을 전해야만 하는 안타까운 상황이다. 남자는 체념한 채 발길을 돌리면서도 부인의 시신이 깔려 있는 무너진 건물 쪽에서 시선을 떼지 못한다. 건조한 표정으로 다가와 취재진에게 아이의 시신을 매장한 장소까지 안내해주던 어머니는 끝내 울음을 터뜨리고 만다. 빗물에 쓸려나갈까 무덤 위에 덮어놓은 비닐을 부여잡고 있는 손길이 파르르 떨린다. 붕괴된 초등학교 현장. 무너진 건물 틈 사이로 책상이며 책가방이며 신발, 책 등이 보인다. 지진 발생 당시 한창 수업이 진행 중이었을 교실의 풍경이 그려진다.

부상자들이 수용되어 있는 병원을 찾았다. 제대로 된 병원시설이 아니라 운동장 한켠에 부상자들을 눕혀놓고 수술과 치료를 해주는 간이시설에 불과하다. 운동장의 또 다른 한편에선 헬기로 구호물품을 나르느라 이착륙 시 엄청난 먼지를 일으킨다. 환자들은 들것 위에 누운 채 헬기가 일으키는 지독한 먼지를 그대로 받으며 땡볕에 방치되고 있다. 부족한 약품 탓에 마취조차 제대로 하지 못하고 수술이 진행된다. 머리를 다쳐 고통에 악을 쓰며 수술을 받는 아이. 그런 아이를 아버지는 머리를 감싸 쥔 채 속수무책으로 바라보고 있다.

밤이 되자 유령도시가 재현된다. 거리는 온통 컴컴해지고 짐을 짊어진 사람들이 어둠 속에서 유령처럼 배회한다. 식량이 부족해 물을 붓고 끓인 음식으로 허기를 채운다. 습기로 축축이 젖은 이불을 깔고 차가운 땅바닥에서 잠을 청한다. 날씨가 점점 추워진다. 야간 취재를 위해 들고 다니는 라이트 불빛에 그들의 퀭한 눈빛이 비춰진다. 죽음에 대한 공포감이 어려 있는, 그런 눈빛이다.

부녀자들이 천막 안에 모여 앉아 눈물을 훔치며 서로 부둥켜안고 있다. 십수 명의 주민들이 전선 위의 참새처럼 무너진 담장에 줄줄이 앉아 멍하니 구호작업을 지켜본다. 다친 아이를 업고 몇 시간 거리를 오가며 병원 치료를 받게 한 아버지는 아이를 다시 들쳐 업고 길을 떠난다.

엄청난 재난 이후 고통에 몸부림치거나, 현실을 받아들이거나, 혹은
다시 무언가를 모색하는 움직임을 시작하면서 그들은 그렇게 저마다
비극의 시간을 감내해 내고 있었다.

| 설치환

그 어린 베트남 신부는 지금 행복할까?

"결혼이란 무엇일까?"

마흔이 넘은 나이에 두 아이의 아빠이자 한 여인의 남편으로 10년 넘게 결혼생활을 해왔으면서도 나는 이 물음에 간단하게 대답하지 못한다. 지금 돌이켜보면 사랑이라는 단어에 사회 규범이라는 의식까지 더해지면서 스스로 자아를 통제해 왔는지도 모르겠다. 대다수가 걸어간 반듯한 길 속에 나를 끼워 맞추며 행복이라는 인간적 염원을 이 결혼이라는 길 속에서 찾으려 했는지도 모르겠다.

그녀는 이 물음에 어떻게 대답할까?

2006년 3월, 나는 국제결혼이 어떻게 치러지는지 취재하기 위해 베트남 호치민을 찾았다. 그곳의 한 허름한 건물에서 베트남 아가씨 투이를 만났다. 〈꽃다운〉이라는 수식어가 붙는 나이인 스무 살의 그녀는

이역만리 한국에서 온 남자들과 맞선을 보기 위해 여섯 시간을 달려
왔다. 한국에서 온 남자들은 모두 일곱 명이었다. 두 명은 30대 초반
의 순수한 총각들이고, 두 명은 세 번의 이혼을 경험한 사람들이며,
또 다른 두 명은 한두 번의 이혼 경력과 두세 명의 자녀를 둔 사람들
이고, 나머지 한 명은 어릴 적 화상으로 얼굴의 반이 일그러진 40대
중반의 남자였다. 이들은 백여 명의 베트남 신부들과 일일이 맞선을
보면서 자신들의 배필을 골랐다. 한두 시간 만에 백여 명의 예비신부
들을 만나본 한국 남성들은 자신들이 선택한 베트남 신부의 동의를
구하면 바로 결혼식 절차를 치르게 된다. 간혹 베트남 신부의 동의를
구하지 못한 남성이 있다면 후순위 신부의 동의를 구하는 절차를 밟

아 대부분 그 자리에서 한평생 반려자를 만나게 된다.

한낮인데도 볕이 들지 않은 건물의 복도와 방에 빼곡히 들어선 그녀들의 긴장된 얼굴, 그리고 그 방을 밝히는 희미한 백열등 빛을 나는 아직도 선명히 기억한다. 선택된 신부들의 두려움과 궁금증이 교차된 표정들은 나를 한없는 연민의 늪으로 빠져들게 만들었다. 한 번도 가본 적이 없는 한국이라는 나라와 순간적으로 선택한 남자, 그리고 그녀들이 겪게 될 미래는 결코 장밋빛은 아니리라. 눈 깜짝 할 사이에 치러진 맞선이 끝나고 한국에서 온 남성들은 모두 자신들이 지목한 베트남 신부들에게서 동의를 얻었다. 이제 그녀들의 부모들로부터 결혼 동의서에 사인을 받아내는 절차만 치르면 곧바로 결혼식이 시작된다.

그날 밤, 스무 살의 베트남 예비신부 투이의 엄마는 어두컴컴한 복도에서 한없이 울고 있었다. 어린 막내딸이 화상으로 얼굴이 일그러진 40대 중반의 낯선 외국 남자와 동행하여 나타나자 막내딸과 그 남자의 얼굴을 번갈아 쳐다보며 울음을 터트린 것이다. 결혼업체의 통역 담당자는 흐느끼는 엄마의 등 뒤에서 냉정한 톤으로 그 남자의 이력을 쉬지 않고 이야기한다. "한국의 대전에서 떡볶이 장사를 한다." "나이는 마흔다섯이다." "작은 차량으로 이동하며 장사를 한다." 투이의 어머니는 통역의 말이 안 들리는 듯 딸에게 다가가 두 손을 잡고 눈물을 흘린다. 10여 분의 시간이 지난 후 투이의 어머니는 나지막한 목소리로 딸에게 이야기한다.

"저 남자는 가난하고 얼굴도 못생겼다. 그런데 너는 저 남자와 결혼을 하려고 하니?"

딸의 손을 잡은 어머니의 손이 떨리고 있다. 막내딸이 이야기한다.

"엄마, 나는 저 남자와 결혼을 하겠어요. 저 남자는 내가 보살펴줘야 해요."

순간 울컥하는 마음과 함께 렌즈를 투영하던 내 눈에서도 눈물이 쏟아졌다. 언제 어디서건 카메라기자로서 냉정을 유지하겠다던 나의 다짐이 한순간 허물어져 버린 것이다. 딸을 바라보는 처연한 어머니의 눈길과 이별을 고하는 딸의 떨리는 목소리가 나를 주책없는 사람으로 전락시키고 만 것이다. 눈물을 닦으며 기자의 몫을 다하려 애썼지만, 눈물이 옷깃을 젖게 할 만큼 커지면서 나는 결국 뒤돌아서고 말았다.

얼굴과 팔에 화상의 흉터가 선명한 이 사내는 떡볶이 장사를 하며 하루를 먹고사는 사람이다. 사내의 중매를 맡은 한국의 마담은 이 사내의 떡볶이 기술이 대단해 장사가 잘된다고 이야기한다. 그러나 떡볶이 장사는 손님과 얼굴을 마주 대해야 하는데, 지금 이 남자의 얼굴은 핸디캡이 되지는 않았을까.

투이의 어머니는 결혼 동의서에 서명을 한 후 복도 끝 엘리베이터 속으로 사라져버렸다. 그런데 한참 후, 나는 그 엘리베이터 안에서 그녀를 다시 만났다. 그들의 이별 과정을 서늘한 연민으로 지켜보며 흡연 장소를 찾아 헤매던 내가 엘리베이터 안에서 목석처럼 서 있는 그녀를 발견한 것이다. 잠시 당황했지만 어색한 웃음과 간단한 목례로 적의가 없음을 표현하며 1층에 내려왔을 때 그녀는 그때서야 호텔 밖으로 총총히 모습을 감추었다. 나중에 이 사실을 두고 주변 사람들은 각기 다른 해석을 내놓았다. 어떤 이는 투이의 선택에 가슴 아팠던 어머니가 그 자리를 떠나지 못해 흐느꼈을 것이라고 했고, 또 어떤 이는 시골에

서 밭일로 한평생을 보냈던 그녀가 엘리베이터를 처음 타보아서 작동 법을 몰랐을 것이라는 추측을 쏟아냈다. 어떤 추측이 사실이든 그 모 습이 또 하나의 여운으로 남아 그날 밤 잠을 뒤척였던 기억이 난다.

지금 투이는 그 낯선 남자를 따라 한국에 정착했을 것이다. 그리고 목 좋은 동네를 찾아다니며 떡볶이를 만들고, 밤이면 설거지 등 뒤치 다꺼리를 하다가 반지하 단칸방에서 잠이 들 것이다. 때론 자신의 고 단한 삶에 고향을 생각하며 눈물 짓는 날도 있겠고, 아이의 재롱에 흐 믓한 기쁨을 누릴 수도 있겠다. 넉넉지 못한 살림살이를 남자의 경제 력 탓으로 돌리며 한없는 원망에 빠져 무기력한 나날을 보낼 수도 있 겠고, 작은 돈이나마 고향으로 보내면서 자신의 선택에 나름의 만족을 느끼고 있을 수도 있겠다. 남자의 부족한 면을 헤아리며 금슬 좋은 부부로 지내고 있을 수도 있겠고, 혹은 대화의 부재, 소통의 부재로 모든 걸 팽개치고 이미 야반도주했을 수도 있을 것이다.

나는 베트남 국제결혼의 전 과정을 지켜보면서 이들이 배우자를 선택하게 된 결정적인 계기는 무엇일까 궁금했다. 그런데 남여 모두 공통적인 대답은 의외로 간단했다. "착하게 보여서" "나를 이해해 줄 것 같아서"였다.

사랑했다면서 결혼 후 이혼하는 부부들을 보면, 또 행복한 가정을 꾸렸다면서도 건조한 인상을 풍기는 중년 남성들을 보면 결혼은 무엇일까라는 의문이 떠오른다. 뒷모습만 봐도 가슴 설레던 추억은 지속되지 않고 힘차게 타오르던 불꽃도 이내 식어버리는 것이 인간의 속성인데 영원한 사랑, 영원한 행복은 상상 속에서나 나오는, 닿기 힘든 신기루는 아닐까.

나는 투이 부부의 이야기를 추적하지 않기로 했다. 전화기만 돌리면 이들의 소식을 들을 수 있다. 그러나 막연한 불안감으로 쉽게 전화기를 돌리지 못한다. 이들 부부의 이야기는 적어도 내 마음속엔 영원한 해피엔딩으로 남아 있어야 한다. 허름한 호치민의 호텔에서 투이의 손을 꼭 잡고 말없이 눈물만 흘리던 그녀의 어머니를 보았기에.

|정성화

눈물로 담은
사할린

"변영우 씨, 러시아 출장 좀 다녀와야겠어."

순간 귀가 번뜩 뜨인다. 많은 해외출장을 다녀봤지만 아직 못 가본 러시아다.

"언제 가는 거죠?"

"내일."

"며칠간이요?"

"좀 바쁠 거야. 내일 저녁 「8시 뉴스」에 나갈 거니까. 사할린이니까 금방 다녀올 거야."

러시아에서도 사할린, 그것도 당일 출장에 당일 「8시 뉴스」 톱. 창사 이래 모든 기록이 다 깨지는 것은 물론 개인적으로도 새로운 기록이 수립되려는 순간이었다. 그날 이후 지금까지 이 기록은 깨지지 않고 있다.

1992년 9월 29일 오전 6시, 김포공항으로 나가 타사 기자들과 합류했다. 40여 분이 지나니 은빛 날개 아래로 푸른 동해가 펼쳐진다. 50여 년 전에 저 뱃길로 우리의 할머니 할아버지들이 눈물을 뿌리며 사할린을 향해 북으로 북으로 올라갔으리라. 이렇게 두세 시간이면 되는 거리를 50여 년 만에 돌아오는 사람들이 있다. 1944년 강제징용으로 동토의 땅 사할린까지 끌려와 눈이 짓무르도록 고향을 그리워하다 오늘에서야 비로소 조국으로 돌아오는 그들. 취재는 그들의 귀국길을 동행하는 것이었다. 비행기가 하강을 하며 보여주는 사할린 산하는 썰렁하고 삭막한 우리 농촌의 옛 모습 그대로였다. 카메라는 벌써부터 창가에 착 달라붙어 열심히 돌아가고 있었고, 내 눈은 하나라도 놓치지 않으려고 좌우로 번뜩이고 있었다.

사할린에서 가장 크다는 유지노사할린스크 공항. 비행기를 계류장에 대니 우리의 짐을 내리려고 트럭이 다가오는데 40여 년 전에 보았던 맹꽁이 트럭과 너무도 유사한 고물이 아닌가. 아직도 구르는 게 신기할 정도인 그 트럭이 우리의 짐을 공손히 모시고 있었고, 3층의 회색 공항 건물은 낡을 대로 낡아 공산정권의 말로를 보여주고 있는 듯했다. 한국 기자단 모두 비자 없이 갔기에 불가능하리라는 생각은 들었지만 그래도 무모하게 돌진을 시도해 보았다. 거리 스케치 잠깐 하고 돌아오겠노라고 말했더니 러시아 당국은 절대 공항 밖으로 나갈 수 없다고 강력히 막는 것이다. 다행히 사할린 라디오 방송국 한어방송부 아나운서가 나서서 설득하여 가까스로 성사시킬 수 있었다. 단, 30분 동안 버스를 타고 거리만 촬영해야 한다는 것이다. 버스 맨 앞에

서서 지나가는 모든 풍경을 카메라에 담다보니 40여 년 전 우리의 모습과도 흡사했다.

시내 모습을 담고 부지런히 공항으로 돌아오니 벌써 공항 주차장과 청사 안은 인파로 가득 찼다. 또한 그 인파 속에서 흐느낌과 울부짖음이 퍼져나왔다. 영구 귀국을 신청한 노인들이 하나둘 청사 옆문을 통해 나오니 바로 옆의 공항 철조망에 새까맣게 달라붙은 가족들과 친지들이 철조망 위에까지 올라가 울부짖기 시작했다. 거의 절규에 가까운 통곡으로 공항은 아수라장이 되었다. 그야말로 울음바다가 된 것이다. 반세기를 살며 그곳에서 낳은 자식들을 두고 떠나야만 하는 노인들의 흉리와, 같이 가고 싶어도 갈 수 없는 자손들의 두 마음이 공항의 철조망을 사이에 두고 영원한 안녕을 고하고 있는, 또 다른 이별을 낳는 현장에서 나는 울지 않을 수 없었다. 파인더의 안과 밖의 눈에서 하염없이 눈물이 흘러 포커스를 맞출 수가 없었다.

수많은 사건사고 현장에서 불쌍하게 죽어간 시신들도 수없이 보아왔지만 결코 울어본 적은 없었다. 하지만 산이별을 해야 하는 새로운 이산의 현장에서는 역사의 아이러니를 절감하며 한동안 소리 없이 울어야만 했다. 촬영을 하면서 얼마나 눈물을 흘렸는지 파인더 안에 습기가 차면서 렌즈가 뿌옇게 돼 수시로 닦아가며 취재를 해야만 했다. 철조망에 매달려 절규하는 이들의 인터뷰를 마치고 돌아서는 등 뒤에 나에게 부탁하는 한 마디 절규가 내 몸에 전율을 느끼게 한다.

"울 아버지 잘 모시소. 알았지요? 알았소?'

백발이 성성하고 제대로 걸음도 떼지 못하는 할아버지와 휠체어에 링거병을 달고 트랩을 오르는 할머니, 그리고 그들의 남은 가족들은

생전에 다시 만날 수 있을까? 악을 쓰다시피 절규하는 그들을 남겨두고 비행기는 사할린 상공으로 떠오르고 있었다. 하염없이 창밖을 내다보는 할아버지 할머니의 눈에는 눈물이 흐르고 있었고, 내 파인더도 또 뿌옇게 흐려지고 있었다. 조국의 상공이라는 기내방송이 나오자 착 가라앉았던 분위기가 일시에 살아나며 창밖을 통해 어머니의 얼굴, 조국의 얼굴을 보려고 수선해진다.

왜 이들을 다시 갈라놓는가? 이산의 고통을 누구보다도 잘 아는 우리가 하는 이 일이 과연 옳은 것인가? 또 다른 이산의 현장에서 나는 무엇을 하고 왔는가? 기자라고 현장에 충실한 역사의 기록자이기만 하면 되는가? 저분들이 과연 이 땅에서 행복할 수 있을까?

당일치기의 해외출장은 톱 뉴스로 정리가 되어 잘 나갔으나 내 마음은 지금껏 정리가 되어 있질 않다. 그때 모시고 온 분들 중 많은 분들은 이미 고인이 되셨는데 지금은 몇 분이나 살아 계시는지. 혹여 영구 귀국을 후회하며 살고 계시지는 않는지. 남은 여생 행복하셔야 할 텐데…….

| 변영우

천일간의 사랑

한창 사춘기 시절, 사랑이라는 의미도 제대로 알지 못하던 시기에 안타까운 사랑의 마침표에 가슴 저미는 아픔을 느끼며 영화 속 주인공과 나를 동일시했던 영화가 있었다. 「라스트 콘서트(The Last Concert)」, 이 영화는 시한부 인생을 살고 있는 17세 소녀 스텔라와 40대 중년 남성 리처드와의 아름다운 사랑을 그렸다. 지금 보면 촌스러운 신파조의 사랑타령으로 보이겠지만, 그래도 당대에는 많은 사람들의 눈물샘을 자극한 영화였다. 영화 말미에 주인공 스텔라의 죽음과 리처드의 연주곡 「스텔라에게 바치는 협주곡(Dedicato a una Stella)」은 사춘기 소년이었던 내게, 사랑이란 가슴 저리고 아프지만 그래도 아주 아름다운 것이라는 강한 메시지를 심어주었다. 그리고 1998년, 30대의 문턱에서 나는 다시 사춘기 시절의 그 순수했던 사랑을 떠올리게 되는 취재 현장을 접했다.

당시 나는 「김동길의 선데이 매거진」이라는 프로그램의 휴먼 다큐를 담당하고 있었다. 취재를 나가는데 가제가 「천일간의 사랑」이라고 했다. 제목부터 구미가 당겼다. 어떤 사랑이기에 이렇게 대단한 제목을 달았는지 궁금증이 밀려왔다. 주인공인 이은희 씨(1998년 당시 29세)는 근위축성 측삭경화증(일명 루게릭병)이라는 희귀병으로 3년째 투병하고 있었다. 거의 천일이 다 되어가는 시간이다. 근위축성 측삭경화증은 근육들이 하나씩 망가져 가면서 온몸이 마비가 되는 병으로, 현대의학으로도 고칠 수 없는 희귀한 유전병이라고 한다. 그리고 그녀 옆엔 늘 남편 김진 씨가 있었다. 바로 천일간의 위대한 사랑을 만든 장본인이다. 고아로 자라난 그는 이은희 씨를 통해 세상에 태어나 처음으로 가족의 따뜻함을 느끼게 됐다고 한다. 그들에겐 또 하나의 희망이 있었다. 바로 딸 새롬이다. 새롬이는 엄마에 대한 기억이 많지 않다. 새롬이가 태어나서 엄마를 알게 될 때쯤부터 지금까지 엄마는 병실에 누워서 일어나질 못하고 있기 때문이다. 그래서 새롬이에겐 병원이 제2의 집이기도 했고, 병원 앞마당이 놀이터이기도 했다.

부모님의 반대로 결혼을 할 수 없었던 은희 씨는 결국 집을 나와 동거를 시작했고 새롬이를 낳고 나서야 부모님의 허락을 받을 수 있었다. 그렇게 행복이 찾아올 무렵 은희 씨가 병으로 눕게 된 것이다. 그런 김진 씨를 그가 일하는 인천 율도 하수 종말 처리장 공사장에서 처음 만났다. 그는 아내의 병원비를 마련하기 위해 이런 식으로 늘 일해왔단다. 지금껏 들어간 병원비만도 4천여만 원. 한 달 평균 2백만 원가량의 병원비가 들어간다고 했다. 병원에 늘 있으면서 은희 씨를 옆에서 간호하고 싶지만 병원비를 마련하기 위해 일주일이고 이주일이고 떨어져서 이렇게 일을 해야 한다고 했다. 우리가 촬영을 할 때 김진 씨는 바닷가 근처 공사장에서 철골을 박는 작업을 하고 있었다. 그러던 중 높이 서 있는 기중기 위에서 김진 씨 머리 위로 뻘 흙덩어리가 떨어져 내렸다. 큰일 날 뻔했다. 불행인지 다행인지 그 장면이 내 렌즈에 잡혔다. 그가 일하는 현장의 어려움이 카메라를 통해 그대로 전해진 셈이다. 다행히 김진 씨는 헬멧을 쓰고 있어서 다치지는 않았다.

그리고 휴식 시간. 갈대밭이 있는 바닷가에서 그와 인터뷰를 했다. 담배를 피면서 먼 곳을 바라봐 달라고 주문했다. 그러나 그런 소품들이 없어도 삶의 고단함과 사랑하는 사람을 잃어야만 하는 절망이 이미 그의 얼굴에 배어 있었다. 그의 얼굴 자체만으로도 삶의 버거움을 표현하기에 충분했던 것이다.

그는 거의 매일 아내에게 보내는 편지를 쓴다고 했다. 아내에게 힘을 주기 위해서란다. 그래서 은희 씨 병실의 간호사들도 김진 씨의 지극 정성에 칭찬을 아끼지 않는다. 그러나 렌즈를 통해 김진 씨가 쓰고 있는 편지를 찍고 있던 나는 그 모습이 그가 절망에 지쳐가는 자신을 다그치는 듯한 모습으로 보였다.

김진 씨와 은희 씨가 있는 병원엘 갔다. 은희 씨는 누워 있었다. 힘이 없어 온몸이 축 늘어진 듯한 모습이었다. 은희 씨는 이제 말도 할 수가 없단다. 그저 들을 수만 있다고 했다. 나는 김진 씨에게 아내와 대화를 해달라고 요청했다. 김진 씨가 아내에게 힘내라고, 사랑한다고 했다. 그리곤 창문 너머 먼 산을 바라보았다. 그러자 은희 씨가 울었다. 온몸이 마비됐건만 그녀의 커다란 눈망울에선 몇 방울의 눈물이 나오고 있었다. 카메라 렌즈에 비춰진 그녀의 눈물에 나도 울었다. 카메라가 조금 흔들렸다. 천일 동안의 삶도 고단할진대, 난 취재를 위해 그들에게 너무도 잔인한 짓을 주문했던 것이다. 현실에서 그들이 느끼는 뼈저린 아픔을 어찌 말로, 그리고 감히 영상으로 표현할 수 있겠는가.

　방송이 나간 지 어언 10년이 지났다. 김진, 이은희 씨 부부에 대한 소식은 더 이상 듣지 못했다. 은희 씨가 살아 있다면 부부는 사랑을 곱씹으며 정말 행복하게 살고 있을 거라 믿는다. 설사 은희 씨가 고인이 됐더라도 김진 씨는 천일간의 사랑의 추억만으로도 아름답게 살고 있을 것 같다. 물론 천일을 넘어 4천 일도 넘게 길고 긴 사랑이 이어졌기를 빌어보지만.

| 장운석

2부

카메라를 들었다,
그러나 너무 위험하다.

빨려들 듯이 들어온 현장은 바로 전쟁의 중심부였다.
머리 위로 수십 개의 총구가 나를 향하고 있다.
저녁노을은 이미 빨갛게 달아오르고 있다.
어둠이 지면 아무것도 보이지 않는다.
시간이 얼마 없다.

총소리엔
어떤 인간의 냄새도
나지 않는다

"탕 탕 탕!"

인터뷰를 마치고 나오자마자 양철지붕에 강하게 부딪치는 총알 소리가 나를 맞았다. 몇몇 사람이 쓰러지고, 구급차 뒷문에 매달려가던 사람이 떨어지고, 수십 명의 아이들이 죽어라 달려가다 그대로 주저앉았다. 무차별 사격이었다. 빨려들 듯이 들어온 현장은 바로 전쟁의 중심부였다.

바로 눈앞에서 총알이 스쳐 지나가는 이 살벌한 현장에 오게 된 것은 어이없게도 단순한 호기심 때문이었다. 말로만 듣던 팔레스타인 자치지구, 한 번 가보고 싶었다. 뉴스에서 항상 듣던 이곳이 궁금해지기 시작한 것은 전운이 감도는 이스라엘 출장 3일째 되던 날이었다. 돌과 화염병이 난무하는 시위를 취재하면서, 우리는 어느새 태풍의 눈이라고 할 수 있는 팔레스타인 자치지구를 향하고 있었다. 이스라엘 가이드가 돈을 더 줘도 가지 않겠다며 우리에게 몸조심하라고 헤어짐의 인사를 했을 때, 그때라도 우리는 앞으로 닥칠 위험을 감지해야 했는지도 모른다.

총을 든 군인들의 철책 경계선을 뒤로한 채 달린 지 다섯 시간째. 정오의 태양이 어느새 노란빛이 감도는 저녁노을로 바뀌어가고 있을 무렵, 팔레스타인의 깃발이 선명히 걸려 있는 나자림 지역에 도착했다. 다 쓰러져가는 공장과 정신없이 돌아다니는 50여 명의 팔레스타인 사람들, 구급차, 그리고 몇 명의 외국인 취재진들이 눈에 들어왔다. 바로 여기다. 나의 손은 어느새 카메라의 버튼을 누르고 있었다.

멀리 보이는 저쪽은 삶이고, 여기는 죽음이었다. 벌판 한가운데에 버려진 듯 서 있는 공장벽에 웅크리듯 앉아 있는 나에게 팔레스타인 꼬마들이 웃으면서 손가락질을 한다. 아이들은 마치 이 정도로 뭘 그리 놀라느냐는 듯 깔깔대며 웃어대고 있었다. 무너진 자존심에 허리를 들려는 찰나, 총소리가 연발로 양철지붕 위로 떨어졌다. 저녁노을은 이미 빨갛게 달아오르고 있었다. 어둠이 지면 아무것도 보이지 않는다. 시간이 얼마 없다.

내 카메라는 뜨거웠다. 벌써 몇 시간째 카메라를 돌리고 있는지 모른다. 한순간이라도 놓치지 않고 찍기 위해선 잠시도 카메라를 놓을 수가 없다. 이때 한 외국인 카메라기자가 카메라를 높이 들면서 달려가는 것이 보였다. 멀리서 보면 마치 바주카포처럼 생긴 카메라를 손에 쥐고 머리 위로 번쩍 든다. 공장벽에 바짝 붙어 한 걸음을 내딛고 천천히 그 다음 걸음을 떼려는 순간, 탕! 탕! 탕! 내 허리 바로 앞으로 예광탄이 몇 발 지나갔다. 황급히 벽 뒤로 물러섰다. 처음에는 공장의 지붕을 맞추는 위협 사격이 계속 이어지다가 내 허리 아래를 쏘는 조준 사격이자 위협 사격이 이어졌다. 총알이 6~7발 지나간 다음, 노랗게 달궈진 예광탄이 슬로모션처럼 천천히 내 앞을 지나갔다. 노래를 부르며 웃고 떠들고 기싸움을 하던 시위대도 긴장한 표정이다. 방금 전에 구급차 뒷문에 매달려가다 떨어진 사람과 달려가다 쓰러진 사람들이 번개처럼 스쳐 지나갔다. 아, 이런……!

총을 쏘아보기만 했지 남의 표적이 된 건 인생에서 처음이었다. 총소리에는 아무런 감정이 없다. 탕! 하는 총소리에는 어떤 인간의 냄새도 나지 않는다. 날카로운 그 금속성의 소리는 생과 사를 가르는 현장에서도 공포를 느낄 틈을 주지 않는다. 그저, 같이 있던 동료들과 어린 아이들, 주변의 타이어 타는 냄새, 그리고 쓰러져 있는 사람들만이 나의 감각을 자극할 뿐이다.

사막의 노을은 아름답다. 노랗게 그린 유화처럼 뜨거운 태양의 헉헉대는 마지막 숨소리가 느껴진다. 수십 개에 달하는 아이들의 눈동자는 공포심으로 가득 차 있었다. 맨발의 헐벗은 팔레스타인 아이들과 최첨단 무기로 무장한 이스라엘 군인들. 나흘 전 벽 모퉁이에 기대어 살려 달라고 소리치던 아버지와 어린 아들이 생각났다. 아들은 죽고 아버지는 복부와 다리에 총상을 입었다. 이곳에서는 죽음이 항상 옆에 있었다.

다시 한 발을 내딛었다. 머리 위로 수십 개의 총구가 나를 향하고 있음을 느꼈다. 이 세상엔 나와, 저편에서 나에게 총구를 겨누고 있는 사람만이 존재하는 듯했다. 다시 한 발 더. 그리고 아주 천천히 한 발

더. 이렇게 만년 같은 세 걸음을 내딛자 내 뒤로 수십 명의 아이들과 사람들이 나를 스쳐 지나가기 시작했다. 나는 뛰었다. 그 무거운 카메라를 머리 위로 뻗치고 숨이 차게 뛰어갔다. "살았다!"라는 느낌이 드는 순간 왠지 모르게 웃음이 나왔다. 나는 아무 일 없다는 듯이 일상으로 돌아가는 팔레스타인 사람들을 보고 있었다.

휴전 협정이 결렬됐다는 소식이 날아든 2000년 10월 6일, 가자지구 나자림 지역에선 두 명이 숨지고 수십 명이 부상당했다. 이슬람 과격 단체 하마스가 이날을 분노의 날로 정하고 무장봉기를 촉구했다. 팔레스타인 정부가 구금 중이던 하마스 테러주의자들을 모두 석방한 가운데 자살 테러의 가능성은 높아가고 있었다. 시위는 새벽까지 계속됐고, 이슬람의 성지 알아크사 사원을 이스라엘 군이 점령하여 시위는 팔레스타인 거주지 전역으로 확산됐다. 요르단강 서안지구 다섯 명과 가자지구 다섯 명을 포함하여 이날까지 이스라엘에서는 사망자 86명, 사상자 2천 명이 발생했다.

오늘이 다시 태어난 생일이라며 앞으로 이런 곳은 절대 가지 않겠다고 했던 우리는 그 이후로도 말로만 듣던 요르단강 서안과 분쟁지역을 차례대로 갔다.

| 이원식

우리는 그렇게,
살아서 돌아왔다

태국 부란부리에서 일주일 동안 기자들을 대상으로 하는 위험 지역 취재 교육을 받았다. 지구촌 곳곳에서 내전과 폭동, 대재앙이 끊이지 않는 가운데 그런 현장에 가장 가깝게 접근하는 기자들에게 위험 지역에서의 대처법을 인지시켜야 한다는 게 이 교육의 목적이다. 실전 시뮬레이션 훈련으로 가상 내전을 설정하고 취재를 위한 모든 준비 교육을 받았다. 안전 이론 교육을 받은 후, 기자로서 준비해야 할 것과 만일의 비상사태를 대비해 무전기(라디오)를 이용한 긴급 상황 대처 훈련 등도 받았다. 군대에서 배웠던 지도 읽기뿐만 아니라 GPS 사용법, 현지 위성 생방송 장비 교육은 물론 지뢰 발견법까지 다양하게 배웠다.

실전 훈련 당일, 우리는 커다란 군용 버스에 올라타 태국 군부대 교

육 장소로 이동했다. 다섯 명씩 각 조를 나눈 뒤 가상의 미션을 가지고 그 동안 배운 이론 교육과 현장 실습을 응용한 모의 훈련이 시작되었다. 난민보호 센터를 찾아가 상황을 취재하고 내전 중인 현장의 지도자 격인 보스를 찾아가 인터뷰를 시도하는 것이 미션이었다. 훈련을 위해 태국 현지인과 현역 군인들의 도움을 받아 현장 분위기를 더했다.

첫 번째 관문을 향해 차를 나누어 타고 이동하기 시작했다. 얼마쯤 이동했을까, 길 한가운데에 멈춰선 차 한 대가 보였다. 차 안팎엔 여러 사람들이 쓰러져 있었는데 모두 부상이 심한 듯 피를 흘리고 있었다. 알고 보니 이것 역시 훈련의 일부였다. 가짜 피란 것을 알면서도 머리에 묻어 있는 피를 보니 정말 어찌할 바를 몰랐다. 우선 차 안에 쓰러져 있는 사람들을 꺼내고 싶었지만 생각처럼 쉽게 옮길 수가 없었다. 하나같이 심한 부상에 많은 피를 흘리고 있어 누가 더 응급한 상태인지도 알 수가 없었다. 어쨌든 부상자들을 그늘에 눕힌 후 교육받은 대로 갖고 있던 구급품으로 응급처치를 시작했다. 그때, 왜 그렇게도 손이 떨리던지. 연습할 때는 잘되던 붕대감기조차도 제대로 되질 않았다. 역시 실전은 달랐다.

상황이 종료된 후 다시 차를 타고 독립무장단체 인터뷰를 위해 산길을 올랐다. 그때 갑자기 총성이 울렸다. 앞 차를 따라가던 우리는 갑작스런 총소리에 놀라 창밖을 살폈다. 아니나 다를까, 검은 복면을 쓴 괴한들이 기관총을 들고 마구잡이로 우리를 차에서 끌어내렸다. 우리는 머리를 숙이고 목덜미를 잡힌 채 차에서 떨어진 풀숲으로 끌려갔다. 다른 대원들도 같은 상황에 처한 듯 뒤쪽에서 따라오는 인기척을

느낄 수 있었다. 무릎을 꿇게 한 괴한들은 소지품을 모두 꺼내라고 손
짓했다. 그리고 곧 눈앞이 캄캄해졌다. 머리에 뭔가가 씌워진 것이다.
괴한들은 거친 음성으로 우리를 다투기 시작했다. 우리는 손이 뒤로
묶인 채 뛰기 시작했다. 순간 훈련이란 생각조차 들지 않았다. 갑작스
런 상황에다 교관의 사전 예고도 없었기에 더욱 당황할 수밖에 없었
다. 숨이 가빠졌다. 머리에 씌워진 두건 안으로 땀이 흐르기 시작했
다. 지금 살아 있는 감각은 청각과, 복면 안으로 계속 흐르는 땀을 느
낄 수 있는 촉각뿐이다. 그때 등 뒤에서 묵직한 총부리가 느껴지면서
점점 내 등을 아프게 찔러 왔다. 등이 눌릴 때마다 심해지는 공포감.
또다시 총소리가 울렸다. 내 등의 총은 아닌 듯했다. 옆에 있던 대원
을 향해 쏜 것 같았다. 다시 심호흡을 하며 주위 상황에 귀기울이려

노력했다. 귓가에 영어로 된 낯설지 않은 질문들이 들려왔다.

"넌 누구냐? 이름은? 소속은? 왜 여기 왔지?"

2003년 3월, 나는 이와 똑같은 질문을 받았다. 이라크 전쟁을 취재하기 위해 쿠웨이트 국경을 넘어 갔다가 그곳 민간경찰에게 붙잡혀 24시간 동안 억류된 적이 있었다. 이탈리아 취재팀에게 이라크로 들어가는 개구멍이 있다는 정보를 들은 다음날, 우리 취재진도 운 좋게 이라크로 들어갈 수 있었다. 전날 뉴스에서는 이곳 바스라 지역을 연합군들이 점령했다고 했지만, 길바닥에 보이는 큰 미사일 탄피들은 왠지 으스스해 보였다. 제일 먼저 그 미사일 탄피를 배경으로 기자 스탠딩을 하기 시작했다. 우리는 신속하게 움직이며 그림을 담았다. 그런데 이곳이 정말 전쟁터란 말인가. 총성 하나 울리지 않고 저 멀리 시커멓게 피어오르는 연기만 보일 뿐이다.

차에 다시 올라탄 우리는 좀 더 깊숙이 들어가 생동감 있는 현장을 담고 싶었다. 여기까지 와서 미사일 그림만 담아가기엔 아쉬움이 남았기에 약간의 모험을 시도해 보고 싶었다. 그곳이 한창 전쟁을 치르고 있는 전쟁터라는 사실을 알면서도 큰길을 따라 10분 정도 시속 100킬로미터로 가고 있었다. 양쪽 길가로 이라크 민가들이 눈에 들어왔다. 『신밧드의 모험』에 나오는 이곳 바스라는 전쟁 때문인지 더 이상 요술이 생길 수 없는 메마른 마을처럼 느껴졌다. 그 순간 사이드 미러 뒤쪽으로 차 한 대가 빠른 속도로 따라붙었다. 민병대 경찰이었다.

그제야 아차, 싶었다. 아직 바스라는 함락되지 않은 것이다. 어떻게 해야 하나. 민병대는 우리 차를 천천히 둘러보더니 장비를 모두 압수하고는 자기들을 따라오라고 손짓했다. 손에 쥔 권총을 보니 아무 반항도, 대꾸도 할 수가 없었다. 우리가 끌려간 건물은 관공서 같은 곳이었다. 그곳에서 신분증을 보여 달라는 질문이 날아왔다. 여권과, 쿠웨이트와 미군 취재증을 보여주었다. 그러자 어떻게 들어왔느냐, 왜 왔느냐라는 질문이 이어졌고, 우리는 이곳 상황을 보도하고 싶어 취재하러 온 코리안이라고 답했다. 그랬더니 어느 코리아냐는 말에 같이 있던 선배가 "우리는 사우스 코리아다. 하지만 아버지는 노스 코리아다."라고 대답했다. 그들이 북한과 우호적이라는 것을 참작한 선배의 재치 있는 대답이었다. 얼마나 시간이 지났을까. 그들은 우리를 다시 차에 태우고 또 어디론가로 데려갔다.

그렇게 도착한 곳은 창문에 철장이 쳐져 있는 건물, 아마도 감옥이나 경찰서인 듯했다. 미리 도착해 있던 선배는 괜찮다며 몇 번이나 나를 안심시켜 주었다. 민병경찰은 생각보다 위협적이거나 강압적이진 않았다. 오히려 우리가 기자라는 것을 알고 미국이 이처럼 잔인하고 비도덕적인 전쟁을 하고 있다며 항변하기 시작했다. 젊은 장교는 영어로, 어린 아이만 있는 학교를 폭격하는 그들을 도저히 이해할 수 없다고 말했다. 간단한 서류작업이 끝나고 또 다시 다른 건물로 후송되었다. 장교가 말하기를, 허가 없이 들어온 이상 추방할 수밖에 없단다.

사복경찰인 듯한 사람을 따라 숙소에 도착했다. 각자 묵을 방으로 가기 전에 또 한 번씩 취조를 당했다. 어떻게 들어올 수 있었는지에 대한 것이었는데, 아마도 모두들 같은 질문을 받았던 것 같다. 간첩이 아닌 이상 국경을 통과하기는 불가능하다그 생각했던 모양이다. 한 방에 한 명씩 억류된 상태에서 모두들 어떤 생각을 하고 있었을까? 그런데 우리를 감시하고 있던 사복경찰이 보이지 않았다. 숙소 지배인은 우리에게 뜻밖의 말을 해주었다. 무사히 도망갈 수 있게 도와주겠다, 그러니 약간의 돈을 달라는 것이다. 진짜 거짓말처럼 감시자가 보이지 않았다. 그는 어디로 간 걸까? 그런 배짱이 어디에서 나왔는지, 감시자가 정말 도망을 쳤는지 지배인에게 확인하러 갔다. 마침 엘리베이터 안에서 마주친 지배인과 서로 눈싸움을 하기 시작했다. 지배인은 대답 대신 뒷주머니에서 자동차 열쇠를 보여주며 같이 가자는 손짓을 했다. 감시자에게 있어야 할 자동차 열쇠가 왜 지배인 손에 있는 것일까?

서둘러 로비에 모인 우리들은 탈출을 결정했다. 바로 그때 민간인들이 숙소 정문을 넘어 안으로 들어오고 있었다. 약탈이 시작된 것이다. 열쇠를 건네받은 우리가 차문을 열자마자 한 민간인이 물을 달라고 손을 내밀었다. 당황한 나는 물 한 통을 건네주고 문을 잠가버렸다. 시간이 없었다. 남아 있다간 무슨 변을 당할 것 같은 분위기였다. 나머지 일행이 도착하자마자 서둘러 출발했다. 차선조차 알 수가 없었다. 이젠 총성이 아니라 차도에 몰려 나와 있는 이라크 시민들이 더 무서웠다. 약탈이 시작되면 외신기자들을 표적으로 삼을 수 있기 때문이다.

큰길에 다다랐을 때 지배인은 여기가 마지막 안내지점이니 이제부터는 알아서 가라는 신호를 보냈다. 약속대로 남은 돈 모두를 지배인에게 건네주었다. 그리고 가속 페달을 밟았다. 다행히 뒷좌석엔 빼앗겼던 장비가 그대로 있었다. 선배는 탈출하자마자 차 안에서 촬영에 들어갔다. 카메라기자로서의 본능이다. 마지막 마을을 지나갈 때는 차에서 둔탁한 소리가 들렸다. 시민들이 돌멩이를 던져 차를 세우려 한 것이다. 우린 그냥 머리를 숙이고 돌진했다. 차에 부딪치는 돌멩이 소리는 느낌상 총소리와도 같았다. 섬뜩했다. 탈출은 성공이었다. 우리는 그렇게 살아서 돌아온 것이다.

"상황 종료."

교관의 목소리가 들렸다. 훈련이었다. 정말 실전 같은 훈련이었다. 그래서 정말 다행이었다. 우리 조 대원들은 잠시 아무 말도 하지 못했다. 심지어 잠시 동안 일어나지 못한 대원들도 있었다. 빼앗긴 소지품을 되찾아 시계를 보았다. 겨우 10분 정도 걸린 훈련이었다. 그 짧은 사이에 5년 전 일들이 파노라마처럼 지나간 것이다.

이 훈련을 담당하는 교관은 전시 경험도 있고 실제 피랍된 적도 있는 군인 출신이었다. 나이는 58세지만 목소리는 아직도 절도 있는 군인 그대로였다. 내가 5년 전에 억류되었던 이야기를 하니, 심문 과정에서 폭행을 당하지 않았느냐고 물었다. 폭행은 없었지만 극도의 공포는 느꼈다고 말했다. 그러자 오늘같이 침착하게 한 것도 그 당시 억류된 경험이 있었기에 잘 해낸 것 같다며 격려해주었다. 절대 반항을 한다거나 필요 없는 말을 해서는 안 되며 두조건 시키는 대로 따라야 한다고 강조했다.

전쟁과 재난의 신음소리가 오늘도 지구촌 곳곳에서 터져 나오고 있다. 위험 지역 취재 교육을 받기 전까지는 가장 중요한 것은 취재라고 생각했다. 안전은 신의 가호가 있으면 가능한 일이라고 생각했다. 하지만 이번 교육을 받으면서 생각이 바뀌었다. 취재보다 중요한 것은 안전의식이다. 안전이 담보되지 않으면 그 취재는 빛을 발할 수 없다. 생사를 가르는 취재 현장에서도 안전규칙을 지키면 보다 안전한 취재를 할 수 있을 것이다.

ㅣ김흥기

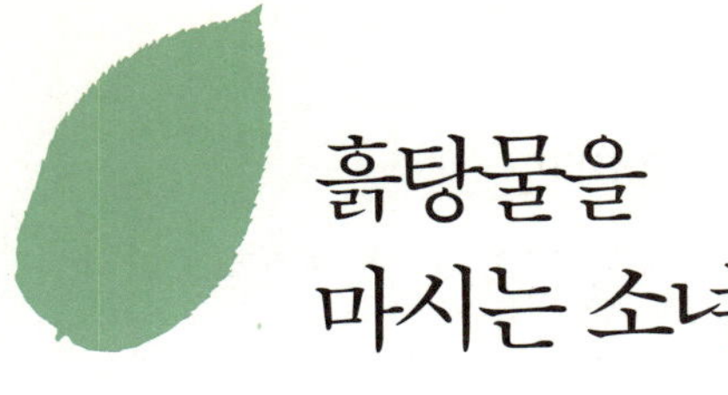

흙탕물을
마시는 소녀

1993년, 카메라기자 2년차인 나는 부서 회식 자리에서 옆에 앉은 선배와 이런저런 이야기를 나누고 있었다. 해외출장을 주제로 대화가 오가던 중 소말리아 같은 전쟁 지역 취재를 해보고 싶다는 말을 건넨 것은 너무 순진한 일이었을까. 그 고급 정보는 곧 선배의 큰 목소리를 타고 멀리서 식사 중이던 부장에게 전해졌고 일은 일사천리로 진행됐다.

먼저 황열병 예방주사를 맞았다. 그 주사를 맞고 나면 주는 노란색 증명서가 있어야 아프리카 입국이 가능하다. 접종 후 사흘 동안은 주사 후유증으로 고생했다. 호되게 몸살이 난 사람처럼 졸음이 쏟아지고 몸이 늘어졌다. 그러던 어느 가을날, 나는 영국행 비행기에 몸을 실었다. 창밖으로는 시베리아 대륙이 끝없이 이어지면서 낮이 계속됐다. 게다가 내 좌석 밑에는 시가 1억 원짜리 ENG 카메라가 놓여 있었다. 모든 것이 부담스런 무게로 나를 짓눌렀다.

소말리아는 아프리카 동북부에 위치한 총면적 64만 제곱킬로미터에 약 6백만 명 정도의 인구가 살고 있는 국가다. 1960년 9월 영국으로부터 독립했지만 군소 정파 간 투쟁으로 무정부 상태에 빠져 있었다. 런던을 거쳐 케냐 나이로비에 도착한 우리 취재팀은 6일 만에야 UN에서 제공하는 모가디슈행 비행기를 탈 수 있었다. 소말리아의 수도 모가디슈 시내는 아직 내전 중이라 위험했다. 때문에 우리는 공항에서 대기했다가 그나마 안전한 수송 수단이라 할 수 있는 이탈리아 장갑차를 타고 목적지인 유노솜 2(UNOSOM 2: United Nations Operation 2 in Somalia)로 이동할 계획이었다.

모가디슈행 비행기를 타는 데만 6일이나 걸린 것으로 미루어 보아 상황은 긴박한 것 같았다. 스케줄도 장담할 수 없는 불안한 상황이었다. 두 시간 정도를 비행한 후 모가디슈 공항에 발을 내딛었다. 공항엔 취재진들을 위해 이탈리아 장갑차가 나오기로 했다. 하지만 우리를 마중 나온 것은 우리나라 선교사가 끌고 온 트럭이었다. 손잡이도 창문도 없는 트럭의 짐칸에 1억 원이 넘는 장비를 싣고 모가디슈 시내 한가운데를 지나갔다. 우리를 지켜주는 것이라고는 가이드가 들고 있는, 먼지가 끼어서 총구마저 막혔을 것 같은 AK 소총뿐이었다.

시내 전체에는 영화 「블랙호크다운」처럼 언제 어디서 죽음과 마주칠지 모르는 긴장감이 흐르고 있었다. 누가 장난으로라도 총을 쏜다면 그 표적이 되어 목숨을 잃기에 충분해 보였고, 실제로 우리가 도착하기 3일 전에는 미군 차량이 시내에서 멈춰 섰다가 속옷만 남기고 모든 것을 탈취당한 사건도 있었다고 한다.

다행히 우리 트럭은 멈추지 않았고 아무도 건드리지 않아준 덕에 무사히 유노솜 2에 도착할 수 있었다. 하지만 이곳도 안전하지는 않았다. 밤이 되면 종종 콘크리트로 된 득일군 막사로 뛰어가야만 했다. 반군들이 유노솜 2 안으로 박격포를 쏘아댔기 때문에 컨테이너 막사로 된 우리 연락소에 있다간 총알받이가 되기 딱 좋기 때문이다. 사람은 총을 맞아도 죽고 박격포에 맞아도 죽는다. 하지만 그보다 더 생명을 위협하는 건 "나는 설마 안 죽겠지." 하는 안일한 생각이다. 이런 생각이 때론 전쟁 위험 지역으로의 무모한 여행을 감행하게 하고, 결국 납치 등으로 이어져 국제사회에서 나라의 처신을 곤란하게 만드는 것을 우리는 보아왔다. 그러니 생존에 대한 본능이 있는 사람이라면 박격포가 쏟아지는 밤에는 안전한 곳을 향해 전력질주했을 것이다.

서울을 떠난 지 일주일 만에 본격적인 취재가 시작됐다. 대한민국 상록수부대가 유엔평화유지군 활동을 하고 있는 발라드는 유노솜 2에서 헬기버스로 이동해야 도착이 가능한 곳이다. 헬기버스는 소말리아 내부에서 정기 운항하는 소련 헬기를 칭하는 것인데, 냉전 종식 이후 쓸모가 줄어든 전쟁 장비가 돈벌이 수단이 된 경우다. 헬기 내부가 농구장만하다면 믿을까. 아무튼 그만큼 넓었다.

상록수부대는 공병부대로 발라드에서 조하르라는 동네까지 연결되는 도로를 보수하고 우회도로를 놓는 공사를 하고 있었다. 또한 동네 주민들에게 학교를 열어주는 등 대민활동도 활발히 하고 있었다. 상록수부대가 열어준 학교에서 소말리아 아이들을 만날 수 있었다. 그동안 사진에서 본 소말리아 아이들은 팔다리가 앙상하고 배만 볼록 튀어나온 모습이 대부분이었는데, 실제 만나본 아이들은 그렇지 않았

다. 그런 아이들은 병에 걸렸기 때문이란다. 그러나 이곳의 아이들도
얼굴에 핏기가 없기는 매한가지다. 어린 아이다운 밝음이나 천진함은
찾아볼 수가 없다. 이 아이들이 어른이 됐을 때, 그들은 지금을 어떻
게 기억하게 될까? 아니, 이 아이들에게 과연 미래가 있을까? 전쟁은
지금 이 순간만 불행하게 하는 것이 아니라 다가올 미래마저도 잿빛
으로 예고한다.

동네에는 소가 떼로 지나다녔다. 남자들이 동네에 모여서 한가하게
나라 걱정을 하고 있는 동안, 여자들은 왕복 여덟 시간 걸리는 우물에
서 물을 길어왔다. 아이들은 흙탕물을 마셔대다가 우리 차가 지나가
면 애절한 표정으로 뭔가 달라고 손을 벌리며 쫓아왔다. 흙탕물을 마

시는 것은 너희가 먹을 것을 안 주면 우리는 이런 것을 먹을 수밖에 없다는 일종의 시위라고 한다. 불과 몇 십 년 전 미군 차량의 꽁무니를 똑같은 모습으로 쫓아다녔을 우리 부모님 세대의 어린 시절을 생각하니 더욱 안타까운 마음이 들어 똑바로 쳐다보기가 힘들었다.

소말리아에서의 2주일, 종군기자 생활을 경험했다고 말하기엔 너무나 짧은 시간이다. 이제 그곳에 다녀온 지도 벌써 15년이 되었다. 그곳 사정은 그때보다 더 나아진 것이 없다. 이 글을 쓰다 보니 무표정한 얼굴로 흙탕물을 마시던 어린 소녀의 모습이 떠오른다. 그 아이는 지금 어떻게 살고 있을까?

| 박승원

전쟁을,
기록하다

미군이 바그다드를 점령한 후 요르단 국경으로만 이라크 입국이 허용되면서 요르단의 수도 암만에는 바그다드로 들어가려는 수많은 외신들이 모여 들었고 덕분에 차량 비용은 부르는 게 값이 되었다. 요르단 암만에서 차로 이라크 바그다드까지 이동하는 데는 3,000달러, 바그다드에서 암만으로 이동하는 데는 200달러가 든다.

우리는 암만에서 저녁 10시경에 출발해 새벽 3시경 요르단 국경을 통과했고, 그 후 여덟 시간에 걸쳐 요르단과 연결된 이라크 서쪽 고속도로를 달렸다. 요르단 암만 시가지를 벗어나자 끝없이 펼쳐진 사막지대가 시작되었다. 가끔씩 보이는 양떼들과 목동들, 폭격으로 파손된 도로와 교량. 바그다드가 가까워지면서 풀이 보이기 시작한다. 초록색 풀숲으로 점점 깊이 들어가자 유프라테스 강이 보인다. 암만을

떠난 지 열여덟 시간 만에 처음으로 보는 물이다. 강을 지나 30분가량 더 달려 티그리스 강이 도심을 흐르는 바그다드에 도착했다. 너무 느리게 달리면 도적 떼의 표적이 될 수 있다던서 우리를 태운 차량의 운전기사는 시속 120~140킬로미터의 속도를 유지하면서 달려왔다. 목적지에 도착할 때까지는 그가 우리 일행의 모든 것을 쥐고 있는 사람이다. 요르단 사람인 그 운전기사는 새벽에 국경에서 잠깐 수면을 취한 후 열아홉 시간 넘게 운전을 한 끝에 우리를 안전하게 목적지에 실어다주었다.

　바그다드는 미군에 점령된 지 꽤 시간이 흐른 탓인지 생각보다는 평온해 보였다. 많이 본 듯한 거리 풍경, 미군 군용 트럭 위의 여군, 남루한 차림새지만 도로 위를 활보하는 시민들. 전쟁이 끝난 상황이라서 그런지 예상했던 만큼 살벌한 풍경은 아니었다. 우리보다 먼저 들어와 있던 동료 취재진들은 처음엔 호텔방을 구하지 못해 팔레스타인 호텔과 쉐라톤 호텔 사이에 있는 잔디밭에서 노숙을 해야만 했고, 며칠을 노숙한 끝에 현지인에게 엄청난 돈을 주고서야 겨우 방을 구할 수 있었다고 한다. 미군이 외국 언론인의 경우 안전 문제로 시내 호텔 중에 두 곳을 정해 그곳에 묵게 했는데, 머리 좋은 현지인 몇 명이 미리 호텔방 여러 개를 예약해놓고 투숙을 원하는 외국 언론인들에게 비싼 가격에 되팔았다고 한다. 낮의 평온함과는 달리 밤에는 총소리가 심심찮게 들리고, 어떤 때는 호텔로 총알이 날아오기도 한다. 처음에는 겁을 먹기도 했지만 매일 밤 일어나는 일이다 보니 일주일 정도 지나자 이마저도 무감각해진다.

바그다드 거리의 도로변 한쪽에는 미군 아파치 헬기에 당한 부서진 이라크 군 탱크가 보인다. 시내 곳곳에도 폭격으로 파괴되고 불에 탄 흔적들이 보인다. 주유소에는 기름을 넣으려는 차량들이 줄 서 있다. 산유국인 이라크 내에 정유시설이 없어 외국에서 다시 석유를 사들여와야 하기 때문에 기름값이 비싸단다. 이라크는 1991년 걸프전 이후 미국의 경제 제재와 압력으로 산유국임에도 불구하고 자국 내에 정유시설 하나 제대로 갖추지 못하고 있는 실정이다.

한때는 중동 최고의 도시에서 지금은 가장 가난한 도시로 변해버린 바그다드가 또다시 미국과의 전쟁에 휘말리게 되면서 거리를 걸어 다니는 시민들 대부분은 직업이 없는 무직자가 되었다. 주유소에 기름을 넣으려고 줄 서 있는 자동차 행렬을 촬영하고 있는데 현지인 가이드가 내 팔을 잡아끈다. 분위기가 안 좋으니 이곳을 빨리 떠나는 것이

좋겠다는 것이다. 얼마 전 외국 자선단체가 지원물품을 갖고 와 동네에서 물품을 나눠주다가 총격을 받은 일이 있다는 것이다. 총을 쏜 청년은 줄을 서서 물품이 배분되길 기다리다 갑자기 자기네 처지가 한심한 생각이 들어 충동적으로 품에 있던 총을 꺼내 지원물품을 나눠주던 외국인 자선단체 요원을 쏘았다는 것이다.

이라크는 개인이 총을 소지하는 것이 법적으로 허용된다. 이란과의 8년 전쟁으로 생활이 곧 전쟁이었던 이라크 사람들은 총을 집에 두고 있다가 전쟁이 일어나면 바로 군대에 소집된다. 그렇다 보니 총기 소지가 허용됐고, 이로 인해 총기 사고도 자주 발생한다고 한다.

우리 팀의 이라크인 가이드인 쿠테이바 씨는 바그다드 대학 약대 대학원생이다. 우연히 팔레스타인 호텔 주변을 어슬렁거리다 외국 취재팀의 영어 통역 가이드가 되었고, 같이 일하던 취재팀이 임무를 마치고 떠나면 다시 호텔 주변에서 새로운 팀을 물색해 가이드 일을 하는 사람이다. 이 젊은 이라크 친구는 미군보다 쿠웨이트에 대해 강한 적개심을 드러냈다. 바그다드에 처음 입성한 미군 군대에 쿠웨이트 군이 섞여 들어와서 저항하는 이라크 시민들을 미군보다 더 잔인하게 살해했다는 것이다. 또 걸프전의 원인이 된 이라크의 쿠웨이트 침공에 대해 좋지 않은 감정을 가지고 있던 쿠웨이트 사람들이 미군이 공격해 들어올 때 같이 들어와서 많은 이라크 사람들을 죽였다는 것이다. 전쟁 중에 흘러나오는 유언비어에 대해서는 사실 여부를 확인할 수는 없지만, 그의 이런 말은 일반적으로 이라크 사람들이 쿠웨이트에 대해 갖고 있는 감정이 투영된 것으로 보인다.

이곳에선 미군 부대 앞을 지날 때는 조심해야 한다는 얘기가 있다. 미군 부대 앞을 지나는 차량이나 행인에 대해 미군이 정지 명령을 내렸는데 무시하고 그냥 지나가거나 놀라서 도망치면 총격을 받는 일이 자주 발생한단다. 우리도 그런 경험을 겪었던 적이 있었다. 이라크에 있는 동안 바그다드에서 한 시간 반 정도 거리에 있는 고대 바빌론 유적지를 취재하러 간 적이 있었다. 유적지 부근에 있는 언덕에 후세인 별장이 있었는데 이 별장에 미군이 주둔하고 있었다. 접근이 안 될 것 같은 생각은 들었지만 그래도 한 번 시도해보기로 하고 차를 별장 쪽으로 몰고 갔다. 입구 초소에 도착하기 전에 있는 안내문에는 미군 주둔지로 접근하지 말 것과 접근 시 수상하면 발포한다는 내용이 적혀 있었다. 그러나 별일 있겠나 하는 마음으로 좀 더 다가갔다. 그때 무장한 미군 병사 두 명이 총구를 겨눈 채 다가와 우리를 차에서 내리게 했다. 미군 주둔지에 접근하지 말라는 경고였다.

전쟁이 끝나고 한 달 정도 지날 무렵 이라크 뉴스가 큰 비중을 차지하지 못하게 되자 회사로부터 철수명령이 떨어졌다. 철수 하루 전, 잠시 나갔던 후배 두 명이 사색이 되어서 돌아왔다. 미군이 호텔 주변에 쳐놓은 철조망을 통과한 후 길 건너편에서 택시를 잡으려고 하는데, 도로변에 있던 한 남자가 택시에서 내리는 젊은 남자에게 권총을 들이대는 장면을 목격했다는 것이다. 남자는 총을 젊은 남자의 머리에 겨누면서 그가 갖고 있던 가방을 낚아챘고, 이 장면을 본 후배들은 허겁지겁 호텔로 되돌아왔다는 것이다.

전쟁은 승자와 패자 모두에게 참혹하고 잔인한 기록이다. 그런데도 우리가 전쟁터에 카메라를 들이대는 것은 전쟁의 잔인함을 기록하기 위해서다. 전쟁이 얼마나 잔혹한지, 전쟁이 얼마나 사람을 황폐화시키는지, 전쟁이 얼마나 인류에게 몹쓸 짓인지 카메라는 말하고 있는 것이다.

오늘도 세계 곳곳의 크고 작은 분쟁 지역에선 사선을 넘은 카메라들이 포커스를 맞추고 있다.

|김흥식

서로를 길들인 시간을 남기고 이별하는 사람들

첫만남, 첫사랑, 첫눈.

처음은 누구에게나 설레고 강렬하게 기억에 남는다. 카메라기자에겐 첫출장도 마찬가지다. 2003년 10월, 이름도 생경한 동티모르. UN 평화유지군인 한국의 상록수부대가 파병된 그곳이 방송국 카메라기자가 되어 내가 처음으로 해외출장을 간 나라다. 불 꺼진 비행기 안에서 가만히 눈을 감고 상상해본다. 그곳은 어떤 곳일까?

한국전쟁의 한 장면이 떠오른다. 미군 지프를 따라가며 "기브 미 쪼코레토!"를 외치는 꼬마 아이들, 수많은 아이들의 주린 배를 채워주었다던 군용 탈지분유, 김치와 햄, 치즈가 어색하게 뒤섞인 오래된 퓨전 음식인 부대찌개. 아버지에게서 들었던 한국전쟁 직후 미군과 관련된 단어들이 내 머릿속을 가득 채웠다. 50여 년 전 미군이 우리의 일상에 깊숙이 들어왔던 것처럼, 이제 막 전쟁을 끝낸 동티모르에서도 한국의 상록수부대가 그들의 삶에 깊숙이 자리 잡지 않았을까?

수도 딜리에서 군용 비행기를 타고 상록수부대가 주둔 중인 오쿠시로 향했다. 착륙과 함께 비행기가 심하게 흔들린다. 마치 산길을 달리는 것 같다. 손잡이를 꽉 쥐고 간신히 착륙허보니 활주로가 비포장이다. 놀라움은 여기서 끝나지 않는다. 뭔가 어색하다 싶어 주위를 둘러보니 사방 어디에도 내 그림자가 없다. 하늘을 쳐다보니 정말 태양이 머리 정중앙에 있다. 기온은 35도가 훌쩍 넘어 비행기에서 내린 지 일 분도 되지 않았는데 옷은 벌써 땀으로 범벅이다.

군용 지프에 몸을 싣고 부대로 향하는데 어디서 나타났는지 아이들이 차 꽁무니에 따라붙는다. 까만 얼굴에 눈과 이빨만 형광펜으로 그린 것처럼 하얗게 도드라진 아이들, 꾀죄죄한 몰골에 배만 볼록 나온 아이들. 그들은 슬리퍼처럼 생긴 신발을 신고 있어서 조금만 뛰어도 금세 신발이 벗겨진다. 그래도 아이들은 우리가 탄 차량 뒤를 달리고 또 달리며 따라온다. 뿌연 연기 속에서 아이들이 외치는 소리가 들린다. 처음엔 여러 소리가 뒤섞여 도무지 무슨 말인지 알아들을 수가 없었다. 그런데 자세히 들어보니 동티모르 원주민 아이들이 하얀 이빨 사이로 하는 말은 너무도 익숙한 우리말이었다.

"형님, 안녕하세요! 필승! 충성! 사랑 주세요. 고맙습니다!"

세상에 이럴 수가. 마중 나온 상록수부대 간부는 아이들이 한국말하는 것이 무척이나 자랑스러운지 우리를 보며 연신 흐뭇한 표정을 짓고 있다.

첫출장이고 상록수부대의 철수 외에는 특별히 정해진 아이템이 없었던지라 뉴스가 될 만한 것을 찾아야만 했다. 그러던 중 주임원사에게서 깜짝 놀랄 만한 얘기를 들었다. 동티모르 아이들이 한국 동요인 「학교종」과 「송아지」를 완벽하게 부른다는 것이다. 이거다! 다음날, 아침식사도 미루고 한국 동요를 부르는 아이들이 있다는 곳으로 달려갔다. 아이들은 정말 신기하게도 「학교종」과 「송아지」를 완벽하게 불렀다. 나도 모르게 흥분되어 아이들에게 계속 노래를 불러 달라고 부탁하고는 요리 찍고 조리 찍고, 마치 뮤직 비디오 찍듯 다양한 앵글로 촬영을 했다. 한참 취재에 열을 올리고 있는 순간, 저 멀리 사막같이 바짝 마른 들판에 먼지바람을 일으키며 빠른 속도로 지프 한 대가 우리 쪽으로 달려오고 있었다. 아뿔싸, 경쟁사 기자들이다. 아침에 일어나 우리가 사라진 것을 보고는 부대 사람들을 닦달해 우리가 있는 곳을 알아낸 것이다.

〈짬시킨다〉는 말이 있다. 군인들이 식사하고 남은 음식물 쓰레기를 처리하는 것을 일컫는 군대 은어다. 상록수부대는 저녁식사를 마친 후 그날 나온 음식물 쓰레기를 부대 외곽에 철조망으로 둘러막고 묻게 되어 있다. 그런데 안타깝게도 그곳 원주민들이 그 남은 음식물을 서로 차지하기 위해 철조망을 넘다 다치는 경우가 발생한다고 한다. 부대에서는 할 수 없이 짬을 시키고 한 10여 분 정도 철조망을 열어 원하는 사람들이 가져갈 수 있게 한다. 그런데 그 10분이 마치 전쟁터를 방불케 한다. 문이 열리면 어른 아이 할 것 없이 그 짬통으로 슬라이딩을 해 조금이라도 더 많이 가져가기 위해 경쟁을 하는 것이다. 그렇게 처절하게 획득한, 하지만 익숙하지 않은 음식물들은 그들이 본래 먹던 재료들과 섞여져 자신들의 입맛에 맞는 요리로 변신한다. 미군 부대에서 흘러나온 햄과 소시지, 통조림과 치즈에 우리 고유의 김치와 파, 고춧가루를 섞어 만든 우리의 부대찌개처럼 말이다.

모든 임무를 마치고 상록수부대가 동티도르에서 완전히 철수하던 날, 공항은 울음바다가 되었다. 멀리 떠나는 비행기를 바라보며 주민들, 특히 아이들은 좀처럼 눈물을 멈추지 못했다. 창밖을 바라보는 상록수 부대원들도 다들 눈시울이 붉어져 있었다. 서로를 길들인 시간을 남기고 이별하는 사람들은 언제나 그렇게 슬픈가보다. 양쪽의 모습을 정신없이 취재하고 동티모르가 저 멀리 점이 되어 사라져갈 때쯤, 나의 첫출장도 모두 끝났다.

조용히 자리에 앉아 다시 눈을 감았다. 중학교 1학년, 스포츠머리에 동글동글한 얼굴의 남자 아이들이 합창실에 모여 노래를 한다. 「올드 블랙 조」, 「켄터키 옛집」, 「금발의 제니」. 그 낯선 미국 노래들을 부르는 아이들 속에 내가 있다. 화면이 오버랩되면서 시커멓고 꾀죄죄한, 그래서 유난히 반짝이는 눈을 가진 아이들이 옹기종기 모여 앉아 「학교종」과 「송아지」를 부른다. 그 속에 허리에 긴 칼을 차고 빨간 두건을 한 꼬마가 보인다. 내가 뮤직 비디오 찍듯이 이것저것 연출을 부탁했던 바로 그 꼬마 아이다. 이제 동티모르에 상록수부대는 없다. 하지만 한국의 평화유지군이 그곳에 남긴 한국어와 태권도, 퓨전요리, 「학교종」과 「송아지」는 오래오래 그곳에 남아 있을 것이다.

｜정상보

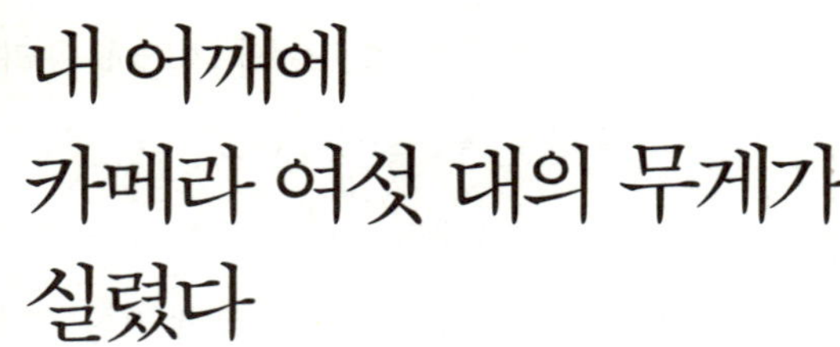

내 어깨에
카메라 여섯 대의 무게가
실렸다

휴대폰이 울렸다. 「8시 뉴스」 편집 때문에 늦은 퇴근을 한 후 종일 흐른 땀 때문에 짠내 가득한 몸을 씻고 있는데 휴대폰 벨소리가 샤워기의 물살을 뚫고 너무나 선명하게 들려왔다. 몸을 대충 닦고 부리나케 달려가 전화를 받았다.

"회사까지 오는 데 얼마나 걸리나?" 전화기 넘어 들려온 데스크의 목소리는 다급했다.

"택시를 타면 20분 내로 도착할 수 있습니다."

그리고 두 시간 후, 아프가니스탄에서 단기선교를 하던 중 탈레반에게 납치되었다 풀려난 샘물교회 신도들을 취재하기 위해 나는 두바이로 향하는 비행기에 몸을 실었다. 그러나 이미 스물세 명의 선교단 중 배형규 목사를 포함한 두 명이 살해된 상황으로, 정부는 아프가니스탄 카불 취재를 안전상의 이유로 금지시켰다. 그렇다면 과연 취재는 가능하기는 할까? 비행기 창 밖으로 보이는 검은 구름처럼 선교단의 목숨도, 취재도 어둡기만 한 상황이다.

흔히 취재 현장은 생물(生物)이라고 한다. 마치 살아 움직이는 생물체처럼 수시로 변하고 의외의 상황이 많이 펼쳐진다는 뜻이다. 이번 아프가니스탄 취재를 통해 이 말을 그 어느 때보다 실감할 수 있었다.

취재가 금지될 것이라던 걱정은 보기 좋게 빗나갔다. 공동 취재단이 구성되면 정부가 카불에 있는 선교단원들에 대한 직접적인 취재를 허용할 것이라는 이야기가 나오면서 상황은 급박하게 돌아가기 시작했다. 새벽부터 날이 밝을 때까지 회사와 수차례 통화하면서 카불에 들어간다 만다를 반복했다. 타사 카메라기자들은 두바이에 아직 도착하지 못한 상황에서 외교부가 우리만 들여보내줄까 하는 생각도 들었다. 하지만 그 예상도 빗나갔다. 공동 취재단이 카불에 들어가 풀려난 피랍자들과 기자회견을 하기로 결정됐고, 그 중에 내가 여섯 개 방송사(SBS, KBS, MBC, YTN, MBN, KTV)의 영상 취재 대표로 들어가게 됐다. 갑작스레 내 어깨 위에 ENG 카메라 여섯 대의 무게가 실리게 된 것이다. 숙소에서 급하게 짐을 꾸려 아프가니스탄 비자를 받기 위해 두바이의 아프가니스탄 영사관으로 향했다. 그곳에서 KBS, MBC, 연합, 한겨레 등 타사 기자들을 만나 함께 비자 신청을 했다. 세 시간이 넘게 기다린 끝에 비자를 발급받은 우리는 다음날 새벽 비행기로 함께 카불에 들어가기로 했다.

현지 시간 8월 31일 새벽, 두바이 국제공항 제2터미널. 샌드위치로 간단한 식사를 한 공동 취재단 일곱 명은 6시 40분 카불행 아프가니스탄 국적기에 탑승했다. 비행기 창밖으로 끝없이 펼쳐지는 아프가니스탄의 황량한 민둥산을 보면서 카불에서의 일정이 만만치 않을 것이란 생각을 떨칠 수 없었다. 현장에서 어떤 그림을 찍어야 할까? 뉴스 시간에 맞춰 기자회견 취재 및 촬영, 그리고 송출을 제대로 해낼 수 있을까? 다급한 경우 무엇을 우선순위에 두어야 할까? 머릿속에서는 일어날 수 있는 모든 예상 스토리보드를 계속 그리고 있었다.

두 시간여의 긴장된 비행 끝에 드디어 아프가니스탄의 카불 국제공항에 도착했다. 공항 출입문을 나서는데 코끝으로 맵싸한 포연이 느껴졌다. 우리가 도착하기 직전, 공항의 군 출입문 입구에서 차량 폭탄 테러가 발생해 다섯 명의 사상자가 발생했다고 한다. 카불에서 전쟁은 그렇게 현재 진행형이었다.

카불에 도착하기 전에는 석방된 피랍자 열아홉 명 전체가 기자회견을 할 것이라고 외교부가 약속했으나 공동 취재단에 끼지 못한 타 언론사의 압력이 거세 결국 피랍자 두 명만 인터뷰하는 간담회 형식으로 바뀌게 되었다. 간담회 장소인 호텔에 도착하고 얼마 지나지 않아 초췌한 모습의 피랍자 유경식 씨와 서명화 씨가 나타났다. 유경식 씨는 수염을 깎지 않아 실제보다 나이가 훨씬 많이 들어보였고, 가냘픈 모습의 서명화 씨는 얼굴 가득 두려움이 실려 있었다. 현지 시간으로 오전 11시쯤 시작된 기자간담회는 취재단의 예상보다 훨씬 밀도가 높았다. 유경식 씨는 납치 경위와 피랍 후 생활 등을 조근조근 설명해 그 동안 국내에서 증폭된 궁금증과 소문의 진상을 풀어주었고, 서명화 씨는 납치되어 있는 동안 자신의 흰색 바지 안쪽에 몰래 기록한 일지를 공개했다. 그러다 보니 테이프는 처음 예상보다 20분이나 많은

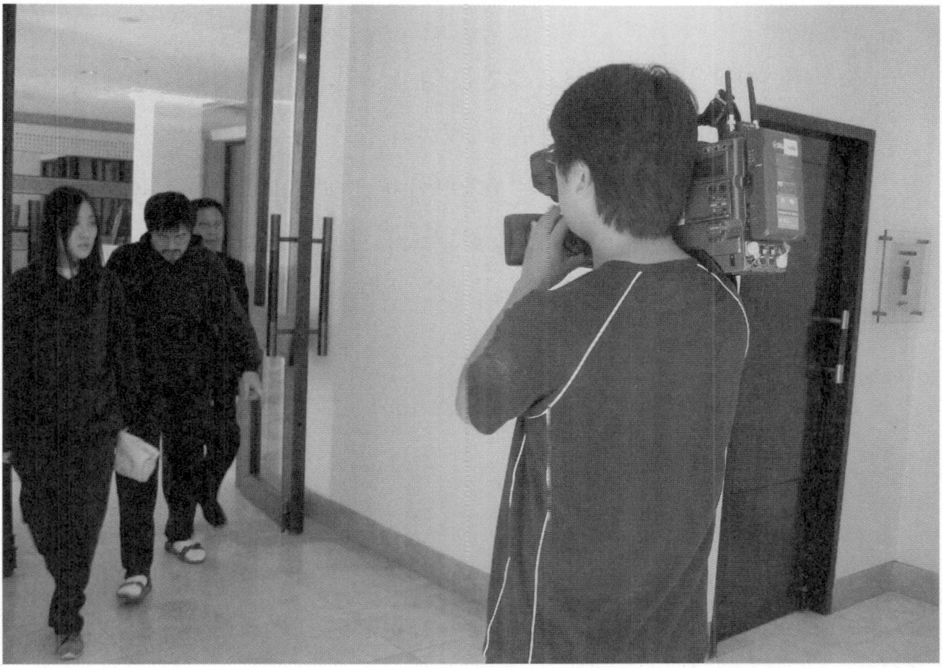

50분 이상을 돌려야 했고 그만큼 영상 송출 시간에 압박을 받게 되었다. 송출 시간은 오후 1시부터 2시까지 한 시간이 잡혀 있었는데 12시 반이 지나서야 간신히 방송 3사의 기자 스탠드업과 오디오 녹음을 마무리 지을 수 있었다. 게다가 외교부가 석방 당시의 모습을 찍었다는 6mm 테이프를 찾지 못해 호텔에서 조금 더 지체해야만 했다.

오후 1시가 다 되어서야 위성 송출 포인트인 터키 통신사 IHA로 출발할 수 있었다. 보내야 할 영상은 내가 찍은 원본과 외교부의 6mm 테이프 촬영분을 포함해 한 시간 반에 가까운 분량이었지만 송출 시간은 한 시간으로 제한되어 있어 마음은 점점 다급해져만 갔다. 그 와중에 서울에서 기자 오디오에 문제가 있다는 연락이 오고, KBS 두바이 특파원이 기사가 바뀌었다며 스탠드업을 다시 촬영해야 한다고 달려왔을 때는 긴장감에 혀가 바싹 마를 정도였다. 다행히 즉석에서 송출 시간을 30분 늘렸고 몇몇 부분은 뛰어넘는 방식으로 2시 30분(한국 시간 오후 7시)에야 가까스로 송출을 완료했다. 뉴스 시작까지 남은 시간은 겨우 한 시간 남짓이었다.

숙소로 돌아와 주 아프가니스탄 대사가 보내줬다는 김밥을 먹으며 잠시 한숨을 돌렸다. 이제 풀려난 피랍자들과 함께 두바이로 돌아갈 때까지 별다른 어려움은 없을 거라 생각됐다. 그러나 그것은 희망사항에 불과했다. 카불에서의 정말 위급한 상황은 이제부터 시작이었다.

호텔 정문 앞에서 석방된 피랍자들이 버스에 탑승해 카불 국제공항으로 출발하는 모습을 촬영했다. 곧이어 우리도 뒤를 따라 공항으로 가려 하는데 호텔에 우리를 태울 차량이 한 대도 보이지 않았다. 나와 오디오맨만 남겨놓고 모두 출발해버린 것이다. 정부 관계자들이

워낙 다급하게 피랍자와 취재진을 이동시키느라 촬영을 하고 있는 우리를 미처 신경 쓰지 못한 것이다. 전혀 예상치 못한 상황이라 잠시 동안 아무런 생각도 들지 않았다. 때마침 호텔 앞에는 수많은 외신기자들이 석방된 피랍자들을 태운 버스를 쫓아가려 하고 있었다. 나는 다급한 마음에 무작정 눈앞에 보이는 차량을 세워 "에어포트!"라고 외쳤다. 차를 세운 외신기자는 나를 슬쩍 훑어보더니 오른손에 들려 있는 ENG 카메라를 확인하고는 승차를 허락했다. 나는 가슴을 쓸어내리며 연신 "땡큐!"를 외쳤다.

외신기자들의 취재 열기는 지나치다 싶을 정도로 뜨거웠다. 전속력으로 달리는 버스를 대여섯 대의 외신차량이 쫓아가면서 6mm 카메라를 계속 들이댔다. 그들에게 과속은 기본이었으며, 급커브에 역주행까지 하면서 아슬아슬 다른 차들과 사람들을 비껴가는 모습은 마치 한 편의 액션 영화를 방불케 했다. 그렇게 위험하게 달려가는 상황에서 아무런 안전장비 없이 차량 밖으로 몸을 반 이상 내밀고 촬영을 하는 모습은 한국에서는 쉽게 볼 수 없는 장면이었다.

그 와중에도 난 어떻게든 공항에 도착만 하면 별 문제 없을 거라 생각했다. 하지만 그것 또한 순진한 생각에 불과했다. 석방된 피랍자와 우리 측 사람들을 태운 두바이행 비행기가 UN 특별기여서 UN 관할구역으로 들어가야 하는데 허가된 차량만 출입이 가능했다. 카불 국제공항 앞에 도착해 이미 정문 바리케이드를 통과한 한국 기자단과 합류하려 했으나 달랑 ENG 카메라만 들고 있던 나는 경찰들에 의해 출입을 제지당했다. 그들에게 "코리안 저널리스트!"라고 외쳐보았지만 아무런 소용이 없었다. 바리케이드를 통과하기 위해 계속 밀어붙이자 여러 명의 경찰들이 나를 둘러싸고 총을 들이대며 뒤로 물러설 것을 요구했다. "철컥 철컥." 기관총을 장전하는 소리가 들렸다. 순간 이곳은 한국이 아니라 폭탄이 터지는 아프가니스탄이라는 사실이 떠올랐다. 나는 본능적으로 몇 걸음 뒤로 물러선 후 뻣뻣하게 굳어버리고 말았다. 여권도 비행기 티켓 때문에 외교부 직원에게 넘겨준데다 지갑마저 없는 상황이었다. 그 순간 돌아가지 못하고 카불의 미아가 될지도 모른다는 두려움과, 공동 취재의 책임을 맡은 기자로서 한국으로 돌아가는 피랍자들을 끝까지 촬영하지 못할 수도 있다는 낭패감이 머릿속을 가득 채웠다. 바로 그때, 버스에서 내리는 우리 측 외교부 직원의 모습이 보였다. 그는 우리를 통과시키기 위해 경찰들을 설득하기 시작했다. 그때 내가 할 수 있는 일은 흥분을 가라앉히며 최대한 간절한 모습을 보이는 것뿐이었다. 외교부 직원이 여기저기 전화를 하고 경찰과 실랑이를 한참 한 후 가까스르 통과를 허락받았다.

드디어 UN 특별기가 카불 국제공항을 이륙했다. 그제야 굳은 표정으로 사지를 떠나는 열아홉 명의 석방된 피랍자들의 얼굴이 하나둘 눈에 들어오기 시작했다. 긴장과 안도, 그리고 두려움이 뒤섞였던 그들의 눈빛. 카메라를 쥐고 있는 내 심정도 그들과 크게 다르지 않았다. 비행기 창밖으로는 아프가니스탄의 황량한 민둥산들이 점점 멀어져 가고 있었다.

| 주용진

시체를 태웠던 그 자동차에 올라탈 수 있을까

전장에서 총을 빼앗기면 이런 심정일까?

갑작스런 지진에 취재비자를 받을 수 없어서 6mm 카메라와 마이크, 송출장비만을 챙겨 떠난 중국 출장길. 공항에서부터 가장 걱정했던 사태가 벌어지고 말았다. 카메라와 마이크, 대부분의 방송장비를 반입하지 못하도록 막는 게 아닌가. 거의 한 시간 동안 실랑이를 벌이며 한국에서 온 다른 취재진들과 함께 사정을 해보았지만 방송사 로고를 발견한 중국 세관 직원들은 오히려 카메라를 압수했다. 그나마 다행인 것은 카메라 외의 다른 부수장비들은 갖고 들어갈 수 있게 해주었다. 무거운 마음으로 호텔로 향한 우리는 그날 밤 내내 카메라를 구할 방도를 찾아 동분서주하느라 눈 한 번 붙일 수가 없었다.

다음날 새벽 6시, 어렵게 총(6mm 카메라)을 구한 우리 팀은 가장 피해가 심한 베이촨으로 들어가기 위해 호텔을 나섰다. 두 시간 정도 달렸을까, 공안들이 도로를 봉쇄하며 그 지역 주민 외 다른 지역의 차들은 진입을 금지시켰다. 이번엔 카메라에 이어 차를 버려야 했다. 결국 걸어서 경계선을 넘은 뒤 웃돈을 주고 오토바이를 구했다. 거의 고물이 된 오토바이를 세 명이 올라타 곡예를 하듯 30분을 달려 현장 입구에 도착했다. 첩첩산중이라더니 또 다른 난관에 부딪혔다. 시체들이 너무 많아 그 지역이 오염됐다며 출입을 통제하는 것이다. 몇 시간의 협상 끝에 결국 어렵게 출입이 허용됐다. 진앙지인 원촨 잉슈를 비롯해 베이촨 등 대규모 인명 피해를 낸 곳은 대부분 산골이거나 협곡에 있었다. 산지이면서도 인구 밀집 지역인 베이촨의 경우 인구 2만 명 중 약 8천여 명이 이번 지진으로 사망했다. 그곳은 마치 핵폭탄을 맞은 듯했다. 땅이 갈라져 차와 건물들이 그 속에 묻혀 있었다. 길가에 놓인 주검들, 마스크를 써도 콧속 깊이 파고드는 악취들. 그야말로 아비규환의 현장이었다. 산 자는 도시를 빠져나가느라 정신없어 보였다. 피난 가는 주민들을 뒤로한 채 우리는 한 걸음씩 처참한 현장 속으로 들어갔다. 현장에 있는 기자들은 대부분이 중국 중앙방송 소속 기자들이었다. 한 중국 기자가 우리에게 어디서 왔냐고 묻길래 한국에서 왔다고 하자 다소 놀라며 엄지손가락을 치켜세웠다.

돌아오는 길 역시 만만치 않았다. 더운 날씨와 험한 산길에 지친 우리는 지나가는 트럭을 잡았다. 시체를 태웠던 차인데 괜찮겠냐는 말에 포기할 수밖에 없었다. 하루 종일 한 끼도 제대로 먹지 못했지만 배고픔도 느낄 수가 없었다.

5월 20일 밤 11시, 현지 가이드에게서 다급한 전화 한 통이 왔다.

TV 뉴스에서 오늘 새벽 진도 6.5 이상의 강한 여진이 온다는 경고가 나오고 있으니 모두 대피해야 한다는 것이다. 중국인들은 〈8〉이란 숫자를 좋아한다. 올림픽 개막일도 8월 8일 저녁 8시 8분에 할 정도로 8을 좋아하는데, 숫자 8이 최근 잇따르고 있는 중국의 대형사건 사고일과 같아서 〈8의 저주〉라는 괴담이 나돌고 있었다. 이번 대형 지진은 5월 12일(5+1+2=8), 티베트 사태는 3월 14일(3+1+4=8), 폭설 피해는 2월 6일(2+6=8), 지진 발생은 공교롭게도 올림픽을 88일 앞두고 일어났고, 발생 당시 7.8로 알려졌던 지진 규모마저 나중에 8로 수정되었다. 앞으로 한 시간 후면 5월 21일(5+2+1=8). 중국인들 모두가 동요하고 있었다.

호텔 밖은 청두 시내를 빠져나가려는 차량 행렬과 사람들로 인산인해를 이루었다. 지진에 대한 대비가 가장 잘되어 있다는 호텔인데도 매일 밤 약간의 여진을 느낄 정도였으니 일반 가정집에 사는 중국인들에겐 공포 그 자체였을 것이다. 취재를 위해서 현장에 머무는 것이 우리의 임무지만 두려움이 엄습해오는 것은 어쩔 수가 없었다. 그날 밤 처음으로 아직 어린 아이들과 아내를 생각하며 마음속으로 기도를 했다.

다음날 아침, 가이드를 다시 만났을 때 그는 한숨도 못 잔 얼굴로 취재팀만 아니면 빨리 이곳을 떠나고 싶다고 했다. 하지만 우린 모질게도 그를 데리고 이번 지진으로 파괴된 문화재를 찾아 진앙지인 두장엔을 향해 달려갔다. 지은 지 2천 년도 넘은 산사는 거의 지반이 붕괴되어 가고 있었고, 여진이 오면 바로 산 밑으로 무너질 기색이었다. 군인들이 계속 주변을 맴돌며 우리에게 취재 허가를 받았느냐고 물었

고, 우리는 대충 베이징 특파원이라고 얼버무리며 성급히 취재를 하고 돌아왔다.

9박 10일 동안 얼마나 긴장했는지 하루 한 끼만 먹으며 다녔는데도 전혀 허기를 느끼지 못했다. 인천공항에 비행기가 착륙하는 순간, 무사히 도착했다는 사실에 안도의 한숨이 절로 나왔다. 이제 내게 대지진의 공포는 사라졌다. 하지만 그 참사로 하루아침에 삶의 터전을 잃은 사람들을 생각하면 마음 한구석이 저려온다.

ㅣ이승환

누군가의
생의 마지막 순간을
찍는다는 것

이렇게 잠을 자게 될 줄은 꿈에도 생각하지 못했다.

이란 케르만 주에 소재한 밤시 공항, 그 한쪽에서 텐트를 치고 잠을 청했다. 생면부지의 남의 나라 공항에서, 그것도 텐트 잠이라니. 그 밤, 모포 몇 장을 겹겹이 덮어도 왜 그리도 춥던지.

2003년 세밑, 이란에 대지진이 발생하자 서른다섯 시간의 비행 끝에 밤시 공항에 도착했다. 우리나라 중앙 119구조대 동행 취재에 나선 우리는 오랜 여정에 다소 지쳐 있었지만 재난 지역의 긴박한 분위기는 취재진을 긴장시키기에 충분했다. 밤시 공항은 건물과 활주로 상당 부분이 파손된 상태였는데, 각국의 구호단체들이 지진 발생 지역으로 들어가는 관문 역할을 하고 있었다. 우리가 도착한 늦은 밤에도 곳곳에 불을 밝힌 채 구호 지원 업무가 이루어지고 있었는데, 특히 이란의 자원봉사자들로 이루어진 국제적신월단(IFRC: 일종의 이슬람 적십자 기구로, 붉은색 초승달 모양이 상징이다.) 대원들은 온갖 궂은일을 도맡아 하고 있었다. 이들은 재난 지역의 열악한 상황 속에서도 줄곧 따뜻한 미소를 잃지 않았다.

우리가 가야 할 곳은 UN의 OSOCC(현장활동조정센터) 캠프가 설치된 세파라는 지역이었다. 이곳은 공항에서 육로로 약 두 시간 정도 떨어진 정부군 군사기지 내에 있었는데, 늦은 밤에 이동하기는 어렵다고 해 일단 공항에서 텐트를 치고 1박을 한 것이다. 추운 날씨에 행여 카메라가 얼지는 않을까 근심하며 모포를 동여맸던 그날 밤은 왜 그리도 길던지.

이튿날 아침 일찍 길을 나서서 오전 8시쯤 지진 발생 지역 중심부에 있는 세파에 도착했다. 세파에는 UN의 OSOCC를 중심으로 약 60여 개 국에서 온 구조대와 NGO 자원봉사단, 의료진들이 포진해 있었다. 국제구조활동은 각국의 구조단체장들이 OSOCC와 협의를 거친 후 임무를 부여받아 이루어지는 방식으로 진행되었다. 우리나라의 중앙 119구조대는 그 중에서도 실력을 인정받는 상위 클래스에 속해 주요 임무를 맡게 되었다.

캠프 설치를 마친 후 구조대는 곧바로 구조활동에 투입되었다. 현장으로 이동하는 차창 너머로 펼쳐지는 도시의 모습은 마치 쇠락한 옛 유적지를 보는 듯했다. 건물들은 모두 삐딱한 자세로 반 토막이 나 있었고, 곳곳에서 중장비가 동원된 구조작업이 한창 진행 중이었다. 높다랗게 쌓인 건물 잔해들 사이로 무언가를 애타게 찾는 사람들도 있었고, 하루 저녁 양식을 구하러 다니는 아이들도 있었다. 신호등이

없는 시내 도로는 차량들로 뒤엉켜 가히 무정부 상태를 연상시킬 정
도였다.

  119구조대가 수색견과 탐지장비를 이용하여 구조활동을 하는 동안
나는 재빠르게 스케치와 인터뷰, 취재기자의 현장 장면을 촬영했다.
위성 시간은 오후 1시 30분, 한국 시간으로 계산하면 저녁 7시다. 뉴
스 시간까지는 딱 한 시간의 여유밖에 없다. 게다가 송출 시간은 단
10분밖에 안 된다. 더군다나 전날 타 방송사에서 이미 특파원이 현장
리포트를 했기 때문에 우리도 오늘 반드시 리포트를 해야 한다. 위성
은 셰파 안에 설치된 EBU(유럽방송연맹)의 위성 송출 포인트를 청약
했는데, 첫날 약간의 문제가 있었다. 셰파 안에는 EBU 말고도 이란방
송의 위성 송출 포인트가 설치되어 있었는데, 이란방송에서 절차상의
이유를 들어 EBU의 송출을 허락하지 않는 것이다. 급하게 취재하고
송출 시간에 맞춰 도착한 나는 송출이 불가능하다는 말에 아연실색할
수밖에 없었다. 회사에서는 EBU의 청약을 이란방송에서 대신해줄 것
이라고 했지만 현장의 이란방송 엔지니어는 금시초문이라며 손을 내
젓고 있었다. 이란방송과 EBU를 오가며 악악거리기를 한참 한 후에
야 다행히 오후 2시경에 이란방송 측에서 EBU의 송출을 허가했고,
나는 EBU에 강력히 항의해서 첫 순번으로 송출을 할 수 있었다. 뉴스
시간에 맞춰 영상을 보내지 못하면 하루의 노력이 허사가 되어버린
다. 송출 시간이 짧아 좋은 영상들을 많이 보내지 못한 것이 다소 아
쉬움으로 남기는 했지만 어쨌든 첫 리포트는 무사히 마무리 지을 수
있었다.

  이번에 지진이 발생한 밤시는 그리 발달되지 않은 지방의 소도시다.

알려진 대로 8만 인구의 절반가량인 3만 5천여 명이 이번 지진으로 목숨을 잃었으니 도시 하나가 통째로 없어진 것이나 다름없다. 실제로 길 가는 사람 아무나 붙잡고 물어봐도 대부분 이번 지진으로 가족들을 잃었다고 말한다. 이렇게 피해가 컸던 것은 조기경보 시스템이 부재한 이유도 있었지만, 건물들이 대개 흙벽돌로 쌓아 올린 구조물들이었기 때문이다. 얼핏 보아도 철근 골조가 들어간 건물들은 그런대로 형태를 유지하고 있는데 반해 대부분의 흙벽돌집들은 완파되어 있었다. 더욱이 이런 흙집들은 무너졌을 때 철근 골조물보다 건물더미 속에 공간이 덜 생겨 생존자가 있을 가능성도 훨씬 줄어들게 된다. 하지만 그 아비규환의 현장에서도 실낱같은 희망은 살아 있었다. 천신만고 끝에 살아난 난민들의 천막에서 태어난 지 12일 된 아기를 만났다. 건물의 잔해 속에서 구조됐다는 그 아기는 아직 이름도 없는 상태였지만 숨소리만은 생생했다.

열흘 동안 119구조대의 활동상황, 세파 전경과 각국 구조대의 모습, 재난 현장, 고통 받는 사람들의 표정, 밤시를 떠나는 행렬, 병원이 없어 공항으로 모이는 환자들의 모습 등을 카메라에 담았다. 느린 줌과 육중한 무게지만 촬영을 무사히 마치게 해준 낡은 PAL 카메라가 문득 고마워진다.

사람이 죽어가고, 도시가 무너지고, 그 땅에서 살아온 모든 생물과 무생물의 역사가 하루아침에 사라진 대참사의 현장에 카메라를 들이대는 일은 괴롭고 힘든 일이다. 육체보다 마음이 더 곤하고 지치는 일이다. 그러나 오늘이 마지막이 될지도 모를 사람들의 마지막 한 마디에 귀기울이고, 마지막이 될지도 모르는 그들의 모습을 최대한 많이 담기 위해 카메라를 바짝 당긴다. 비록 슬프고 고통스러운 기록이긴 하지만, 내가 찍은 화면을 통해 더 많은 사람들이 이들의 고통을 함께 나누고 울어준다면 그것만으로도 고다운 일이다. 참사의 현장에서 마지막을 보낸 그들에게 내 카메라가 작은 위로가 되어주었길 바란다.

| 조창현

캄보디아,
그 비포장도로를 기억하다

덜컹덜컹.

차가 몸부림이라도 치는 듯 연신 덜커덩거린다. 프놈펜 공항에서 사고대책본부가 마련된 캄퐁까지 가는 길은 비포장도로다. 세 시간을 넘게 달리자 멀미라고는 모르던 나도 메스꺼움을 느낀다. 한국인 관광객 열세 명을 태운 여객기가 캄보디아 원시 밀림 지역에 추락했다는 뉴스가 보도된 다음날, 나는 이 불편하기 짝이 없는 비포장길을 달리며 캄보디아의 무더위와 마주했다.

캄퐁에 도착했을 땐 캄보디아 군 장성과 한국 대사관 직원, 교민 등이 엄숙한 표정으로 수색 작업에 대한 회의를 하고 있었다. 바로 카메라를 들고 부지런히 움직였다. 그때 캄보디아 훈센 총리가 나타났다. 훈센 총리는 자신의 경호원 2백여 명을 현장에 급파하고, 여객기 잔해와 시신을 찾는 사람에게는 미화 5천 달러의 현상금까지 내걸며 이례적으로 이번 사고를 직접 챙겼다. 나중에 알게 된 사실이지만, 사고가 난 지 이틀이 지나도록 추락 여객기를 못 찾아 국제적 망신을 당했다며 군 최고 수뇌부를 크게 다그치기도 했다고 한다.

우리는 대책본부팀과 현장팀으로 나누어 취재에 들어갔다. 대책본부에 남아 있던 나는 캄보디아 군 수뇌부의 수색 작전 회의를 취재했다. 회의는 왜 여객기가 추락했는지 그 이유에 집중되었다. 시아누크빌로 향하던 여객기가 정상적인 항로가 아닌 다른 항로로 비행했다는 보고가 들어왔다. 당시 정상적인 항르에는 강풍이 불고 있었고, 여객기는 회항을 하지 않기 위해 산맥을 오른편에 끼고 바람막이 삼아 밀림 바로 위를 곡예비행했다고 한다. 사고 척임이 누구에게 있는지를 여실히 보여주는 중요한 취재였다. 계속되는 취재로 「8시 뉴스」 시간이 임박해서야 캄폿 중심가에 미리 대기하고 있던 위성 송출 차량에 설치된 SNG를 통해 취재 화면을 전송할 수 있었다.

뉴스가 끝나도 일은 계속된다. 이날 밤 프놈펜 공항에 실종자 가족들이 도착할 예정이었다. 우리는 다시 캄보디아의 비포장도로에 몸을 실었다. 불빛 하나 없는 밤길, 간간이 날짐승들이 차 앞을 위태롭게 빗겨간다. 하루 종일 긴장된 취재로 저녁도 먹지 못한 상태다. 하지만 멀미가 피로보다 먼저 밀려온다.

공항에 도착하니 이번엔 취재 경쟁이다. 실종자 가족 20여 명이 여행사 관계자들과 함께 도착했는데, 한국 대사관 측이 유족들과의 접촉을 차단하는 바람에 여러 차례 실랑이가 벌어졌다. 나는 실종자 가족을 따라 캄보디아 한국 대사관과 숙소에서 밤샘 취재를 이어갔다.

실종자들의 생사는 여전히 어둠에 묻힌 채 길고 긴 캄보디아에서의 첫날밤이 그렇게 흘러갔다. 다음날 아침, 날이 밝자마자 비극적인 소식이 전해졌다. 탑승자 전원 사망.

아침 일찍 사고현장으로 가려던 실종자 가족들은 이 소식을 접하자 발걸음을 멈췄다. 마지막 희망마저 무너진 그들. 하지만 우리 팀은 머뭇거릴 틈이 없었다. 어떻게 해서든 사고현장으로 갈 수 있는 수단, 즉 헬리콥터가 필요했다. 사고현장인 원시 밀림 지역으로 가기 위해서는 헬리콥터밖에 방법이 없다. 사고현지에 파견된 모든 언론사와 외신들이 헬리콥터를 구하는 경쟁에 돌입했다. 이미 경쟁 언론사 기자들이 캄보디아 군 소속 구조 헬기에 몸을 실었다는 소식이 들려오고 있었다. 두세 시간 동안의 노력 끝에 우리도 사고현장으로 날아갈 수 있는 민간 헬기를 섭외하긴 했지만, 헬기를 타러 가던 도중 어이없는 통보를 받았다. 한국 기자 세 명이 무단으로 캄보디아 군 구조 헬기에 탑승했기 때문에 군부에서 화가 났고, 이에 따라 다른 한국 기자들이 탄 민간 헬기의 현장 접근을 전격적으로 금지한다는 캄보디아 군의 통보였다. 밤을 꼬박 샌 취재진의 얼굴이 흙빛이 됐다.

게다가 엎친 데 덮친 격으로, 캄보디아 군인들이 시신을 공항으로 옮기는 장면을 단독 촬영한 우리 취재진의 테이프를 캄보디아 군이 압수해버렸다. 다행히 자원봉사자의 휴대전화 동영상과 캄보디아 현지 방송국의 화면을 구해서 뉴스를 소화하긴 했지만 사고현장인 밀림 지역에 직접 들어가지 못했다는 책임을 면하기는 어려웠다.

하지만 그것도 잠시, 시신들이 이송된 병원으로 다시 달려갔다. 그런데 한국에서는 상상할 수 없는 참담한 일이 벌어졌다. 캄보디아의 수도 프놈펜에서 가장 큰 병원이라는 프랑스계 깔멧 병원으로 시신들이 운구되었는데, 이런 대형병원조차 시신을 넣을 수 있는 냉동장치가 하나도 없다는 것이다. 고온다습한 날씨 때문에 캄보디아에선 시신을 일정 기간 보존하는 절차나 풍습이 전혀 없기 때문이란다. 어쩔 수 없이 임시방편으로 병원 마당에 컨테이너를 설치한 뒤 시신을 넣어 보관하기로 결정했다. 그나마 한국 대사관 측이 강력히 요청해서 컨테이너 안에 에어컨 두 대가 설치됐고, 세 시간마다 군인들이 얼음을 채워 넣어주기로 했다. 나라 전체에 드라이아이스를 파는 곳이 한 군데도 없어 그나마 이 방법이 최선이었다. 이런 노력에도 불구하고 컨테이너 안 온도는 좀처럼 10도 아래로 내려가지 않는다는 게 한국 대사관 관계자의 설명이었다. 가뜩이나 침통해 있을 유가족들이 또 한 번 가슴 아파할 것을 생각하니 마음이 무거웠다.

자정을 넘어 취재진은 다시 캄폿으로 향했다. 다음날 아침, 캄폿 사고대책본부에서 멀리 떨어지지 않은 캄보디아 군 헬기장에서 새벽부터 서성인 취재진은 마침내 외신 헬기를 빌려 타고 여객기 잔해가 있는 밀림으로 들어갈 수 있었다. 비록 늦었지만 우리의 눈으로 현장을 확인하고 싶었기 때문이다. 현장은 참담함 그 자체였다. 열대우림 지역인 그곳의 나무들이 주저앉아 있는 모습에서 그날의 처참함이 그대로 드러났다.

어느덧 캄보디아 현지 취재는 종착역으로 향하고 있었다. 캄보디아 훈센 총리는 시신 한 구 당 구급차 한 대씩, 총 열세 대의 구급차를 동원해 공항까지 운구하도록 했다. 그날 저녁 머나먼 이국땅에서 불의의 참변을 당한 고인들이 고향으로 향하는 길을 마지막으로 카메라에 담았다.

　일주일간 뜬눈으로 뛰어다녔던 캄보디아의 뜨거운 여름에 작별을 고하고 한국행 비행기에 몸을 실었다. 비행기 창밖으로 캄보디아의 울퉁불퉁한 비포장도로들이 점점 멀어져갔다. 왕복 여섯 시간 거리를 총 세 번 오간, 또한 생전 처음으로 내게 멀미를 가르쳐주었던 프놈펜과 캄폿 사이의 비포장도로, 오늘 문득 그 길이 기억 속에 되살아난다.

| 제일

카메라를 들었다,
그러나 너무 위험하다

우리는 〈걸프의 보석〉이라 불리는 이라크 바스라를 향해 달리고 있었다. 차창 밖으로는 짐칸에 사람들을 가득 태운 차량들, 당나귀가 끄는 수레, 힘겹게 자전거를 타고 가는 사람들이 눈에 들어왔다. 온전하게 남아 있는 후세인 벽화를 보자 뒷골이 당기는 듯 섬뜩하다.

그런데 차 한 대가 역주행을 하며 따라오고 있다. 사이렌을 울리며 우리 차를 가로막더니 군복을 입은 건장한 청년 두 명이 내린다. 한 명은 총을 겨누고 또 한 명은 아무 말 없이 내 카메라를 가져갔다. 그러고는 어딘지도 모를 곳으로 우리를 데려갔다. 비상연락을 취하기 위해 휴대폰을 누르는데 신호가 잡히지 않는다. 그제야 너무 깊숙이 들어왔다는 생각이 들었다. 사담 페다인(민병대)으로 보이는 20여 명이 우리를 이곳저곳으로 끌고 다녔다. 민병대원은 우리가 타고 있던

쿠웨이트 차량 번호판에 붙은 스티커를 떼어내며 침을 뱉는다. 번호판을 반으로 꺾으며 욕을 한다.

그들은 우리에게 어디서 왔으며 왜 왔는지를 물었다. 영어가 통하지 않는 사람들이라 손짓 발짓을 섞어가며 어렵사리 이야기를 했다. 민병대원들은 모두가 권총을 차고 AK-47 소총을 들고 있었다. 언제 총구에서 총알이 뿜어져 나올지 몰라 소름이 끼쳤다. 그들은 우리 일행을 세 팀으로 나누더니 나를 포함한 한 팀을 회벽색 건물로 데려갔다. 서로 떨어져 있으니 온몸의 힘이 빠지며 공포감이 더해졌다. 20여 분이 더 흘렀을까, 다른 건물로 흩어졌던 일행들이 돌아오는데 표정이 새하얗게 질려 있다.

지난번 이탈리아 기자들이 바스라에서 실종됐다가 사흘 만에 요르단으로 추방당한 일이 있었는데, 우리도 그러지 않을까? 어떻게 하면 최악의 상황에서 벗어날 수 있을까? 아무런 생각이 나지 않는다. 이성이 작동하지 않는다. 다만 이럴 때일수록 침착해야 한다는 생각을 강제로 뇌리에 집어넣었다. 이라크 취재를 오면서 많은 변수가 있으리란 생각은 했다. 그러나 이렇게 붙잡히리라고는 전혀 생각지 못했다.

아침 7시에 붙잡혀 오후 2시까지 두 차례 심문을 받았다. 내일은 다시 바그다드로 압송을 하겠단다. 민병대원 중 공보를 담당했던 사람이 있었는데 그는 좀 나긋나긋하다. 이곳 바스라에 워커힐 호텔이 비어 있으니 거기서 쉬고 있으란다. 다행이다 싶었다. 하지만 희붐하게 동이 터올 무렵, 콩알을 볶는 듯한 소리가 점점 커져왔다. 바스라에서 교전이 벌어진 것이다. 현지 가이드에게 바그다드로 갈 수 있는지를 물었다. 교전 때문에 불가능하다고 한다. 달러를 한 뭉치 찔러 주었다. 그는 상황을 더 살펴보고 떠날 수 있으면 바그다드로 가겠다고 한다. 폭격소리가 생각보다 가까운 곳에서 들리면서 호텔 앞에서도 총 쏘는 소리가 들린다. 그런데 가이드가 보이지 않는다. 호텔 직원이 조심스럽게 다가와 탈출할 수 있을 것 같다고 한다. 하지만 믿기는 어려웠다. 그가 말하길, 연합군이 바스라르 진격하고 있고 이라크 군과 민병대원은 전투를 벌이러 외곽으로 나갔단다.

급히 방에서 짐을 챙겨 나왔다. 이제 탈출만 하면 된다. 하지만 어디로 가야 하는지 알 수가 없다. 호텔 직원에게 연합군이 있는 1차 초소까지만 안내를 해주면 사례는 얼마든지 하겠다고 했다. 1초가 급했다. 혹시 몰라 방탄조끼를 챙겨 입었고 운전사는 헬멧까지 썼다. 정문에서 차량까지는 30초도 채 안 되는 거리다. 하지만 너무도 멀게 느껴진다. 호텔 직원이 불안해하며 결심을 못 내리자 끌고 나오듯 재촉해 차에 태웠다.

창문을 열고 카메라를 들었다. 너무 위험하니 촬영을 하지 말라고 하는데 아무런 소리도 들리지 않는다. 엄지손가락은 벌써 녹화 버튼을 눌렀고 뷰파인더 창 안으로 핏빛보다 선명한 레코드 불빛이 보인다. 그러면서 차는 도로상태가 엉망인 시내에서 시속 150킬로미터로, 그야말로 죽지 않을 만큼만 달렸다.

외곽으로 벗어나자 신기할 정도로 한산하다. 생사의 갈림길에서 한 고비 벗어난 것이다. 하지만 아무리 달려도 연합군의 탱크는 보이지 않는다. 혹시 잘못 달리고 있는 것은 아닌지 걱정이 되었다. 한참을 더 가니 그제야 영국군 탱크가 보인다. 우리는 일제히 환호성을 질렀다. 이제, 드디어, 죽음의 공포에서 벗어난 것이다.

그렇게 나는 살아서 돌아왔다. 이라크 관련 뉴스를 볼 때마다 그때의 일이 섬광처럼 떠오른다. 그때 느꼈던 죽음의 공포는 아직도 내 심장을 조여온다. 그러나 이라크는 아직 전쟁이 진행 중인 나라다. 때에 따라서 또 누군가가 이라크의 포성을 취재하러 카메라를 들고 가야 할지도 모른다. 만약 내게 또 그런 일이 일어난다면 나는 어떻게 할까? 카메라를 움켜쥔 손에 나도 모르게 힘이 들어간다.

| 태양식

3부

그곳을 담는다는 것,
그곳에 마음을 놓는다는 것.

나에 대한 생각조차 잊고
그저 카메라에 의지한 채 걷기만 했다.
카메라와 장비의 무게는
그대로 어깨를 짓눌렀지만,
마음은 어느새 짐을 내려놓고 있었다.

이곳은 태풍의 종점이고,
바람의 무덤입니다

원래는 원양어선 선원들의 추석맞이를 취재할 목적으로 일주일에서 길어야 보름 정도 예상하고 떠난 취재였다. 그러나 예기치 못한 기상 여건으로 꼭 한 달간의 선상생활을 하게 되었다. 파도 속에서 흡사 지옥과도 같았던 그때의 기억이 새록새록 되살아난다.

1996년 9월 24일.

부산을 떠난 지 9일째를 맞은 어제, 운반선인 디노크호에서 작업선인 인성호로 배를 갈아탔다. 운반선에 있을 때보다 훨씬 심한 멀미가 몰려왔다. 배의 흔들림, 생선 비린내 냉동을 위한 암모니아 가스냄새 등이 뒤섞여 평형 기관을 뒤흔들어댔다. 그 동안은 명태잡이 원양어선을 취재하느라 미처 모르고 지냈는데, 이제 바다는 두려움 그 자체로 다가온다. 아침부터 파도가 거세지자 그물을 걷어 올리고 북쪽으로 도망을 간다. 방향 없이 몰아치는 파도 앞에선 전장 100미터가 넘는 인성호도 말 그대로 한낱 일엽편주에 불과했다. 인말세트 위성 통신 장비를 통해 들어오는 팩스에 일본열도를 거쳐 올라오는 태풍이 하나 보인다. 누가 그랬던가, 이곳은 태풍의 종점이고 바람의 무덤이라고. 제대로 누워 잠을 잘 수가 없다. 주방에선 그릇 쏟아지는 소리가 선실 전체로 메아리치며 흩어진다.

9월 28일.

안개 낀 바다를 달린다. 비바람도 함께한다. 오늘도 시커먼 바다는 바람과 짝을 지어 사방에 하얀 삼각산을 만든다. 어젠 서러운 추석이 그렇게 갔다. 저기압이 올라온다더니 또 시작이다. 배가 흔들리면서 각 선실에서 떨어지는 물건들의 소리가 이젠 유행가처럼 식상하게 들린다. 부산을 떠나온 지 벌써 보름째. 같이 간 동료 하나는 거의 열흘째 밥을 못 먹고 있다. 물만 먹어도 토해내 링거액으로 버틴다. 싫다. 지겹다, 이젠. 한 번 출항하면 6개월이나 이곳에 머무르는 선원들은 오죽하겠는가. 멀미도 억지로 버텨낸다. 언제쯤 여기를 벗어날 수 있을까. 우리가 옮겨 타고 돌아가야 할 운반선은 파도가 심해 접선을 못하고 있다. 보고 싶은 얼굴들이 새록새록 떠오른다. 아내와 아이들, 부모님. 일망무제(一望無際), 망망대해(茫茫大海).

많이 피곤해하는 모습이었는지 선장이 해수탕을 이용해 보란다. 바닷물을 끓여놓은 욕탕에 몸을 담그니 그대로 심해 깊숙이 가라앉는 기분이다. 소금기를 씻어내는 데 허락된 민물은 세숫대야 두 개 정도의 양이 전부다. 민물이래야 기관실 냉각수로 사용한 바닷물 증류수다. 그것으로 밥도 하고 먹기도 한다.

9월 29일.

밤새도록 파도가 때린다. 지난번보다 더 세다. 위성 통신 전화기로 집에 전화를 한다. 아내와 아이들의 목소리. 그리운 얼굴들. 바람소리가 거세다. 중심을 잡기 힘들 정도로 움직이는 배. 극단적인 생각마저 든다. 자연이 무섭다. 내 생의 끝을 생각하며 유서를 써본다. 창밖의 바다는 말 그대로 악마의 바다다. 계속되는 쿵쾅거림, 파도소리, 바람소리. 용기를 내서 선장에게 말을 붙여본다.

"선장님, 오늘은 파도가 좀 있네요."

"어휴, 우리 서 기자님도 이제 많이 익숙해지셨네. 한 7~8미터밖에 안 돼요."

벌써 집을 떠나와 망망대해에 떠 있기 2주째. 어중간하게 잠든 사이 짧은 꿈속에서나마 보고픈 얼굴들이 떠오른다. 선잠을 깨어 선실 밖으로 나간다. 새벽 네다섯시나 되었을까. 파도도 조용해지고 바다도 잔잔해졌다. 보름을 지난 지 얼마 되지 않은 달이 기가 막히다.

바다 저편으로 지는 달. 그 여울, 캄캄한 밤바다를 바라다본다. 그리고 밤하늘을 올려다본다. 갑판에 있는 기둥 끝 조명에 시선을 고정시킨다. 순간, 갑자기 현기증이 인다. 너무도 큰 현기증이 몰려온다. 배멀미와는 또 다른, 끝 간 데 없이 드넓은 바다 위로 반구(半球)에 박혀 있는 실로 수많은 별들이 갑자기 흔들린다. 별들이, 밤하늘이, 전체가 움직인다. 천동설인가? 지구가 태양을 따라 돈다는 코페르니쿠스의 지동설은 틀렸다. 지금 내 눈엔 온 하늘의 뭇별들이 배의 흔들림에 따라 거대한 움직임을 하고 있다. 밤하늘 전체가 움직이고 있다. 견딜 수 없는 어지럼증으로 갑판에 드러눕는다. 그리고 맘껏 밤하늘 뭇별

빛에 온몸을 난타당한다.

비바람을 뚫고 다시 출발지인 부산으로 돌아오니 달력 한 장이 이미 넘겨져 있었다. 일주일이면 되겠지 했던 취재가 한 달 이상을 끌었던 것이다. 망망대해에서 태풍을 온전히 맞으며 생사의 고비를 넘기기도 했던 취재. 지나고 나면 모든 것이 추억이라고 했던가.

서울에 돌아온 지금, 가장 아쉬운 것이 있다면, 이름하여 명태잡이 원양어선을 취재하면서 생태찌개 한 번 못 먹어봤다는 것이다. 바다에서 막 잡아 올린 생태로 끓인 찌개는 과연 어떤 맛이었을까.

| 서경호

카미노 데 산티아고,
그곳을 걷는다는 것

걷는다.

한 걸음 한 걸음, 단지 걸을 뿐이다. 차를 타지 않고, 뛰지 않고, 그저 걷는다는 것 외엔 아무것도 없다. 걷고, 걷고, 걷는 길. 그 길 위에서 그들은 변화한다. 기적이 일어나는 길, 그 길이 카미노다.

카미노는 스페인어로 〈길〉을 뜻한다. 특히 이슬람과 기독교 세력이 오랜 기간 무력과 문명을 사용하여 접전을 벌이던 역사 속에서 산티아고 대성당을 향하는 유럽인들의 순례길을 〈카미노 데 산티아고(Camino de Santiago)〉, 즉 산티아고 가는 길이라고 한다. 스페인을 마호메트로부터 지켜내고자 하는 운동이 유럽인들을 순례자로 만들었던 것이다. 이 길에는 무언가 특별한 것이 있다. 이 순례자의 길 위에 서면 사람들은 변한다. 분명히 그 길을 걷기 전의 자신의 모습과 걷고

난 후의 자신의 모습은 다르다. 언제 어떻게 변했는지는 스스로도 모른다. 다만 그 길을 따라 그들도 인생의 순례자가 되는 것이다. 자신만의 길을 찾기 위해 떠난 사람들이 모여드는 곳, 그곳이 카미노인 것이다.

취재 중 만난 한국인 L씨. 이혼에 실직까지, 인생의 쓰나미를 겪은 그는 한반도 횡단을 마치고 이곳까지 오게 됐다고 했다. 일밖에 모른 채 가정을 소홀히 여겨 아내에게 이혼을 당한 중국인 아저씨, 암으로 투병 중인 독일인 할아버지, 직장을 잃어버린 스위스 여자도 모두 이 길에서 만났다. 이곳에는 나처럼 용기 없는 사람들이 많이 걷고 있다. 또 이곳에는 나처럼 아주 용감한 사람들이 많이 걷고 있다. 자신이 아무것도 아니라는 허무함을 깨닫는 순간, 인생의 무게가 주는 두려움을 느끼는 순간, 카미노 데 산티아고는 그 길을 걸으며 자신이 걸어온 길을 뒤돌아볼 수 있는 기회를 우리에게 선물로 주고 있는 것이다. 그 길은 자신을 지키고자 하는 내면의 순례자들을 그렇게 손짓하며 부르고 있는 것이다.

사람들은 그 길에서 어떻게 변하는 것일까? 그리고 그 변화는 무엇으로 가능하게 된 것일까? 나는 그 대답을 나 자신을 통해 알 수 있었다. 나는 단지 일을 하기 위해 카미노, 그 길 위에 섰다. 작은 배낭과 지팡이 하나뿐인 순례자들의 단출한 짐에 비해 20킬로그램이 넘는 카메라와 장비까지 들고 고통스러운 걸음걸음을 떼야 했다. 출장 전 가졌던 기대에 비해, 촬영 초기 나는 조급해했다. 매일 걷기만 하는 이 단순한 그림으로 과연 60분짜리 다큐멘터리가 나올 수 있을지 막막했고 불안했다. 그런데 걷고 또 걸으면서 조금씩 조금씩 가벼워졌다. 일

만 생각하던 집착을 버리고 나 자신에게 집중하기도 했고, 나에 대한 생각조차 잊고 그저 카메라에 의지한 채 걷기만 하기도 했다. 카메라와 장비의 무게는 그대로 어깨를 짓눌렀지만, 마음은 어느새 짐을 내려놓고 있었다. 마음의 짐이 가벼워지자 취재에 대한 조바심도 줄어들고 표정도 밝아졌다. 산티아고로 가는 길 마지막에 있는 알베르게(Alberge, 순례자 숙소)에서 만난 미국인도 걸으면서 자신이 가지고 온 짐을 하나씩 하나씩 버리게 됐다고 한다. 처음엔 무거워서 버렸지만 걷다보니 물건에 대한 집착이 줄어들어 다른 사람들에게 나눠주었다고 한다. 카미노에서 만난 성자의 말대로, 순례는 이렇게 〈버리는 것〉인지도 모른다.

카미노에선 시대를 초월하는 공감도 맛볼 수 있다. 스페인 곳곳에선 순례자의 전통이 살아 있다. 카미노가 통하는 길 어느 마을에 가더라도 낯선 이방인인 순례자들을 따뜻하게 맞아준다. 예로부터 순례자들이 묵던 전통적인 숙소인 알베르게 중 한 곳에서는 옛날 순례자들이 그랬듯이 칵테일을 나눠 마시는 풍습이 살아 있다. 칵테일은 나라, 인종, 언어에 관계없이 순례자 모두에게 평등하게 주어진다. 그리고 마지막 한 잔은 꼭 남겨둔다. 그 마지막 잔은 다음번 순례자를 위해 남겨두는 것이다. 이것은 오래전부터 이어져온 이 알베르게의 전통이다. 즉, 오늘 내가 마신 칵테일에 천 년 전의 순례자가 마신 칵테일이 섞여 있는 것이다. 칵테일 한 잔이 목울대를 타고 넘어가자 수천 년 전 고행의 길 카미노에 선 순례자들이 따뜻하게 위로해주는 것 같다.

그럼 이제 다시 물어보자. 정말 카미노에는 특별한 무언가가 있는 것일까? 그렇다면 무엇이 사람들을 변하게 하는 것일까? 결국 변화를

가져오는 경험은 스스로에게 달려 있는 것 아닐까? 여행을 떠날 준비
가 되어 있다는 말은 스스로를 변화시킬 준비가 되어 있다는 말과 같
다. 그 중에서 걷는 여행은 나의 마음을 순례길과 동화시킬 수 있는
시간을 허락한다는 것 아닐까.

　카미노를 다녀온 지 어느덧 일 년이 지났다. 그러나 나는 지금도 카
미노를 걷는다. 마음이 불편할 때, 속이 시끄러울 때, 사는 일에 욕심
이 앞설 때, 나는 문득 카미노, 그 길 위에 서 있다. 그렇게 나는 오늘
도 걷는다.

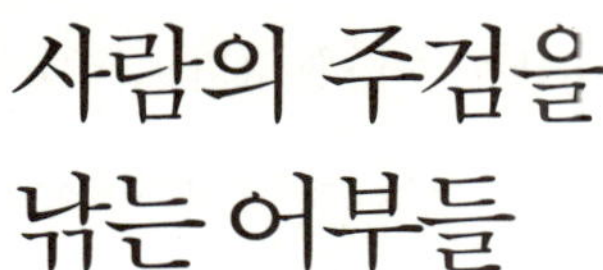

사람의 주검을
낚는 어부들

환란의 암울한 기운이 한반도를 엄습하기 몇 개월 전인 1997년 여름, 방송사 초년병이었던 나는 두 달에 가까운 아프리카 대기획 취재에 참여했다. 당시 취재 과정에서 목도한 아프리카의 모습은 기아와 전염병, 내전과 자연재앙, 수탈과 착취로 범벅된, 그야말로 전 지구적 모순의 집합장 그 자체였다. 그로부터 11년이 지나 전 세계가 끝 모를 금융 위기의 수렁으로 빠져들고 있는 지금, 당장 제2의 환란을 걱정해야 하는 우리의 처지도 서글프지만, 허울 좋은 글로벌 자본주의의 부스러기로 연명해오던 아프리카의 신음은 더욱 깊어질 것이 분명하다. 그 중에서도 생사를 가르는 에이즈 치료약마저 글로벌 자본주의에 의존하고 있는 우간다는 지금 또 어떤 위기에 처해 있을까.

우간다에 도착하기 전, 나는 우간다를 아프리카에서 가장 뒤처진 나라로 생각했다. 포악한 독재자 이디 아민과 영화로도 유명한 엔테베 특공작전의 주 무대, 그리고 에이즈 발병 추정국이자 최대 감염률 국가라는 오명. 이것이 일반적으로 알려진 우간다라는 나라에 대한 정보다. 그러나 자연적으로만 본다면 우간다는 아프리카의 수많은 나라들 중 신의 축복을 가장 많이 받은 나라다. 붉은 흙으로 대변되는 비옥한 토양과 사계절 내내 화창한 날씨, 그리고 이글거리는 태양 덕택에 우간다의 산천에는 우거진 원시림과 더불어 온갖 과일과 농작물들이 쑥쑥 자란다. 그 중에서도 바나나는 우간다 사람들의 주식이다. 산야에 지천으로 널린 바나나 나무는 인간의 돌봄 없이도 알아서 일 년에 서너 번씩 탐스러운 바나나 열매를 인간들에게 선사하는데, 농번기 동안 허리 펼 날이 많지 않은 한국의 농부들에겐 여간 부러운 일이 아닐 수 없다.

그러나 우간다를 지배했던 영국인들은 오히려 우간다 사람들이 게으른 이유가 여기에 있다며, 이들을 홍차 재배 농장이라는 혹독한 노동의 세계로 밀어넣었다. 비록 게으를망정 조상이 물려준 축복받은 땅에서 먹을거리 걱정 없이 행복하게 살던 우간다 사람들은 영국인들의 식탁에 오를 홍차를 생산하는 농장에서 힘겨운 노동의 첫발을 내딛게 된다. 아이러니한 것은 그 참혹한 노동의 대가가 이전에는 공짜로 먹던 바나나였다는 것이다. 게으름을 개선하는 주체가 자기 자신이 아닌 지배자나 자본가일 경우, 그 결과는 게으름의 상태보다 더욱 참혹하게 전개된다는 것을 단적으로 보여주는 사례인 것 같다. 아무튼 비옥한 대지와 우간다 사람들의 근면함(?) 덕택에 영국 수상 처칠은 우간다를 인도와도 바꾸지 않겠다는, 우간다 사람들에겐 결코 반

갑지 않은 애정을 과시하기도 했다.

우간다 북쪽 빅토리아 호수에는 나일 퍼치라는 커다란 물고기가 산다. 큰 놈은 2미터가 족히 넘는 이 물고기는 영국 사람이 처음으로 빅토리아 호수에 방류했다고 하는데, 그 나일 퍼치가 지금까지 3백 종이 넘는 아프리카 토종 어족들을 멸종시켰다고 한다. 그런데 언제부터인가 이 나일 퍼치가 유럽인들이 선호하는 생선요리 메뉴로 부상하면서 호수 주위에 사는 우간다 어부들의 즈 수입원이 됨은 물론 우간다 정부의 수출 효자상품이 되었다고 한다. 그러나 내가 빅토리아 호수의 배 위에서 만난 우간다 어부들은 나일 퍼치라는 물고기 대신 사람의 주검을 호수에서 건져내고 있었다. 그것은 당시 내전 중인 르완다에서 유입된 희생자들의 주검이었다. 그런데 호수에 떠다니는 주검들을 나일 퍼치가 뜯어 먹는다는 괴담이 퍼지자 유럽 국가들은 나일 퍼치의 수입을 전면 중단했다. 그러자 수출 효자상품을 되살리기 위해 호수에서 주검을 건져내는 일이 급선무가 되었다. 이에 우간다 정부는 어부들이 주검을 건져 신고하면 나일 퍼치보다 더 비싼 값을 쳐주었다.

서구열강들이 팔아먹은 살상무기로 100만 명이 넘는 희생자를 냈던 르완다 내전. 그리고 수장된 수많은 주검들과 이를 뜯어 먹었다는 나일 퍼치. 물고기를 비싼 값에 팔기 위해 물고기 대신 주검을 낚는 우간다의 어부들. 그리고 수천 킬로미터 떨어진 휴양지에서 최고급 와인에 생선요리를 즐기며 또다시 아프리카에 무기를 팔아치우는 이른바 선진국 사람들. 이런 걸 악순환의 고리라고 하는 걸까.

우간다의 한 초등학교에 들러 취재를 마치고 기념촬영을 했다. 돌아오는 길에 우간다 신문에 난 에이즈 감염자 숫자를 보고 부질없는 계

산을 해보았다. "아까 만난 아이들 중에 그럼 몇 명이나……?" 몸서리
가 쳐졌다. 그러나 정말 몸서리 쳐지는 일은 10년이 지난 지금 우리
눈앞에서 펼쳐지고 있다. 에이즈가 죽음에 이르는 불치의 병임에는
아직도 변함이 없다. 그러나 그 동안의 신약 개발로 감염자라 하더라
도 의사의 처방에 따라 치료제만 평생 복용하면 발병률을 현저히 낮
출 수 있는 수준까지 이르렀다고 한다. 실제로 미국의 경우 에이즈 감
염자에 비해 에이즈 발병으로 인한 사망자의 숫자는 급격하게 줄어들
고 있다. 그러나 아프리카는 아직도 수많은 에이즈 감염자들이 사망
하고 있다. 이유는 물론 돈 때문이다. 목숨을 살릴 약이 개발되었지만
그 약을 살 돈이 없어 지금도 수백만 명이 죽어가고 있는 것이다. 아

프리카의 많은 정치 지도자들이 제약회사들에게 이 문제만큼은 인도적으로 접근해줄 것을 요청하고 있지만 그러는 사이에도 수많은 사람들이 죽어가고 있다. 이쯤 되면 약이 사람을 살리고 죽이는 것이 아니라, 돈이 사람을 살리고 죽이는 것이라고 해야 하지 않을까. 참으로 서글픈 일이다.

이번 미국발 금융 위기로 며칠 사이 20조 달러가 사라졌다고 한다. 20조 원도 가늠이 안 되는데 20조 달러라니. 대충 0을 세 개 더하면 2경 원쯤 되는 걸까. 아무튼 엄청난 금액일 것이다. 그런데 이 돈은 어디로 사라져버렸을까? 돈의 액수도 가늠이 안 되고 어디로 사라져버렸는지도 감이 안 잡히건만 그래도 아쉽다. 너무 아쉽다. 인간과 자본의 무한 이기심과 탐욕이 사라져버리게 한 저 어마어마한 돈다발이 수억 수천 명의 생명을 살릴 수도 있었을 텐데 말이다.

신음하는 저 거대한 대륙 아프리카에 희망은 언제쯤 찾아올까.

| 신진수

그 아이들은 왜
돈 대신 연필을 달라고 했을까

에티오피아 원시부족인 구무즈족을 찾아 바히르다르시 차그니 마을에 도착했을 땐 마침 장날이었다. 사람들이 하나둘씩 장터로 모여들고, 더러는 등이 휘어져라 잔뜩 짐을 실은 당나귀들이 낮은 고갯마루를 넘어온다. 오랜만에 만난 이웃들은 반가움에 손을 놓을 줄 모르고 이야기꽃을 피워낸다. 하지만 구무즈족 사람들은 아직도 보이질 않는다.

한 시간을 더 기다리자 위에는 아무것도 걸치지 않은 채 가슴을 드러낸 한 무리의 여자들이 머리 위에 잔뜩 짐을 담은 광주리를 이고 장으로 들어선다. 팔뚝엔 저마다 칼을 하나씩 꽂고 있다. 이들이야말로 아마조네스의 여전사들이 아닐까 하는 생각이 들 정도로 씩씩하다. 구무즈족 여자들이 이고 온 광주리에는 그들이 농사 지은 호박이며

수수 등의 농산물이 가득하다. 특이한 점은 구무즈족 남자들은 옷을 입고 있는 반면에 여자들은 상체를 다 드러내놓고 있다는 것이다. 이유인즉 옷을 벗고 사는 게 여성적이고 아름답다며, 옷을 입으라는 남자들의 권유를 애써 마다하고 있다는 것이다.

그런데 구무즈족 사람들이 거래하는 모습을 지켜보노라면 이렇게 해도 되나 싶을 정도의 허술함이 곳곳에서 발견된다. 그들의 흥정은 막무가내라고 할 정도다. 적절한 가격으로 거래를 하는 것이 아니고 무조건 소리부터 지른 다음 흥정을 시작한다. 이들은 물건을 살 사람이 나타나면 일단은 거절부터 하고 본다. 그렇게 분위기를 살피다 상대방이 살 생각이 있어 보이면 고함을 지르거 무조건 돈을 더 달라고 우긴다. 무슨 싸움이라도 하는 듯 전투적인 모습이다. 왜 그런가 했더니, 셈에 약하기 때문이란다. 이들은 열 이상의 셈을 하지 못한단다. 그러니 거래가 온전할 리 없다. 그저 목소리 큰 사람이 유리한 격이다. 실제 한 여인에게 11에 4를 더하면 얼마인지 물었더니 애꿎은 손가락만 쥐었다 폈다 하며 우물쭈물한다. 그러자 10여 명이 넘는 사람들이 몰려들어 훈수를 둔다. 대답은 제각각이다.

애초에 정가 개념이 있을 리 없으니 같은 물건을 놓고도 가격이 천차만별이다. 서로 우기기를 반복하다가 사는 이가 바지춤에서 돈을 꺼내며 주저주저하면 거의 낚아채다시피 돈을 빼앗으며 그제야 물건을 건넨다. 이때도 손해를 봐 억울하다는 듯 한껏 눈을 흘기는 폼이 천진하고 천연덕스럽다. 어차피 누가 손해를 보고 누가 이득을 보는지는 중요하지가 않다. 그들에게 거래란 시장 나들이의 일부로, 일주일에 한 번씩 즐기는 유쾌한 오락처럼 느껴졌다.

그러나 얼마 후 나는 이런 생각마저도 어쩌면 문명인들의 이기일지도 모른다는 생각을 하게 됐다. 며칠 후 구무즈족 사람들과 대화 시간을 갖게 되었다. 나는 그네들의 삶과 꿈, 그리고 아픔에 대해 물었다. 카메라 앞에 앉은 그들은 긴장한 표정이 역력했지만 이내 평상시의 모습으로 돌아와 자신들의 이야기를 했다. 그 중에서도 내 마음을 울린 말이 있었다. 자신들은 "가난 때문에 행복하지 않다."는 것이다. 이것은 전혀 예상치 못한 말이었다. 그들로부터 그런 말을 듣게 될 줄은 상상도 못했다. 자연의 일부로 살아가는 원시부족들에겐 욕심과 경쟁, 박탈감 같은 것은 없을 것이라고 막연히 생각했던 건 그야말로 나의 편견이었다. 함께 일하고 거두고 나눠먹는 일상 자체가 그들에겐 행복일 거라 생각했는데 그게 전부는 아니었나보다. 어쩌면 그들은 시장터에서 만난 다른 부족 사람들을 보며 상대적 빈곤감을 느끼게 됐을지도 모른다.

빈곤의 그림자는 아이들에게서 더 선명하게 나타난다. 이곳의 아이들은 외모부터가 참으로 순박하게 생겼다. 커다란 눈망울에 미소를 살짝 머금고 호기심과 간절함을 담은 채로 우리에게 도와 달라고 손을 내민다. 선물용으로 준비해간 목걸이형 볼펜 하나를 무심코 건네자 동네 아이들 전부가 모여든다. 이곳의 아이들은 다른 아프리카에서 만난 아이들과는 조금 다르다. 케냐나 르완다 등지의 아이들은 막무가내로 돈을 달라고 하지만 이곳의 아이들은 연필을, 볼펜을 달라고 한다. 왜 하필이면 연필이냐고 묻자, 공부를 해야 하는데 연필이 없어서 그렇다고 한다. 마음이 찡해졌다. 그러다 아이들은 마음이 닿을 것 같은 이방인에겐 종이를 건넨다. 거기엔 그들의 주소가 적혀 있었다. 돌아가더라도 잊지 말고 도와 달라는 뜻이다. 나 또한 무심코 두 소년의 주소를 받았다. 참으로 어려운 숙제를 떠안은 듯 마음이 무거워졌다.

문득 행복은 어디에 있는 것일까 궁금해진다. 행복이란, 비교됨이 없는 나만의 세계 속에서 사는 일이 그 첫 번째일 텐데, 이곳에서는 그들만의 행복의 근간이 문명과 이기라는 거대한 포식자를 만나 심각한 위협에 직면해 있었다. 문득 서구인들이 가지고 온 문명에 취해 자신들만의 공동체가 무너질 위기에 처하자 다시 과거로 돌아가기 위해 외부와의 단절을 선언했다는 남태평양의 한 작은 섬 이야기가 떠올랐다. 여행자의 행로든, 삶의 방향이든, 결국은 선택의 몫이라는 사실이 다시 한 번 절실하게 다가왔다.

　에티오피아 원주민들의 뜻하지 않은 절망을 목격한 지 10여 년이 지난 오늘, 문득 그들은 어떤 모습으로 살아가고 있을지 궁금해진다. 지금은 그때보다 조금 더 행복해졌을까? 회사 복도를 지나다 무심코 바라본 기아 체험 안내 포스터에 등장하는 가녀린 소녀가 에티오피아의 그 아이들은 아니었으면 하는 작은 바람을 가져본다.

| 박대영

이번엔 어느 나라 촬영팀이,
어느 나라 관광객이
기념사진을 찍으러 올까

"바로 이 책이다!"

1996년 봄, 나는 케냐의 한 서점에서 눈을 번쩍 뜨이게 하는 책 한 권을 발견했다. 『최후의 누바족』이라는 책으로, 독일의 사진작가 레니 리펜슈탈이 1962년부터 77년까지 나일강의 중간 지점인 수단에 살면서 그 지역에 살고 있는 원시부족을 찍은 사진집이다. 나일강 7천 킬로미터에 펼쳐지는 자연과 인간의 세계를 담은 다큐멘터리를 촬영해야 하는 내게 이 책은 성경과도 같은 울림을 주었다.

우리도 일단 수단으로 들어가기로 했다. 수단의 내륙을 연결하는 유일한 교통수단인 증기선 〈스티머〉는 길이가 약 50미터인 모선에 밧줄로 연결한 화물선이 10여 대가 붙어 있어서 전체 길이가 100미터나 되었지만, 실제 모습은 전쟁이 나서 피난 가는 행렬처럼 초라하다. 그래도 일등칸은 낫겠지 했던 기대는 선실 문을 열고 들어선 순간 무너지고 말았다. 두 평 남짓의 공간에는 매트리스도 없는 2층 나무 침대가 놓여 있고 사방에는 쥐가 뛰어다니면서 우리를 맞이한다. 목적지 말라칼까지는 800킬로미터, 일주일이 걸릴 선실생활을 생각하면 벌써부터 눈앞이 캄캄하다.

그래도 낮은 밤보다 낫다. 낮에는 서서 보냈던 사람들이 밤이면 누워야 하기에 공간이 부족하고, 그러다 보니 선실 복도나 통로는 말할 것도 없고 각 층마다 하나밖에 없는 화장실 앞에서도 잠을 잔다. 화장실까지 가는 50미터 거리를 잠자는 사람을 피해가며 장애물 통과하듯 조심조심 가다보면 어느새 10분 이상이 소요된다. 식수가 마땅치 않아 계속 설사를 하게 된 우리들로서는 정말 고행의 시간이 아닐 수 없다. 화장실에 도착해도 사람들이 입구를 막고 있으니 문을 열고 들어가기도 힘들다. 결국 비상구가 필요한 상황이다. 나는 배의 난간을 붙잡고 몸을 돌려서 나일강을 등지고 배의 끄트머리에 매달렸다. 그러고는 엉덩이를 나일강에 대고 주저앉았다. 강이기에 배의 흔들림은 많지 않았지만, 만일에 배가 흔들려 잡고 있는 난간을 놓치게 된다면 칠흑 같은 암흑 속의 나일강으로 떨어지고 말 것이다. 보는 이가 없으니 당연히 강에서 끌어내줄 사람도 없을 것이다. 이러다가 뉴스에 실종자로 나오는 건 아닌지 모르겠다. 갑자기 아랫배에 힘이 빠진다. 난간을 잡고 있는 시간은 더 지체되고, 이런저런 고민 끝에 언제 아프리카의 나일강에서 이런 경험을 해보겠냐며 스스로를 위로한다.

수단 중부의 사바나 지역에는 약 140명의 딩카족들이 살고 있다. 이들도 누바족처럼 유목민 생활을 하고 있다. 딩카족에게 가장 중요한 자산은 소다. 결혼할 때도 신랑이 신부 집에 소 스무 마리를 주어야 신부를 데려올 수 있다. 아직도 축첩제를 실시하고 있는 이곳에선 소가 많으면 그만큼 부인도 많다. 우리 같으면 당연히 부부싸움이 날 일이지만 이곳은 놀라울 정도로 평온하다. 모계사회인 이곳에서 부인이 늘었다는 것은 그만큼 조강지처가 부릴 노동력이 하나 더 늘었다는 뜻으로 받아들여지기 때문이다.

소가 가장 귀중한 재산인 만큼 그들은 어려서부터 소를 관리하는 법을 배운다. 다섯 살만 되어도 아침에 일어나면 굳어진 소똥을 손으로 잘게 부수는 일로 하루를 시작한다. 건조해진 소똥으로 양치를 하고 소가 소변을 누면 땅에 떨어지기 전어 받아서 그걸로 손과 얼굴을 씻는다. 심지어 소젖을 많이 얻기 위해 〈코트 딩〉을 거치기도 한다. 코트 딩이란 암소의 생식기에 입김을 불어넣어 소를 기분 좋게 만드는 과정이다. 자신보다 더 큰 소의 생식기에 입김을 불어넣는 어린 소년의 모습은 딩카족 사람들의 삶에 대한 처절한 의지를 보여준다.

딩카족 다큐멘터리는 사진집에 근거하여 진행했다. 마을의 추장에게 사진을 보여주면서 가능한지를 일일이 타진한 후 카메라를 돌렸다. 45도를 웃도는 뜨거운 날씨 탓에 대부분의 촬영은 일출 전에 시작하여 오전 10시에 끝내고 오후 5시에 다시 시작한다. 어둠은 일단 더위를 잊게 하고 낮에 들판에 나갔던 사람들을 모을 수 있게 해준다. 그래서 오지에서의 나의 촬영은 언제나 야간에 승부수를 건다. 역광조명을 통해 피사체의 라인을 살리고, 그들이 가리고 싶어 하는 부분을 적절히 어둠으로 배치하여 아름다운 영상을 보여주려고 한다. 특

히 사냥을 나가기 전, 보름달 아래서 풍요를 기원하는 〈문 댄싱
(Moon Dancing)〉은 내가 좋아하는 촬영 소재다. 그러나 이번엔 문
제가 생겼다. 춤을 추던 열네 살 된 여자아이 세 명이 쓰러져 촬영이
중단된 것이다. 너무 열정적으로 춤을 추다가 그만 혈압이 떨어져 쓰
러졌는데 약이 없다. 간단한 구급약마저 없는 그들이 우리에게 약을
달라고 한다. 원인도 모른 상태에서 브작용을 걱정하지 않고 줄 수 있
는 약은 소화제밖에 없다. 제발 깨어나기를 빌고 있는데, 옆에서 간호
하며 짧은 영어 실력으로 통역을 하던 사람이 푸념을 한다. "우리가
사는 동네에는 약이 없어요. 조금만 몸이 다파도 죽을 수밖에 없어
요." 그들은 아직도 그렇게 자연 앞에 무방비 상태로 벌거벗겨진 채
생로병사를 맡기고 있었다.

수단의 원시부족을 취재하면서, 이들이 사는 원시적인 삶이 우리가
사는 문명의 삶보다 못 하다고 하는 건 우리의 선입견일지도 모른다
는 생각이 들었다. 우리가 보기엔 미개해 보일지 몰라도 그 속엔 오랜
세월 그들이 터득한 삶의 질서와 가치들이 숨어 있기 때문이다. 우리
가 떠난 후 그들은 다시 자연으로 돌아갈 것이다. 적응할 무렵 또 다
른 문명인들이 그들을 부를지도 모른다. 이컨엔 어느 나라의 촬영팀
이, 또 어느 나라의 관광객이 기념사진을 찍으러 올까? 그렇게 문명인
들과 한 발 두 발 만나다 보면 그들도 조금씩 다른 세상에 눈을 뜰 것
이다. 하지만 혹시 그것으로 인해 자신들의 삶의 터전인 자연에서 밀
려나게 되지는 않을까? 만약 우리가 그들 앞에 나타나지 않았다면 그
들은 세상이란 원래 이런 곳이고, 이렇게 사는 것이 행복이라고 영원
히 믿으면서 살지 않았을까?

하지만 의료 혜택만큼은 그들에게도 보급되었으면 한다. 그렇게 허망하게 죽어가는 일은 더 이상 없어야 하니까.

| 이형기

하마를
찍어야 할 텐데

김포공항을 떠난 지 꼭 보름만인 1996년 4월 29일 새벽, 50도의 더위와 모기에 시달리다 지쳐 단잠에 빠진 취재진의 새벽잠을 설치게 했던 닭 울음소리. 하마사냥 취재를 위한 아프리카 수단 남부에서의 첫 아침은 그렇게 시끄러운 닭 울음소리와 함께 시작되었다.

창사 특집 6부작 다큐멘터리 「나일 대기행」의 첫걸음은 빅토리아 호수에서 흘러나오는 백나일과 에티오피아의 티나 호수에서 시작되는 청나일이 만나서 나일강이 형성되는 아프리카 수단에서 시작되었다. 수단의 수도 카르툼에서 남쪽으로 약 1,500킬로미터 떨어져 있는 통가는 파피루스가 엉켜 있는 늪지로, 취재진이 도착하기 두 달 전까지만 해도 내전으로 인해 반군 수중에 있었던 곳이다. 그곳에서는 쉴룩이란 종족이 네스티라는 새집 모양의 수상가옥인 뗏목에서 생활하

고 있었는데, 그들은 주로 나일강에서 물고기를 잡으며 살고 있었다. 그들의 고기잡이 방식에는 특색이 있는데, 마을 사람들이 모두 참여해 토끼몰이 하듯이 물고기를 강가로 몰아 창으로 찔러서 잡는다. 2미터 높이의 파피루스 숲에서 물고기를 창으로 잡는 쉴룩족의 고기잡이 방식은 이방인의 눈에는 무척 신기해 보였다. 그들을 따라나선 우리는 숲에 몸을 던지면서 그들의 삶을 취재했다. 그러나 그 지역에는 복병이 있었으니, 바로 파피루스에 붙어사는 독개미와 각종 벌레들이었다. 선배 중 한 명이 정신없이 카메라에 영상을 담고 있을 때, 옆에서 지켜보고 있던 나는 옷 속으로 무언가가 기어들어오는 느낌을 받았다. 그리고 곧이어 눈물이 핑 돌 만큼의 아픔이 느껴졌다. 하지만 현장에서 취재하는 선배들의 진지함 때문에 아프다는 소리 한 번 지르지 못한 채 참아야만 했다. 취재를 끝내고 숙소로 돌아와 취재진 모두가 옷을 벗고 살펴보니 온몸에 개미에 물린 붉은 반점이 나 있었다.

나일강에서의 따끔한 첫 경험이었다.

　사실 취재팀이 위험을 무릅쓰고 통가 지역에 들어가게 된 이유는 하마사냥 때문이었다. 쉴룩족에게는 마을 사람들이 일 년에 한 번 하마를 사냥해서 왕에게 진상하는 풍습이 남아 있었다. 하마사냥은 여러 마을 사람들이 모여서 하는데 한 번 나갈 때 대략 50여 명의 청장년들로 팀이 구성된다. 사냥을 나가기 전 마을어서는 의식을 거행하는데, 사냥꾼들은 자기 몸에 나일강 물을 뿌리며 사냥이 잘되길 기원한다. 통가에서 체류가 허용된 12일 동안 하마사냥을 취재하기 위한 우리의 노력은 필사적이었다. 한 번 사냥을 나가면 평균 일곱 시간을 도보로 이동하는 강행군을 한다. 정상적인 길도 예닐곱 시간 걷는 것이 힘든데, 진흙과 수렁길을 걷는 것은 두 배 이상의 체력 소모를 요구한다. 계속되는 취재로 우리의 체력은 점차 소진되고 1차로 준비해간 식량도 바닥이 났다. 사실 수십 명의 원시부족민들이 창만 들고 1, 2톤이 훨씬 넘는 하마를 잡는 장면은 이번 다큐멘터리의 하이라이트다. 파피루스에 불을 지펴 불과 연기, 사람들의 함성으로 하마를 한곳으로 몰아서 그들과 사투를 벌이는 그곳 종족의 모습은 상상만 해도 취재진의 흥미를 끌기에 충분했다. 하지만 1, 2, 3차에 걸친 사냥의 실패는 취재진의 체력 저하와 함께 취재 가능성에 의문을 갖게 했다.

　또한 예상보다 취재 기간이 길어지면서 준비해간 식량이 떨어지자 현지 쉴룩족의 음식들을 하루이틀 먹어는 보았지만 취재진의 체력을 보충하기에는 부족했다. 결국 먹을 만한 것을 찾다가, 마을에 도착한 첫날 우리의 새벽잠을 설치게 했던 바로 그 닭을 잡아먹기 시작했다. 그것도 하루에 두세 마리씩 잡았다. 결국 우리 취재팀이 통가를 떠날 때에는 마을에서 닭 울음소리가 사라지게 될 정도였다.

　다음 일정 때문에 우리는 하마사냥 취재를 완성하지 못한 채 떠나야
만 했다. 물론 2차로 다시 통가로 돌아와 취재를 마쳤지만 아쉬움은
계속 남았다. 통가로 다시 돌아와 두 차례 더 사냥을 나갔으나 그것도
결국 실패로 끝났기 때문이다. 그러자 우리의 마음은 점점 더 초조해
져 갔다. 그렇게 시간은 지나가고 그곳에서 떠나야 할 날이 얼마 남지
않은 어느 날, 파피루스 숲 저 멀리서 총소리가 들려왔다. 현장으로
급히 달려가 보니 쉴룩족들이 총으로 하마를 잡아놓고 칼과 도끼로
하마의 머리와 팔다리를 자르고 있었다. 우리가 기대한 원시적인 방
법이 아닌, 현대식 총의 힘으로 쓰러진 엄청난 크기의 하마를 만나게
된 것이다. 그 모습에 다소 허망하고 어이가 없었다. 원래부터 이들에
게 전통의 하마사냥을 기대하기는 무리였다는 생각도 들었다.

　처음 아프리카 출장을 간다는 이야기를 들었을 때에는 흥분하며 좋
아했다. 아프리카에 도착하면 사자와 코끼리, 기린, 악어 등을 쉽게
볼 수 있으니 그것을 카메라에 담기만 하면 되는 것으로 생각했다. 하
지만 이후에 현장에서 온갖 일들을 겪게 되면서 그런 나의 상상이 얼
마나 순진한 생각이었는지 뼈저리게 알게 되었다. 더구나 마실 물이
없어 나일강 물을 직접 떠먹다 장염에 걸려 체력이 급격히 떨어지기
도 했다. 또 고열로 정신적, 육체적으로 견딜 수 없을 만큼 힘이 들었
다. 결국 미완의 취재로 남게 된 쉴룩족의 하마사냥 장면은 언젠가 다
시 내 카메라에 제대로 담고 싶다.

| 김원배

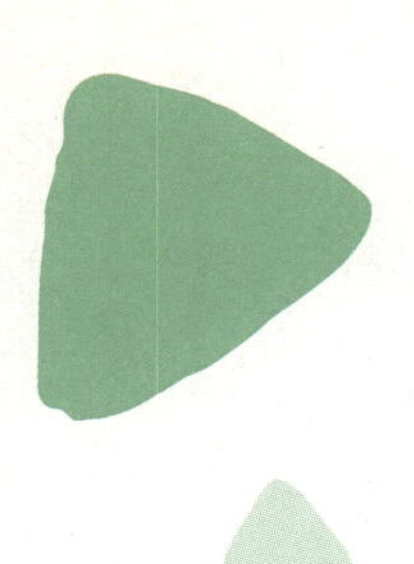

여인의 눈물이 고여
만들어진 루구호

아버지는 없고 어머니만 있는 사회, 결혼이라는 단어 자체가 없는 사회, 여자가 가장인 원시 모계사회가 오늘날에도 있을까? 이 물음에 대한 답을 얻기 위해선 14년 전으로 거슬러 올라가야 한다.

1994년, 나는 10부작 다큐멘터리 제작을 위해 아시아 여러 나라를 다니고 있었다. 10개월이라는 긴 여정의 마지막 촬영지는 중국이었다. 중국 운남성 곤명에서 차를 타고 여덟 시간을 달려 여강을 지나 영랑에 있는 모소족 마을 입구에 들어섰다. 해발 3천 미터나 되는 산에 위치한 모소족 마을은 들어서는 입구에서부터 나를 아름다운 풍경으로 끌어들였다. 루구호(瀘沽湖)라 불리는 커다란 호숫가에 나무로 만든 집들이 늘어서 있는 풍경은 지금도 눈에 선하다. 아버지는 없고 어머니만 있는 사람들, 아예 결혼이라는 단어 자체가 없는 사람들, 여자

가 가장인 모계사회를 꾸려가고 있는 루구호의 모소족. 나는 그들이 정말 궁금했다.

모소족은 루구호를 자신들이 숭배하는 경모여신의 눈물이라 믿고 있다. 전설에 의하면 경모여신은 옛날 이곳에 살던 아름다운 여인이었다고 한다. 그녀에게는 사랑하는 남자가 있었지만 그 남자는 다른 여자에게로 떠나갔고, 슬픔에 젖은 여인은 한없이 눈물을 흘리다 산이 되었다고 한다. 이때 흘린 여인의 눈물이 고여 중국에서 세 번째로 큰 호수인 루구호가 되었다는 것이다.

루구호 주변 모소족 마을은 250여 개로, 3만여 명의 모소인들이 흩어져 살고 있다. 이들이 어떻게 사는지 궁금하여 호수 가까이 살고 있는 초지니 씨 집을 찾아갔다. 다른 모소인들과 마찬가지로 초지니 씨네는 가장인 초지니 씨부터 증손자에 이르기까지 4대 34명이 함께 모여 살고 있는 대가족이었다. 모소족 마을에서는 집안에서 가장 나이가 많은 여자가 가장이 되는데, 가장은 경제권을 쥐고 집안 살림을 맡는다. 가족들은 누구라도 가장의 말을 따라야 한다. 물론 가족의 성도 여자의 성을 따른다. 모소족 어느 집이나 아버지는 없다. 우리 식으로 부르면 할머니, 어머니, 이모, 언니, 그리고 오빠가 모소인들이 쓰는 가족 호칭의 전부다. 가족인 남자들은 모두 여자의 형제이거나 아들 아니면 손자다. 모소인 사회에서 다른 성은 가족이 될 수 없다.

모소인들의 집은 한 대문 안에 보통 서너 채의 집이 있다. 자세히 보면 지은 지 얼마 되지 않은 새 집들도 볼 수 있는데, 이는 식구가 자꾸 늘어나기 때문이다. 우리가 찾은 초지니 씨네 집 내부는 가장인 초지니 씨가 방에서 가장 따뜻한 곳에 자리를 잡고, 남자들은 초지니 씨와

떨어져 차가운 곳에 쭈그리고 앉는다. 초지니 씨가 외출을 해도 그 자리에는 아무도 앉지 못한다. 남자들은 아무런 권한도 없고 그냥 이 집을 찾은 손님처럼 보였다. 우리의 가부장제와는 정반대이지만 그만큼 엄격했다.

매년 7월 25일은 일년에 한 번 열리는 전산절(轉山節)이다. 전산절은 경모여신을 참배하는 성대한 명절로, 모소인들이 짝을 찾는 축제다. 모소인 청춘남녀는 이 자리에서 마음에 드는 상대를 미리 점찍는다. 눈만 맞추던 두 사람은 나중에 서로의 마음을 확인하면서 둘의 연인 관계가 시작된다. 모소인들은 이 연인을 아샤〔阿夏〕라고 부르는데, 아샤 관계인 두 남녀 사이에는 아무런 조건도, 대가도 오가지 않는다.

모소인 여자들은 열세 살이 되면 일찌감치 성인식을 올린다. 성인식은 쌀자루 위에서 치러지는데, 이는 집안일과 농사일을 잘하라는 뜻이라고 한다. 가족들이 보는 가운데 부엌에 있는 여신의 기둥에서 성인식이 치러진다. 머리를 올리는 의식이 우리 조선시대의 풍습과 비슷한데, 머리를 올리면 아샤를 둘 수 있다.

모소인들의 집에는 특히 문이 많은데, 밖에서 집으로 통하는 문이 보통 대여섯 개다. 또 이 문들은 항시 열려 있다. 한집에 살 수 없는 아샤 관계의 남녀들은 남자가 밤에만 여자의 집을 찾는다. 문이 많은 것은 남자가 다른 식구들과 마주치지 않고 여자의 집을 비밀스럽게 드나들게 하기 위함이다.

아샤는 밤에 말을 타고 연인의 집을 찾는다. 모소인들은 이를 주혼(走婚)이라고 하는데, 주혼은 결혼이 없는 모계사회를 지탱하는 모소인들의 독특한 관습이다. 주혼에는 몇 가지 지켜야 할 것이 있다. 반드시 남자가 여자의 집으로 말을 타고 가서 만나야 한다. 여자의 집에 간 남자는 말을 세우고 밖에 모자를 걸어놓는데, 이는 지금 여자의 집에 아샤가 와 있다는 뜻이다. 한편 아샤 관계라고 해서 남녀가 아무 때나 만나는 것이 아니라 반드시 어둠이 내린 뒤에야 만날 수 있다. 날이 밝기 전에 서둘러 여자의 집에서 나와야 하는 것도 철칙이다.

결혼제도가 없는 모소인 사회에서는 이렇게 만나고 헤어지며 일생 동안 몇 명의 아샤를 두게 된다. 그러나 한 사람과 아샤 관계에 있을 때는 다른 사람을 아샤로 둘 수 없다. 만약 아샤 관계를 맺은 두 사람 중에서 어느 한쪽이라도 마음이 변하면 나뭇잎을 손바닥에 올려놓고 자신의 아샤에게 보여준다. 이는 당신을 생각하는 내 마음이 이렇게 가벼워졌다는 것을 보여주는 상징적 행동이다. 그것으로 두 사람의 관계는 끝이 난다. 이렇게 모소인들은 마음만 먹으면 아주 많은 사람들과 아샤 관계를 맺을 수 있다. 그러나 평생을 한 사람만의 아샤로 사는 사람도 많이 있다. 문화혁명 당시 중국 정부는 이들에게 모계전통을 없애고 남편을 두게 했으나 혁명이 끝나자 다시 모계사회로 돌아왔다고 한다.

14년이 지난 지금 루구호의 모소족 사회에도 많은 변화가 생겼다. 내가 그곳에 갔을 당시만 해도 외부 사회에 거의 알려지지 않았는데 지금은 관광지가 되어 많은 사람이 찾아간다. 호숫가에서 고기를 잡고 말을 키우던 모소인들, 그들은 어떤 모습으로 변했을까? 지금도 호숫가에서 루구정가(모소 연인들이 서르의 사랑을 다짐하는 노래)를 부르던 모소 연인들의 아름다운 목소리가 귓가에 들리는 듯하다.

| 김대철

4부

처음이라는,
그 차가움과 뜨거움의 사이

그 비극적인 사건이 슬픈 일임엔 틀림없지만,
그건 분명 최대의 기삿거리가
될 수 있는 특종이었다.
그것도 전 세계적인 특종 말이다.
카메라를 잡은 손이 미미하게 떨리고 있다.

눈앞에서 놓친
특종

"현지 기상 사정으로 비행기가 잠시 연착하오니 승객 여러분께서는
잠시만 기다려주시기 바랍니다."

축축한 새벽공기를 가르며 공항을 울리는 마이크 소리에 여기저기
서 불만이 터져나온다. 시간은 벌써 새벽 3시다. 괌에서 일주일간의
휴가를 마친 나와 가족들은 새벽 2시에 서울로 돌아가는 비행기에 탑
승할 예정이었다. 얼마나 지났을까. 다시 한 번 울리는 공항의 안내
멘트. 이상하다. 직업의식에 따른 직감이랄까, 뭔가가 어색하다.

같이 휴가를 온 후배 기자의 얼굴을 봤다. 무언가 있다. 그때부터 우
리는 몸에 배인 자연스러운 동작으로 가지고 있던 가정용 8mm 카메
라를 장전하고 오디오를 체크하면서 사방을 살폈다. 데스크 저쪽 기
둥 뒤에 한 무리의 항공사 여직원들이 보였다. 슬며시 다가가 보니 울

먹이는 모습, 발을 동동 구르는 모습이 보인다. 분명 무슨 사고가 난 것이 틀림없다. 후배 기자가 공항 스케치 촬영을 하는 동안 나는 꽝 현지에 사는 매제에게 전화를 걸어 서울 본사로 사고 소식을 알려 달라고 전하고 사고 위치를 찾는 데 주력했다. 얼마 후 공항에서 그리 멀지 않은 곳에 한국인을 태운 우리 비행기가 추락했다는 소식이 들려왔다. 그 비극적인 사건이 슬픈 일임엔 틀림없지만, 그건 분명 최대의 기삿거리가 될 수 있었다. 그것도 전 세계적인 특종 말이다.

뒷목으로 찌르르 올라오는 묘한 느낌에 점점 흥분하고 있는 내 모습을 느낄 수 있었다. 우선은 현장에 접근할 수 있는 차량이 필요했다. 사고가 워낙 대형인 만큼 우리는 보다 더 능동적이고 침착해야 했다. 이 사고현장에 기자라고는 우리 둘뿐이었다. 이것저것 생각할 겨를이 없었다. 공항에서 비행기를 기다리며 웅성거리던 사람들이 영문도 모른 채 항공사에서 정해준 호텔로 하나둘씩 빠져나가고 있을 즈음 여동생 내외가 차를 가져왔다. 다른 생각은 없었다. 아니 하기도 싫었다. 우리는 가족들을 모두 태운 채 칠흑 같은 어둠을 뚫고 사고현장을 찾아 주변 산 쪽으로 내달리고 있었다. 얼마를 갔을까. 부슬부슬 비가 내리는 와중에도 저쪽 산등성이에서 하얀 빛과 연기가 보이는 듯했다. 마음은 점점 더 급해지고 차량의 속도도 빨라졌다. 내리는 비에 불길이 사그라들지도 모른다는 생각에 차를 잠깐 세웠다.

멀기는 하지만 현장을 한 컷이라도 찍어두자는 생각이 들었다. 조그마한 8mm 카메라를 들었다. 뷰파인더에 현장이 차츰 가까이 보이자 첫 장면을 촬영했다는 안도감과 함께 빨리 가야 한다는 조급함이 더 거세게 마음을 짓눌렀다. 우리는 다시 달렸다. 운전을 하는 매제도,

가족들도 불안한 모습이 역력하다. 살면서 아빠가 이렇게 서두르고 땀 흘리는 진지한 모습을 보여준 적이 없어서인지 아이들 또한 어리둥절한 모습이다. 얼마나 또 갔을까. 어느 고갯길에 차량 몇 대가 비상등을 켜고 서 있는 게 보였다. 그들도 지금 막 도착한 듯 차량에서 무언가를 꺼내는 등 부산스럽다. 무작정 뛰어가 어찌된 영문인지를 물어보니 한 교민이 누구냐고 되묻는다. 하긴 그때의 우리 복장은 비에 흠뻑 젖은 반바지에 티셔츠, 거기에 아이들까지 있어 영락없이 길 잃은 휴가객의 모습이었다. 알고 보니 그분은 꽘 한인회장이었고, 우리가 휴가 온 기자라고 신분증을 보여주니 무척 놀라는 눈치였다. 어떻게 한국 기자가 벌써 왔느냐는 표정이었다. 그때 언덕 밑에서 군용차가 올라오고 군인들이 장비를 들고 뛰어오는 게 보였다. 무조건 찍었다. 한인회장이 첫 번째 구조대가 지금 오는 중이라고 했다. 그렇다면 우리가 구조대보다 더 일찍 현장에 도착한 셈이다.

사고현장에 접근하기 위해 서둘렀다. 1차 통제선은 통과했지만 얼마 지나지 않아 2차 통제선이 나왔다. 한인회장이 우리를 한국에서 온 기자라고 소개하자 무사히 통과할 수 있었다. 그리고 얼마를 더 가자 마지막 통제선이 나왔다. 이제 이곳만 지나면 저 아래 어딘가에 추락한 비행기가 보인다고 했다.

이런 행운이. 솔직히 슬픔이나 걱정은 뒷일이었다. 카메라를 잡은 손이 미미하게 떨리고 있었다. 마지막 통제선을 지나 들어오는 구조대 및 관계자들을 촬영하는데 아까부터 깜빡이고 있던 배터리 표시등이 꺼져버렸다. 고지가 바로 저긴데. 소리라도 꽥 지르고 싶었다. 무조건 카메라부터 구해야 했다. 베이스캠프에 있던 한인회 관계자들과 매체에게 카메라를 구해 달라고 사정했다. 그때 시간이 새벽 네다섯시 사이, 내가 생각해도 황당했다. 발만 동동 구르고 있는 사이 CNN, 괌 케이블 TV 등 외국 취재진들이 하나둘 보이기 시작했다. 허탈했다. 우리가 그네들보다 30분 정도는 빨리 도착을 했는데 카메라가 없다니. 그때 여동생에게서 전화가 걸려왔다. 방송용 카메라는 구할 수 없고 가정용 비디오 VHF 카메라는 두 대 빌릴 수 있단다. 천만다행이었다. 이젠 최대한 빨리 가져오는 게 급선무였다. 잠시 후 서둘러 카메라가 오고 다시 한 번 현장으로 들어가려고 시도해봤지만 철저한 통제로 모든 출입이 제한되었다.

아쉬움을 뒤로한 채 후송병원에 도착한 나는 군용 헬기가 사상자와 부상자들을 옮기는 장면, 병원 외경 등을 촬영하고 병원 안으로 진입을 시도했지만 군용 병원이라 들어가기가 쉽지 않았다. 지금까지 촬영한 내용만으로도 손색이 없을 거라 판단하고 한국으로 송출하기로 했다. 8mm 테이프를 베타로 변환하여 한시라도 빨리 한국으로 송출해야 했다. 이 촬영 원본만으로도 1보로 방

송하기에는 손색이 없을 것이었다. 아직까지는 우리가 가장 빨리 취재를 했다는 자신감과 흥분이 밀려왔다. 우선 송출할 장소를 섭외해야 했다. 하지만 이 새벽에 위성 송출은 어디서 해야 하는지, 어디서 테이프 변환을 해야 할지 정말 난감했다. 어느새 날은 밝아오고 서울

국제부와 약속한 송출 시간도 점점 다가오고 있었다.

궁하면 통한다고 했던가. 매제가 길 가다 보았다는 괌 케이블 방송국을 무작정 찾아 들어가니 방금 출근을 한 듯 직원 한두 명이 기계를 켜고 있었다. 반가운 마음을 뒤로한 채 테이프 방식 변환을 확인하니 가능하다면서도 사용료를 요구한다. 돈이 문제가 아니었다. 적당한 가격에 합의를 하고 기계에 앉아 방식 변환을 시작하는데 아까 베이스캠프 현장에서 본 외신기자들이 들어온다. 아마 그들도 늦게 도착해서 사고현장에는 접근하지 못했으리라. 아무래도 우리 그림만 못할 거라는 확신을 갖고 모니터를 들여다보고 있었다. 그때 잠깐 동안 웅성거리는 소리가 들리더니 그들 중 한 명이 우리에게 다가온다. 아마도 우리가 현장에 다녀온 한국 기자라는 소리를 괌 케이블 관계자가 전해준 듯했다. 모른 척 화면을 응시하고 있는데 모니터 화면에는 사고 당시 공항 그림이 재생되고 있었다. 그들이 놀라면서 내게 말을 걸어왔다. 감탄사를 연발하더니, 그림을 팔 생각이 없느냐고 묻는다. 그들이 제시한 액수는 10초 당 100달러로 환산하더라도 무려 2~3억 원 정도다. 현장기자가 그런 액수를 재량껏 제시할 수 있다는 것이 놀라울 따름이다. 과연 이라크전을 생중계하고 세계를 무대로 특종을 잡는 거대 방송사라는 생각이 들었다.

하지만 기자의 자존심으로 그렇게 할 수는 없는 일이다. 서울로 송출만 하면 유수의 외신들이 우리 그림을 받아 방송을 할 것이고, 그러면 우리는 전 세계적인 특종을 하게 되는 것이다. 마침내 테이프 변환을 끝낸 후 시내에서 한참 떨어진 송출 장소로 출발했다. 서울의 회사와 계속 통화를 하면서 시계를 번갈아 보며 비포장길을 달려 괌에서도 한참 외곽에 있는 위성 송출 센터에 도착했다.

이제 안도의 한숨이 내쉬어진다. 카메라기자로 살면서 한평생 이런 경험을 몇 번이나 겪을 수 있을까. 그 동안 여러 사건사고현장을 취재해봤지만 과연 말도 안 통하는 이국땅에서의 이런 취재를 얼마나 더 할 수 있을까. 계속되는 회사와의 통화 중에 위성 송출 시간이 한 시간 늦어졌다는 소식을 들었다. 이런 큰 사건일 경우엔 1분 1초의 속보가 얼마나 중요한지 모를 리 없는 서울 본사에서, 더구나 괌 현장에 자사 기자가 있었다는 이런 큰 행운을 놓칠 리 없는 회사에서 위성 청약을 못 하다니, 이해가 되지 않았다.

위성 관제소 직원이 귀띔을 해주길 ABC, BBC, NHK 등 세계 유수의 방송사들은 이른 새벽부터 하루 종일 위성 예약을 신청하고 있단다. 그 사이에 외국 방송사들이 위성을 송출하고 간다. 심지어 나처럼 휴가를 왔다가 뉴스를 보고 현장을 다녀왔다는 한국의 타사 기자도 와서 송출을 하고 간다. 우리와 달리 위성 송출 시간을 충분히 잡아놓았기에 가능한 일이었다. 아침 7시가 되기 전부터 12시가 넘어 오후 1시가 넘어가도록 회사에서는 조금만 기다리란다.

발을 동동 구르고 전화로 고함을 지른 이 대여섯 시간은 내 생애 최고의 악몽 같은 시간이었다. 지금 이 시간 한국에서는 외신 화면을 받아 방송을 하고 있고, 한국 기자가 찍은 영상을 국내에 최초로 보도하는 기회는 타사로 넘어갔다. 하늘이 내려준 특종을 눈앞에서 놓친 그 참담함이라니. 정말 그 기분은 안 당해본 사람은 모를 것이다.

빠르게 송출하지 못한 아쉬움이 사건의 크기만큼이나 큰 무게로 남지만 소득이 전혀 없었던 것만은 아니다. 이리 뛰고 저리 뛰는 나를

가까이서 본 가족들은 그때 내 모습이 존경스럽기까지 했단다. 몇 년
이 지난 후 아이들에게 그런 이야기를 듣고 보니 언제 어디서나 열심
히 하는 그 모습 자체가 가장 큰 특종이 아닌가 싶기도 하다.

| 김두연

세상에서
가장 슬픈 특종

기자에게 특종은 마약과 같은 것이다. 다른 사람이 모르는 사실을 내가 제일 먼저 세상에 알렸다는 특종! 그것을 위해 카메라기자들은 12킬로그램이나 되는 무거운 카메라를 들고 오늘도 뛰는지도 모른다. 기자들에겐, 특종은 3대까지는 아니더라도 조상이 업을 쌓아야 가능하다는 설(說) 아닌 설이 있다. 그만큼 실력 못지않게 운도 중요하다는 뜻이다. 입사한 지 얼마 안 되는 내게도 그런 특종의 기회가 찾아왔다. 그런데 그 특종은 슬프디 슬픈 것이었다.

2008년 설 명절의 끝자락에 주간 근무와 야근이 같이 걸렸다. 다행히 연휴 중간에는 근무가 없었기 때문에 고향에 다녀와 편안한 마음으로 근무를 섰다. 연휴 마지막 날에 무슨 큰 사건이 일어나겠느냐며 뉴스 모니터링을 하고 있는데 숭례문에 불이 났다는 소식이 전해졌다.

황급히 장비를 챙겨 현장으로 가는 동안에도 숭례문 일대 어딘가에서 그리 크지 않은 불이 났겠거니 하는 생각이었다. 그런데 서울역 방면에서 숭례문을 향해 올라가는데 정말 숭례문 지붕에서 연기가 모락모락 올라오고 있었다. 어, 어, 하는 동시에 차에서 내려 현장을 카메라에 담기 시작했다. "정말 이런 일도 있을 수 있구나." 하며, 그래도 그나마 연기만 나고 있어서 다행이라는 마음으로 현장 화면을 카메라에 담았다. 수많은 소방차들과 소방관들이 쉴 새 없이 물을 뿌려댔다. 연기가 잠잠해질 즈음 숭례문 안쪽으로 소방관들이 들어가는 모습도 보였다. 나는 진화 작업에 방해가 되지 않는 한에서 생생한 모습을 담기 위해 이미 얼어서 미끄러워진 계단을 올라가 숭례문 내부 모습을 촬영했다. 한동안 정신없이 흘러가더니 이제 곧 불길이 잡힐 듯 보였다. 연기도 점차 잦아들고 있었다. 그래도 이만하기가 정말 다행이라며, 이후 어떤 그림을 추가로 취재해야 좋을지 떠올려보고 있었다.

하지만 연기가 다시 점점 심해지더니 크레인에 올라탄 소방관들이 숭례문 현판 앞에서 무언가 작업을 하기 시작했다. 지붕 내부에 있던 불길을 잡지 못했던 모양이다. 숭례문의 얼굴과도 같은 현판을 보존하기 위해 결국 떼어내기로 결정했을 것이라 추측하고 작업하는 소방관들과 현판을 주시했다. 작업을 한 지 오래지 않아 크레인이 좌우로 움직이며 곧 우당탕 소리와 함께 숭례문 현판이 바닥으로 떨어졌다. 일반인들의 현장 접근을 막기 위해 자리를 지키고 있던 의경들도 그 소리에 깜짝 놀라 떨어진 현판을 쳐다봤다. 나 역시 그 장면을 레코딩 불빛이 들어온 카메라의 뷰파인더를 통해 보면서도 "아……." 하는 소리가 저절로 나오는 것을 막을 수 없었다. 〈숭례문〉이라고 쓰여진 국

보 1호의 현판이 떨어지는 바로 그 순간이 내 카메라에 선명하게 잡혔다. 그때는 그 장면이 특종인지도 몰랐다.

얼마 후부터 시뻘건 불길이 2층 누각 틈새로 보이기 시작했다. 마치 날름거리는 뱀의 혀 같았다. 흰 연기가 아니라 짙은 회색의 연기가 하늘로 올라가고 있었다. 외곽에서 취재를 하느라 정확한 진화 상황을 그때그때 알 수는 없었지만 일이 점점 심각해지고 있다는 것은 직감할 수 있었다. 숭례문 지붕의 구조를 자세히 알 수 없었기에, 그렇게 많은 물을 뿌려대는데도 안쪽의 불길이 잡히지 않는 모습에 처음에는 의아해하기도 했다. 그 많은 소방관들의 노력과 이를 지켜보는 시민들의 안타까운 눈빛, 그리고 마음 졸이며 그 현장을 취재하는 기자들의 바람에도 불구하고 결국 거센 불길은 숭례문 2층 누각을 집어삼켰다. 점점 번져가는 불길을 카메라에 담으면서, 이게 정말 현실의 내 눈앞에서 벌어지는 일이 맞는 걸까 하는 착각도 들었다. 한참을 타던

숭례문은 결국 한 귀퉁이부터 조금씩 무너져 내리기 시작했다. 자신의 얼굴을 떼어낸 숭례문이 힘없이 주저앉고 있는 것 같았다. 나뿐 아니라 그 현장을 지켜보는 사람들 모두의 마음이 철렁 내려앉는 소리가 들리는 듯했다.

악몽 같은 밤을 보내고 전소된 모습으로 비참한 아침을 맞는 숭례문을 보면서 참담한 마음을 금할 수가 없었다. 물론 지난밤 내내 시린 발을 동동 구르면서도 내 마음은 이 아픈 역사의 현장을 생생히 기록하고자 하는 카메라기자의 의무감으로 꽉 차 있었지만, 너무나 소중한 그래서 당연히 여겼던 오랜 친구를 떠나보내는 것과 같은 아쉬움과 허무함은 무척이나 컸다. 게다가 현장에 있던 다른 모든 사람들과 마찬가지로 불길이 숭례문을 집어삼키는 모습을 그저 옆에서 지켜볼 수밖에 없었다는 안타까움은 오래도록 마음에 남았다.

회사에 들어가니 숭례문 현판이 떨어지는 순간을 찍은 나의 촬영 화면이 특종이란다. 기자라면 누구나 한 번쯤은 목숨 거는 바로 그 특종 말이다. 다들 우왕좌왕하다보니 다른 언론사들은 아무도 찍지 못했다고 한다. 그런데 나는 왜 이렇게 마음이 안 좋을까. 가슴 한구석이 텅 빈 것 같은 이 슬픔은 무엇일까. 특종이 왜 이렇게 나를 슬프게 하는 걸까.

우리가 하는 일, 즉 카메라기자라는 직업은 마음이 굳센 사람이어야 잘 해낼 수 있다. 대형화재나 교통사고와 같이 혼란스럽고 어지러운 현장에서도, 또 유가족 취재와 같은 가슴이 무너지고 눈물이 흘러내리는 슬픈 현장에서도 카메라기자는 냉정을 잃지 말아야 한다. 취재원과 카메라는 늘 적당한 거리를 유지해야 한다. 재난 지역에선 구조보다 촬영이 먼저고, 눈물을 흘리는 사람에게는 손수건을 건네주기보다 카메라를 들이대야 하는 게 바로 우리의 일이다. 그래서 마음이 굳세야 하고, 때론 비인간적이라는 말을 들을 때도 있는 것이다.

그래도 나는 내 일을 사랑한다. 세상 사람들이 살아가는 이야기의 한가운데서 오늘의 역사를 기록하고 있기에 나는 내 일을 사랑할 수밖에 없다. 비록 숭례문은 아쉽게 떠나보냈지만 그 마지막 모습이라도 곁에서 기록할 수 있어서 국보 1호를 잃은 슬픔이 조금은 위로가 됐던 것처럼 말이다.

숭례문의 현판이 땅바닥에 떨어지던 그 슬픈 특종의 순간을 나는, 내 카메라는 영원히 기억할 것이다.

| 신동환

그것은,
세계적 특종,
이었다

일생에 큰 기회는 한 번 올까 말까 한다는 말이 있다. 중국은 그 기회를 베이징 올림픽이라고 봤다. 이를 위해 100년을 기다렸다는 그들은 엄청난 돈과 인력을 총동원하여 올림픽을 준비했다. 중국은 전 세계인들 앞에서 대국으로서의 저력을 보이고 싶었을 것이고, 그 바로미터가 바로 개회식이었다. 중국은 개회식 준비에 세계적 거장인 장이모우 감독을 내세워 그가 중국의 자존심을 세워주길 바랐다. 전 세계인들은 그때부터 장이모우가 펼쳐놓을 마술 같은 무대를 기대했다. 중국인들은 철저히 비밀로 붙인 채 엄청난 노력을 쏟아 부으면서 연습했을 것이다. 그리고 개회식이 다가오자 즈경기장인 니아오차오(이하 주경기장)에서 마지막으로 전체의 손발을 맞춰보았으리라. 나중에 알고 보니 〈그날〉이 바로 처음으로 개회식 전체 리허설을 하는 날이었

다. 그날이 나에게 그렇게 의미 있는 날이 될 줄이야.

　기회의 시작은 우연에 의해서였다. 7월 28일 베이징에 온 지 5일째, 선발대로 베이징에 와서 미리 보는 올림픽이라는 주제로 사전취재를 하고 있던 차였다. 사전취재 기간에는 기획취재뿐 아니라 자료화면 확보도 중요한 업무 중 하나다. 그때까지도 주경기장 주변에 삼엄한 경계가 펼쳐져 취재진도 일반인과 마찬가지로 주위에 둘러싸여 있는 철조망 안쪽으로 들어갈 수가 없었다. 그런데 그날부터 철조망 안쪽

까지는 주경기장을 취재할 수 있다는 통보를 주최 측으로부터 받았다. 지금까지는 철조망 밖에서 촬영한 주경기장 모습밖에 없었기에 좀 더 깨끗한 자료화면을 확보하고자 어두워지기 전에 출발했다.

주경기장으로 이동하는데 주변 도르가 많은 사람들로 가득 차서 차가 움직일 수 없었다. 평소에는 한가한 도로가 특이한 복장을 한 사람들로 붐볐다. 결국 차에서 내려 그들과 함께 걷기 시작했다. 무거운 장비를 들고 타는 태양 아래에서 오후 한나절 동안 달궈져 올라오는

지열을 참고 걷기란 많은 인내심을 필요로 한다. 앞사람만 보고 얼마나 걸었을까. 갑자기 움직임이 느려졌다. 멀리 앞을 보니 검색대를 통과하느라 길게 줄이 늘어섰다. 하지만 옆에 취재진을 위한 검색대가 따로 마련되어 있어서 다행이다 싶었다. 쉽게 통과해 들어가려는데 공안이 시비를 걸기 시작했다. 카메라는 올림픽 취재가 가능하다는 확인 스티커가 붙어 있기 때문에 괜찮으나 트라이포드는 스티커가 없기 때문에 반입이 불가능하다는 것이다. 만약 그 말이 옳다면 카메라를 제외한 모든 장비는 반입하면 안 된다는 얘기 아닌가? 하지만 다른 장비는 특별히 제재를 하지 않고, 부피가 커서인지 트라이포드만은 막무가내로 안 된다고 했다. 이미 오랜 시간 인파 속에서 더위와 싸웠기 때문에 더 실랑이를 벌였다가는 폭발할 것만 같았다. 결국 그들 말대로 트라이포드는 놓고 들어가기로 했다.

검색대를 빠져나오자마자 주경기장이 눈앞에 나타났는데 그 웅장함에 깜짝 놀라지 않을 수 없었다. 멀리서 바라보기만 했던 주경기장. 얼기설기 새둥지의 가지로밖에 보이지 않았던 것들이 사실은 거대한 기둥들이었다. 일단 카메라를 켜고 장애물 없이 한 화면에 꽉 차 보이는 주경기장을 영상에 담았다. 사실 여기까지만 해도 대단한 성과라 생각했다. 그래도 기왕 여기까지 들어왔으니 내부에 들어가 보기로 했다. 물어 보고 안 된다면 그만이었기 때문이다. 그래서 사람들의 행렬을 따라 주경기장 쪽을 향해 좀 더 걸었다. 경기장으로 들어가는 곳에는 4~5명의 공안이 지키고 있었다. 되든 안 되든 물어나 보자는 마음으로 공안에게 다가가서 ID 카드를 보여주고 들어가도 되는지 물어보았다. 예상외로 그들은 당연하다는 듯 들어가라고 손짓을 했고 우린 아무렇지 않게 들어갈 수 있었다. 상황이 이럴진대 어떻게 비공개라는 생각을 할 수 있었겠는가.

경기장 안으로 들어서면서 그 규모와 참가 인원에 다시 한 번 놀랐다. 사람들은 잡담을 하기도 하고, 율동을 해도 틀리는 사람이 많았다. 리허설이라고 하기엔 여러 모로 부족한 점이 많아 보였다. "그럼 그렇지. 리허설을 한다면 내가 이렇게 쉽게 들어올 수 없었겠지."라는 생각과 함께 어쨌든 그 모습이라도 담아 보고자 경기장 모서리의 가장 높은 자리로 올라갔다. 그곳에도 자원봉사자들이 청소를 하는지 틈틈이 한 자리씩 차지하고 있었지만 나를 막는 사람은 아무도 없었다. 그리고 날은 점차 어두워지고 있었다.

8시쯤이었을까, 날이 조금 어두워졌다는 생각이 들 즈음 경기장을 까만 무리들이 가득 메우고 있었다. 어두워서 무엇을 하는지 잘 몰랐지만 흐릿흐릿, 가물가물, 엄청난 인원의 사람들이 질서정연하게 간격을 맞춰서 나오고 있는 듯싶었다. 잠시 후 경기장 중간에 빛으로 커다란 숫자를 만들며 카운트다운을 시작했다. 그들의 목소리는 우렁찼다. 그러자 나도 모르게 온몸에 전율이 흐르면서 저절로 카메라의 버튼을 누르고 있었다. 다른 생각은 없었다. 몸과 마음은 이미 흥분된 채 알 수 없는 즐거움으로 가득 찼다. 트라이포드도 없었기 때문에 카메라를 난간에 올려놓고 몸으로 꼭 누르는 어정쩡한 상태로 끝날 때까지 계속 촬영했다. 밤이지만 더운 여름 날씨에 뜨거운 조명 아래 수많은 사람들이 뛰고 숨 쉬는 열기로 가득했기 때문에 내 옷은 이미 땀으로 젖어 있었다.

그때까지 출입이나 취재가 너무나도 순조로웠기 때문에 어떤 의심도 하지 못했지만 앞에서 벌어지는 굉장한 장면 때문에 왠지 모를 두려움이 느껴지기 시작했다. 하지만 카메라기자라는 직업을 갖고 일해온 한 사람으로서 아무도 하지 못하는 일을 했다는 생각에 뿌듯하고 즐거웠으며 자랑스럽기까지 했다. 그리고 일단 여기서 나가야 하고, 이 화면이 방송으로 나가야 한다는 생각뿐이었다. 우리는 밑으로 내려와서 경기장 쪽으로 내려갔다. 어느새 들어온 문으로 나가고 있었다. 당당하게 카메라를 들고 공안들과 눈인사까지 하고 말이다. 그때까지도 아무 이상이 없었다. "이게 정말 공개 리허설이었을까?" 오히려 내가 반신반의하는 심정이었다. 나 스스로도 믿을 수 없었던 이 취재는 다음날 밤 「8시 뉴스」의 톱을 장식했다.

뉴스에 나가고 난 후 모두들 세계적 특종이라며 칭찬과 박수를 아끼지 않았다. 하지만 사안이 너무 컸을까? 다음날부터 이상한 소문이 돌기 시작했다. 2박 3일 동안 경기장 내에 숨어 있었다는 둥, 쿠바인이 몰래 찍은 화면을 SBS에서 돈을 주고 샀다는 둥, 말도 안 되는 얘기가 들려왔다. 사실 확인을 위해 외국

언론에서도 깊은 관심을 보였다. 하지만 방송을 하는 사람이라면 그 화면은 ENG 카메라로 찍은 고화질 영상이라는 것을 쉽게 알 수 있다. 그리고 숨어서 찍은 것이라면 그런 구도의 영상이 나올 수 없다는 것도 알 수 있다. 올림픽 개막이 얼마 남지 않은 시점이라 중국 올림픽

위원회와 공안 당국은 난색을 표명했고, 보안 문제 등 자신들이 철저하지 못했던 점 때문에 문제를 만들고 싶지 않은 눈치였다. 회사의 입장도 난처했기에 세계적 특종은 거기서 묻혀야만 하는 현실이었다.

난 분명 세계적 특종을 했다. 하지만 그 사람이 바로 〈나〉라고 자신 있게 말하지 못한다. 취재 과정에서 편법을 썼다거나 속인 것도 없는데 말이다. 더구나 잘못된 마음을 품고 들어가서 취재를 한 것도 아니었다. 물론 들어가서 그런 상황이 벌어졌을 때 이성적으로 냉철하게 판단하고 도의적으로 이러면 안 되는 것이 아닌가라고 반문해 보지 않은 것이 문제일 수는 있다. 하지만 이성적으로 생각했다 하더라도 나는 아마 열정을 갖고 찍었을 것이다. 그게 나라는 사람이고 카메라 기자이기 때문이다. 찰나에 냉정과 열정의 경계를 구분 짓기란 쉽지 않은 일이다.

올림픽이 끝나고 시간이 흐른 지금 돌이켜보면, 모든 것이 잘 맞아떨어진 하루였다. 처음 리허설을 시작하는 날과 언론 입장이 가능한 날이 겹쳤고, 내가 몰랐듯이 그들 또한 그 사실을 모르고 있었고, 그랬기 때문에 철통같았던 보안이 허술했던 것이고, 그때 마침 내가 그곳에 들어갔던 것이다. 이게 내 인생 일대의 가장 큰 기회였을까? 문득 일장춘몽이라는 사자성어가 생각난다.

| 홍증수

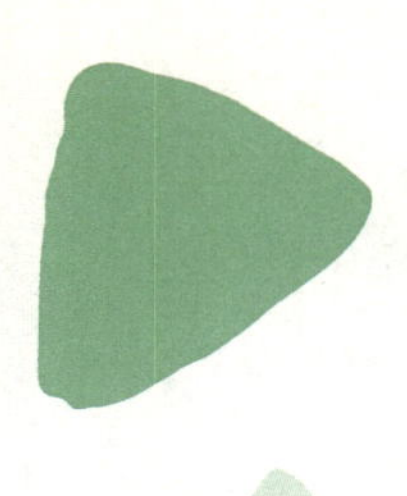

최초의 우주 방송,
그 리허설 없는 생방송

5, 4, 3, 2, 1!

거대한 불꽃과 우렁찬 굉음을 내지르며 하늘로 올라가는 그 순간은 정말 장관이었다. 보는 이들의 눈과 귀를 압도하며 유유히 하늘로 솟구쳐 오르는 소유즈 호와 그 속에 타고 있는 우리나라 최초의 우주인 이소연 씨. 드디어 대한민국 방송 사상 최초로 우주선 발사 생중계를 해낸 것이다. 최초, 이름만 들어도 가슴 떨리는 그 일을 바로 내 카메라가 해낸 것이다. 열악한 방송장비, 불편한 교통, 취약한 인터넷 사정, 엄격한 취재 통제 등 그 동안 힘들었던 과정이 머릿속을 스쳐갔다.

우리 취재진은 먼저 우주선 발사 기지인 바이코누르로 출발했다. 현존하는 최대의 우주선 발사 기지인 카자흐스탄 바이코누르는 위치상으로는 구소련에서 독립한 카자흐스탄 영토지만 현재는 우주선 발사를 위해 러시아가 임차해 사용 중인 땅이다. 인류 최초의 인공위성인 스푸트니크(1957년)와 최초의 우주 비행사인 유리 가가린을 태운 보스토크 1호(1961년)가 이곳에서 발사됐고, 우리나라도 바이코누르를 디딤돌로 우주 강국의 꿈을 키우고 있다. 우주 연구에선 이렇게 큰 의미를 지니는 곳이지만 내겐 이 도시의 첫 인상이 그리 좋지 않았다. 끝없이 펼쳐져 있는 사막지대, 습도 없는 건조함, 작열하는 태양빛에 둘러싸여 있는 군사보호 시설물과 철조망, 그리고 거리 곳곳마다 어김없이 이어지는 검문검색. 바이코누르의 첫 인상은 사회주의 국가의 냉랭함, 그 자체였다.

모든 취재 일정은 아스트라 시스템즈라는 대행사를 통해 진행되었다. 우주인이나 발사대 근접 취재는 허가되지 않았고 루찌라는 고용된 프로덕션만이 접근 취재가 가능한 상태다. 또한 50명에 이르는 취재단이 버스 두 대로 이동을 해야 하는 상황이어서 일체의 개인행동은 금지되었고 현지 코디의 동행 없이는 아무 곳에도 갈 수가 없었다. 심지어 화장실을 갈 때도 인원 확인 후 이동해야 했다. 우주 관련 기술이 극비 중의 극비인 만큼 취재진까지 차단하는 것이다.

인터넷 사정도 워낙 좋지 않아서 겨우 기사 송고 정도만 가능한 상태였다. 취재를 하는 우리로서는 최악의 상황에 처한 셈이었다. 하지만 이것저것 따질 수도 없고 한탄만 할 수도 없는 입장이었다. 시간은 자꾸 지나가고 발사일은 다가오고 있었다. 그래서 우선 숙소에 기자실과 위성 송출 장비를 설치하고, 발사대 근처에는 SNG 중계차 한 대를 배치해 현지 중계방송 준비도 해놓았다.

4월 6일 새벽 5시, 소유즈 호가 발사대로 이동하는 모습이 외국 언론에 공개된다. 우리 영상팀은 모든 인원이 투입되어 취재를 시작했다. 드디어 에너르기아 조립동에서 소유즈 우주선이 서서히 모습을 드러냈다. 소유즈 우주선에 선명하기 보이는 자랑스러운 태극기, 또한 주관 방송사인 SBS 로고가 눈에 들어오는 순간 내 심장의 박동소리도 빨라졌다. 생각보다는 조금 작아 보이는 소유즈 호. 우주선 몸체를 특수기관차에 싣고 시속 5킬로미터의 느린 속도로 천천히 발사대로 이동했다. 이제 이틀 후면 초당 500킬로미터의 속도로 발사되어 우주를 향해 날아오르게 된다.

4월 8일 발사 당일 아침, 눈을 뜨자마자 날씨부터 살폈다. 우주인 호텔에서 나오는 세 명의 우주인 모습을 촬영하는 것으로 취재는 시작됐다. 이소연 씨는 당당하고 환한 모습으로 나의 카메라를 맞아줬다. 발사 순간이 점점 다가오자 알 수 없는 전율이 온몸을 스치면서 손끝이 가늘게 떨려온다. 나의 눈은 뷰파인더에 고정되었다. 드디어 카운트다운이 시작되었다. 5, 4, 3, 2, 1, 발사!

발사 생중계 성공의 기쁨과 흥분도 잠시, 취재팀은 지친 몸을 이끌고 새벽 비행기로 모스크바로 이동을 해야만 했다. 발사 성공 이후 모든 진행은 MCC(임무통제센터)에서 통제를 하기 때문이다. 또한 48시간 후에 MCC에서 진행하는 생방송을 준비해야 했다. 밤새 모스크바로 이동해서 호텔에 도착한 시간이 4월 9일 새벽 5시. 잠시 눈을 붙인 후 피곤한 몸을 이끌고 MCC로 출발했다. MCC에 도착하니 서울에서 날아온 낭보가 기다리고 있었다. 방승 성공! 피로가 한순간에 날아가는 기분이다.

도킹 생방송 중 에피소드 하나. 도킹에서 가장 중요한 순간인 소유즈 호와 국제 우주 정거장을 연결하는 해치가 열리면서 한국인 최초의 우주인이 모습을 드러내는 장면이 하마터면 생중계되지 못할 뻔했다. 여러 단계로 진행되는 해치 오픈까지는 일반적으로 약 세 시간이 소요되는 것으로 알려져 있다. 그런데 소유즈 호는 하필이면 결정적인 해치 오픈 순간이 20분 일찍 당겨졌다. MCC 임시 부조정실로 내려오는 국제 우주 정거장 화면을 초조하게 지켜보던 우리 취재팀은 기겁을 할 수밖에 없었다. 서울에서는 당초 큐시트대로 다른 화면이 나가고 있는 상황이었고, 큐시트대로 계속 방송을 진행하게 되면 국제 우주 정거장에 첫발을 내딛는 이소연 씨의 모습은 놓치게 된다. 비상이다.

"넘겨! 넘겨!"

그 순간 누군가가 다급하게 고함을 쳤고 서울에서는 바로 MCC로 연결했다. 곧이어 이소연 씨가 머리카락이 공작새 꼬리처럼 솟구친 채 특유의 함박웃음을 띠고 소유즈 호에서 피터팬처럼 날아서 나왔다. 이 장면은 가까스로 SBS를 통해 시청자들에게 그대로 전달될 수 있었다. 우주가 미지의 세계이듯, 우리에겐 우주 방송도 미지의 세계다. 더구나 리허설 없는 생방송 아닌가.

우주 방송은 마지막 날까지 돌발 상황이 이어졌다. 4월 19일 마지막 귀환 생방송만 끝나면 대한민국 최초의 우주 방송은 성공리에 막을 내릴 수 있었다. 그런데 지구로 귀환하던 소유즈 호 탑승 우주인들이 원래 예정 귀환 지점보다 무려 420킬로미터나 떨어진 지점에 착륙했다는 당황스러운 소식이 전해졌다. 원래 착륙 지점 근처에서 대기 중이던 취재팀과 헬기, 의료진 등이 급박하게 이동을 했다. 초초하게 기다리며 서울에서 생방송을 진행하던 앵커와 기자, 통역 담당자는 이소연 씨의 귀환 화면 없이 〈귀환 성공〉이라는 자막만 내보낼 수밖에 없었다. 이소연 씨의 귀환 모습을 찍은 화면은 아무것도 방송할 수 없었다. 그러나 기적이 벌어졌다. 사전에 약속이나 한 것처럼 「8시 뉴스」 오프닝 멘트 도중에 러시아 스태프가 쏘아준 이소연 씨 화면이 방송되는 것이 아닌가. 앵커는 오프닝 멘트 대신 지구로 무사히 귀환한 이소연 씨의 모습을 속보로 방송했다. 마지막까지 우리는 이렇게 극적으로 방송을 해냈다.

최초라는 말은 위대하다. 하지만 그 위대함 뒤엔 그것을 이뤄낸 수많은 사람들의 땀과 눈물과 고뇌가 숨어 있다. 대한민국 최초의 우주 방송, 그 첫 페이지를 내 카메라로 기록했다는 것은 내 인생에 가장 자랑스러운 훈장으로 남을 것이다.

| 전경배

금강산 계곡,
그 깊은 물속의
아름다움을 아시나요

금강산 최고의 비경은 가을 단풍이라고 한다. 1만 2천 봉의 봉우리가 울긋불긋 옷을 차려입은 장관은 노래 가사대로 누구의 솜씨인지 감탄에 감탄이 이어진다고 한다.

하지만 난 금강산의 진정한 아름다움은 바로 계곡을 타고 흐르는 깊고 맑은 물속에 있다고 자신한다. 그 신비로운 절경을 국내 최초로 포착해내는 영광이 바로 내게 주어졌다. 금강산 계곡 수중촬영은 아직 개발의 때가 묻지 않은 북한의 물속을 처음으로 촬영해 보자는 의도에서 시작됐다. 개발과 오염으로 이미 남한에선 사라진 우리나라 토종 민물고기가 금강산의 아름다운 계곡에선 자연 그대로의 모습으로 살고 있다는 것이 이번 취재 계획을 세우게 된 직접적인 계기였다.

오랜 시간 준비해온 국내 최초 북한 수중촬영. 우리는 무엇보다 장

비 준비에 만전을 기했다. 북한은 지금도 반입되는 모든 촬영 장비를 엄격하게 통제하고 있다. 몇 년 전만 하더라도 방송용 ENG 카메라도 반입 금지 품목이었으나 현재는 금강산 관광코스 내에서의 사용은 허락하고 있다. 우리는 20일 전에 촬영 장비 리스트를 북한에 보내 허가를 받았으나 처음 보는 수중촬영 장비를 그들이 어떻게 볼지 안심이 되지 않았다. 그리고 스킨스쿠버 장비도 걱정이었다. 슈트와 공기통, 공기통을 옮길 등산용 지게 등 준비할 장비들은 끝이 없었다.

　북한에서 첫 번째 수중촬영을 시작한 곳은 구룡 계곡의 앙지대라고 불리는 곳이다. 이곳에서 나는 산천어를 촬영하는 데 성공했다. 산천어는 수중카메라와 헤엄치는 사람을 처음 보아서인지 우리가 접근하는 것을 허용하지 않았다. 그래서 그 모습을 카메라에 담기가 쉽지 않았다. 금강산 수중촬영에 동행한 민물고기 전문가에 의하면 일반적으로 민물고기를 클로즈업하려면 수족관으로 잡아와서 촬영한다고 한다. 그만큼 촬영이 어렵다는 얘기다. 하지만 북한에서 산천어를 잡아와 수족관에서 촬영한다는 것은 불가능한 일이다. 그래서 무식한 방법인 버티기를 했다. 산천어는 물살을 가르며 상류로 올라가려는 습성이 있기 때문에 위쪽 계곡에서 물이 흘러 내려오는 곳, 즉 물살이 좀 센 곳을 골라 물속 바닥에서 바위를 잡고 안정된 촬영 자세를 취하고 기다리고 있으면 산천어를 촬영할 수 있을 거란 계산이었다. 그래서 일단 기다렸다. 20여 분이 지났을까. 산천어 네다섯 마리가 상류로 올라가기 위해 내가 있는 쪽으로 다가오기 시작했다. 이때 한 손으로는 물속 바위를 잡고 다른 한 손으로는 레코딩 버튼과 줌 버튼을 번갈아 누르면서 산천어의 다양한 모습을 촬영하는 데 성공했다. 앙지대

에서 촬영을 끝마치니 첫 번째 공기통이 바닥을 드러냈다.

구룡 계곡에서의 두 번째 촬영지는 좀 더 하류인 목란관 주변으로, 이곳은 금강모치와 버들개, 버들가지들이 서식하는 것으로 알려져 있다. 금강모치와 버들개는 길이가 10센티미터 내외로 산천어에 비해 작은 민물고기다. 이곳에서는 촬영을 위한 특별 준비물이 있었다. 그것은 바로 떡밥이다. 북한의 고기들이 언제 떡밥을 먹어봤을까 싶었는데 효과는 바로 눈으로 확인할 수 있었다. 촬영 장비를 갖고 물속으로 들어가서 떡밥을 손에서 조금 풀어놓자 그야말로 이 작은 계곡에서 이렇게 많은 민물고기들이 어디서 나왔을까 의심이 들 정도로 많은 물고기들이 수중카메라와 내 몸 주변을 감싸 돌았다. 그래서 금강모치와 버들개, 버들가지는 바위틈에 놓은 떡밥 주위로 몰려든 모습을 촬영하며 다양한 장면을 담을 수 있었다. 그리고 좀 더 계곡 바위

틈에 있는 민물고기를 찾아 헤맸다. 바위틈을 샅샅이 뒤지니 큰 바위 사이 어두운 곳에서 미유기가 헤엄치고 있었다. 이미 남한에선 모습을 보기 어려운 물고기다. 라이트 배터리를 바꿔가면서 20여 분간 카메라를 들이댔지만 두 번 정도만 모습을 보일 정도로 촬영이 쉽진 않았다.

다음날 아침 일찍 도착한 해금강에서 북한 안내원들은 우리 측 수중 촬영 장비를 보고는 신기해하면서 "이것이 물속에서 촬영하는 겁니까?" 하면서 관심을 보였다. 물론 스킨스쿠버 장비에도 관심을 보였다. 그 중에서도 마스크에 대한 관심이 많았다. 이곳 북한에도 해녀들이 많이 있다는 말과 함께 마스크를 직접 얼굴에 써보는 사람도 있었다. 이때다 싶어 촬영 장비를 세팅하면서 수중촬영에 대한 설득 작업을 시작했다. 한참 동안 설명을 들은 북한 안내원이 한 한 마디, "저쪽

저기 보이는 곳에서만 촬영하시오.”

우리가 하는 것은 수중촬영이었다. 물속에 일단 들어가면 밖에서는 절대 안 보인다는 것을 잘 몰랐던 것일까? 아니면 이만큼 남북한 관계가 좋아진 것일까? 바로 촬영을 시작하기 위해 급히 물속으로 들어갔다. 북한의 바다에 들어간다는 것은 정말로 가슴 벅찬 일이었다. 더욱이 이곳은 해금강 군사지역이 아닌가. 물속에서 조금만 남쪽으로 가면 남한. 물속엔 휴전선이 없으니 어쩌면 남과 북을 자유롭게 넘나들지도 모를 일이다.

공기통에 남은 산소가 많지 않아 수중촬영을 그리 오래할 수 있는 상황은 아니었다. 그래서 공기 소모가 많은 깊은 수심보다는 4~5미터 깊이에 있는 바다생물들을 촬영하기 시작했다. 공기를 최대한 아끼기 위해 과격한 호흡은 절대 금물이다. 해금강에서 우리를 처음 맞이한 것은 우리나라 바다에서도 쉽게 만날 수 있는 쥐노래미였다. 바다 속에 있는 모든 사물들이 최초로 북한에서 촬영되는 생물들이었기에 남한에서는 무심코 지나갈 수 있는 불가사리도 새롭게 보며 촬영을 했다.

다음 촬영 장소로는 삼일포를 선택했다. 취재팀이 도착했을 때 삼일포는 갈조가 넓게 퍼져 있는 상태였다. 물속에서 시야는 잘 나오지 않았지만 확인한 결과 어종이 풍부하게 있는 것을 알 수 있었다. 삼일포 물속은 갈조 때문에 수심 1~2미터 내외와 바닥에서 민물고기들이 발견되었다. 검정말둑들은 바위에 붙어 있었고 민물새우들은 수초 속에서 떼를 지어 모여 있었다. 수심 3~5미터 사이의 얕은 물속을 다닐 때는 약간 웨이트를 무겁게 하고 촬영하는 것이 좀 더 수월하기 때문에

바다에서 사용하는 무거운 웨이트를 차고 삼일포 물속으로 들어갔다. 침전물이 많은 민물에서의 수중촬영은 바닥에 뻘이 많이 있기 때문에 최대한 오리발은 사용하지 않고 손끝으로 바닥을 밀치며 마치 손 짚고 헤엄치듯 이동을 해야만 물속에 있는 부유물이 떠오르지 않는다. 만약 물이 흐르는 곳이라면 상류로 올라가면서 촬영하는 것도 또 하나의 방법일 것이다.

삼일포 수중촬영을 끝마치고 나와 삼일포 팔각정 밑에 놓은 어항을 보면서 깜짝 놀랐다. 이삼십 마리의 민물고기들로 꽉 차 있었다. 북한

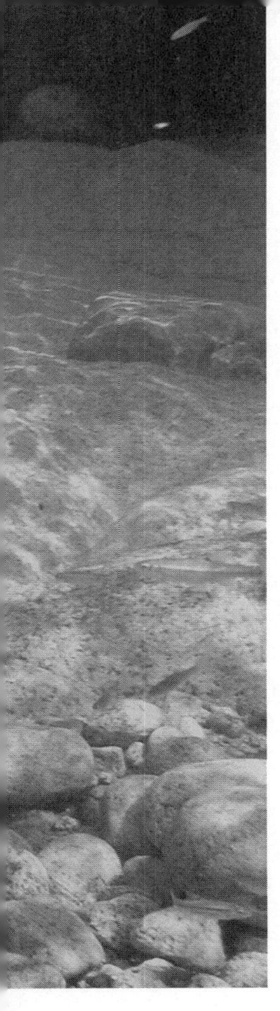

안내원과 삼일포 매점 판매원들도 모두 모여 어항에 관심을 보였다. 우리는 촬영을 하기 위해 가져갔던 어항 세 개와 떡밥을 북한 주민에게 건네주면서 어항 설치법과, 떡밥이 없을 경우 다른 것으로 물고기 미끼를 만드는 법 등을 가르쳐주는 것으로 북한 수중촬영 일정을 무사히 끝마칠 수 있었다.

가을이 깊어진다. 지금쯤 금강산에도 단풍이 곱게 물들었으리라. 그 단풍을 곱게 비추고 있는 금강산 계곡의 그 깊은 물속으로 다시 한 번 들어가고 싶다. 단풍보다 더 아름다운 금강산의 수중 풍광을 또 한 번 카메라에 닮을 날을 손꼽아 기다려본다.

| 이병주

이곳이
남극이기 때문입니다

카메라를 잡은 손이 갈라지는 듯하다.

이곳은 평균 기온이 영하 5도인 남극 킹조지섬의 세종기지. 더구나 하루 종일 평균 풍속은 15미터, 순간 최대 풍속은 25미터나 되는 태풍 같은 바람이 부는 곳이다. 혹한의 추위 속에서도 나는 장갑을 낄 수가 없다. 화면이 최대한 안정되고 흔들리지 않게 하기 위해선 장갑을 벗고 손에 카메라를 밀착시켜야 하기 때문이다. 노출된 손은 금방이라도 갈라질듯 아파오고, 손가락은 1~2분만 지나도 움직일 수 없을 정도로 얼어붙는다. 그렇게 사람이 날아갈 듯한 강풍을 견디면서 눈보라 속에서 펭귄들의 교미 장면을 촬영했다.

이곳 남극은 곳곳에 위험이 도사리고 있다. 하얀 설원이 끝없이 펼쳐진 길엔 천길 낭떠러지가 숨어 있어 아무 곳이나 마구 다닐 수가 없

다. 더구나 날씨도 수시로 변한다. 아침 날씨가 좋아 빙원을 취재 갔던 날, 한참을 취재하고 있는데 눈이 오기 시작했다. 눈이 오면서 안개가 끼더니 순식간에 5미터 앞도 내다볼 수 없을 정도가 돼버렸다. 빙원에 있던 우리는 동서남북은 물론 앞과 뒤도 분간할 수가 없었다. 그런 상태로 한참을 걸어갔다. 그런데 엉뚱한 곳이 나왔다. 그래서 방향을 바꿔 또 한참을 갔다. 이번에도 엉뚱한 곳이 나왔다. 도저히 하늘과 땅조차 구분할 수가 없었다. 이러다 천길 낭떠러지로 처박히는 건 아닐까 두려움이 엄습했다. 서로가 꼭 붙어 서서 똑같이 움직였다. 조금만 떨어져도 사람이 보이지 않기 때문이다. 이렇게 빙원을 배회한 지 한 시간 만에 눈에 익은 지형을 찾을 수 있었고 결국 무사히 기지로 귀환할 수 있었다. 마치 한 시간이 천 년 만 년 같았다. 이건 남극 특집을 만들려는 것인지 목숨을 내놓으려는 것인지, 하루하루가 정말 힘들다.

10월 8일, 아침 일찍 세종기지 대장으로부터 남극대륙에 들어갈 예정인 칠레 공군기가 있어 탑승을 부탁해 놓았으니 연락이 올지도 모른다는 전갈을 받았다. 그 소식에 설레는 마음으로 떠날 준비를 했다. 이곳 세종기지 대원들 중에서도 남극대륙을 밟아본 사람은 단 두 명뿐이고 해양연구소까지 통틀어도 몇 명 안 된다고 했다. 남극대륙의 매서운 날씨가 인간의 접근을 거부하고 있기 때문이다. 그런데 9시가 지나고 10시, 11시가 다 되어도 연락이 오지 않는다. 타는 속을 달랬다. 결국 잔뜩 껴입었던 옷도 벗어버렸다. 졸라매고 있던 신발끈도 풀어버렸다. 기대하지 않았던 것으로 돌리고 나니 오히려 마음이 편해졌다. 그런데 12시쯤 세종기지 대장이 다급한 목소리로 우리를 찾았다. 비행기가 떠나니 30분 내로 칠레 기지에 도착해야 한다는 연락이 왔다며 빨리 준비하고 나오라는 것이다. 풀어놓았던 신발끈을 다시 묶고 벗어두었던 옷을 재빨리 다시 입었다. 점심시간이 시작됐지만 먹을 틈이 없었다.

칠레 공군은 우리를 쌍발기에 태우자마자 남극대륙으로 향했다. 그들은 지금처럼 좋은 날씨는 자주 있는 게 아니고 앞으로도 또 언제 이런 날씨를 만날지는 모른다고 했다. 쌍발기가 킹조지섬을 이륙한 지 불과 10분 만에 거대한 남극 빙산들이 나타났다. 위가 평평한 남극 빙산은 물 위에 보이는 부분만도 잠실운동장만큼이나 컸다. 남극 빙산은 10퍼센트만 물 위로 나온다니 물속에 있는 부분은 어느 정도일지

상상하기가 어려웠다. 우리가 남극대륙에 가까이 다가가자 출렁이던 파도가 잔잔해지더니 움직이지 않았다. 바람이 많이 부는데 왜 파도가 잔잔해졌을까 싶었는데 바다가 꽁꽁 얼어붙었기 때문이란다. 바다가 모두 얼어붙을 정도의 추위라니. 전혀 상상이 되지 않았다.

오후 1시 20분, 드디어 남극대륙에 도착했다. 한국 방송기자로는 최초로 남극대륙에 우뚝 선 것이다. 그런데 빙하 위에 내려서는 순간 악몽이 시작되었다. 눈은 무릎이 빠질 정도로 깊었고, 바람은 몸을 가누기가 어려울 정도로 심하게 불었다. 특히 이곳의 바람은 세종기지가 있는 킹조지섬과는 느낌이 달랐다. 그야말로 살을 에는 듯한 추위였다. 5분도 안 돼 손과 발부터 얼어오기 시작했다. 남극대륙에 간다는 것을 생각지도 못했던 우리는 미처 방한화를 준비하지 못했다. 그런데 세종기지의 대원들도 예산이 없어 방한화를 신지 못하고 있었다. 결국 어쩔 수 없이 대원들에게 장화라도 빌려 신었다. 오히긴스 기지에 있는 칠레 대원들이 우리가 신은 장화를 보고 너무 기가 막혀 하는 모습이다. 아마도 지금까지는 물론 앞으로도 장화를 신고 남극대륙을 밟은 사람은 우리 취재진뿐일 것이다.

말로 표현하기 어려울 정도로 추운데도 취재기자는 고글과 마스크를 벗고 오프닝을 했다. 눈도 제대로 뜨지 못해 말하기도 어려웠다. 어찌나 추운지 머릿속으로 생각했던 오프닝 멘트가 기억이 나지 않는다고 했다. 나 또한 촬영 내내 몸을 가누기조차 힘들었다. 두 번 NG가 나니 이제는 고통의 차원을 넘어서는 악몽이었다. 10분이 지나자 추위는 손과 발은 물론 옷까지 뚫고 들어왔다. 15분이 지나자 뼛속까지 추위가 스며들었다. 그런데도 나와 또 다른 카메라기자는 장갑을 벗

어버린 맨손을 호호 불며 한 장면도 놓치지 않으려고 열심히 찍었다. 그런데 칠레 조종사가 비행기에 빨리 오르라고 한다. 갑자기 날씨가 나빠질 것 같단다. 급히 촬영을 접고 비행기에 올랐다. 우리를 태운 칠레 공군의 쌍발기는 다시 빙하 활주로를 박차고 올라 눈나라 요정의 세계를 뒤로한 채 세종기지로 향했다.

남극대륙을 다녀온 그날, 나는 얼어 죽는 줄 알았다. 그래도 그곳에 남긴 내 발자국은 지금도 기억 속에서 지워지지 않는다.

│김찬모

5부

땀, 환호, 그리고 눈물

내 카메라도 선수를 따라 공을 밀고,
호흡을 조절하고,
조심조심 몸을 움직였다.
메달이 확정되는 순간, 선수가 눈물을 글썽이자
무생물인 내 카메라도 뭉클해진다.

중국 하늘에 울려 퍼진
〈백두산은 우리 땅〉

온 국민이 한 달 앞으로 다가온 월드컵에 열광하고 있었던 2002년 5월, 중국은 〈동북공정〉이라는 거대한 역사 왜곡 프로젝트를 출범시켰다. 당시 우리나라 대부분의 국민들은 그 사실에 대해 전혀 알지 못했고, 2004년이 되어서야 동북공정 사무처가 인터넷 홈페이지를 통해 공정 내용을 공개하면서 한국에 처음 보도됐다. 이에 격분한 한국 정부는 고구려사 문제 등과 관련하여 앞으로 역사 왜곡은 없을 것이라는 5개항의 합의를 이끌어냈으나 이는 외교적으로는 아무런 구속력이 없는 구두약속에 불과했고, 2006년 중국의 역사 왜곡 작업은 거의 완료됐다. 동북공정 프로젝트는 끝이 났지만, 2007년 겨울 중국 창춘에서 열린 동계 아시안게임은 동북공정은 아직 끝나지 않았음을 여실히 보여준 대회였다.

2007년 1월 26일, 출발부터 삐걱댔다. 당장 사흘 후에 비행기는 떠나는데 오디오맨은 여권을 잃어버렸고, 중국 대사관에서는 취재비자를 내줄 생각도 안 하고 있었다. 결국 우리는 관광비자로 중국을 향해 출발했고, 미리 신청해놓은 아이디 덕분에 공항은 무사히 통과할 수 있었다. 창춘은 추웠다. 1월 평균 기온이 영하 17도인데다 추울 때는 영하 27도까지 떨어졌다. 숙소 냉장고가 좋지 않아 물을 창밖에 내놓았더니 30분도 되지 않아 꽁꽁 언 얼음 덩어리가 될 정도였다. 카메라 녹화 버튼은 잘 눌러지지 않았고, 꽁꽁 언 오디오라인은 부러질 것만 같아 차 안에서 녹인 후 감아야 했다.

1월 28일, 후진타오 주석의 개막 선언을 시작으로 중국의 공업도시 창춘에서 동계 아시안게임이 성대하게 시작되었다. 중국 정부는 개막식 식후 행사부터 백두산을 창바이산이라 칭하며 그곳이 중국 땅이라고 대대적으로 홍보했다. 게다가 프레스 센터와 경기장에 비치된 각종 중국 관광안내서에도 창바이산의 관광코스가 실려 있었다. 한국인이 볼 때 눈살이 찌푸려지지 않을 수 없었다. 말로만 듣던 동북공정 프로젝트가 바로 이것이구나 싶으니 분노를 넘어 위기감이 느껴졌다.

1월 30일, 역사를 왜곡하던 중국이 이번엔 점수까지 왜곡하는 것일까. 쇼트트랙 남자 500미터 결승전. 안현수 선수는 스타트는 늦었지만 폭발적인 스퍼트로 중국 선수들을 차례로 따라잡았다. 한 바퀴를 남기고 안현수 선수가 선두로 치고 나오자 뒤따르던 중국의 리예 선수가 갑자기 넘어졌다. 안현수 선수는 1위로 들어왔지만 곧이어 어이없는 일이 벌어졌다. 중국의 왕시안 심판장은 중국인 부심의 의견을 물어 안현수 선수를 실격시키고 2위로 들어온 중국의 후저 선수에게 금메달을 안겨줬다. 리예 선수가 제 풀에 중심을 잃고 넘어진 상황을 안현수 선수가 몸으로 밀쳤다고 판정한 것이다. 우리 선수단은 명백한 오심이라며 항의해봤지만 소용없었다. 오노는 자기 몸을 들이밀기라도 했지만, 리예 선수는 닿지도 않았는데 넘어진 거라 우리 선수단의 억울함은 더했다. 안현수 선수는 너무나 억울했는지 인터뷰도 거절하고 사라져버렸다. 이럴 때는 나도 차오르는 분노를 참을 수가 없다.

1월 31일, 우후안 경기장. 어젯밤 안현수 선수 경기의 오심 판정 때문인지 빙상 경기장은 일찍부터 중국과 한국 응원단으로 발 디딜 틈도 없었다. 오늘은 제발 오심 없이 한국 선수들이 무사히 금메달을 따기를 바라며 관중석 중간에(이곳엔 따로 ENG 카메라 존이 없다.) 자리를 잡은 나는 쇼트트랙 여자 3천 미터 계주경기를 보면서 다시 한 번 허탈감을 느꼈다. 분명히 중국 선수들이 우리 나라 선수들을 계속해서 밀고, 잡고, 막았는데도(마치 만원버스 안에 있는 사람들처럼) 중국인 심판들은 침묵했고 결국 금메달은 중국에게 돌아갔다. 한국의 여자 계주팀은 한동안 경기장 밖으로 나가지도 못한 채 망연자실한 표정을 지었다. 다행히 연이어 벌어진 남자 5천 미터 계주경기에서 금메달을 따 그나마 한국 선수단은 웃음을 찾을 수 있었다. 허겁지겁 남자선수들의 인터뷰를 마치고 시상식장으로 향하던 나는 여자선수들의 손에 종이 한 장씩이 들려져 있는 것을 보았다.

"그게 뭐예요?"

"저희, 세레모니 할 거예요."

뭔가 특별한 세레모니가 있을 것 같은 예감에 시상식장 입장 순간부터 나의 카메라는 그녀들을 좇았다. 은메달이 여자선수들의 목에 걸

리는 순간, 선수들이 무언가를 번쩍 들어올렸다. "백두산은 우리 땅"이란 일곱 글자가 창춘 우후안 경기장에서 빛을 발했다. 선수들의 백두산 세레모니에 한국 관중석에서는 환호성이 터졌고 중국인 대회 관계자들은 어리둥절해했다. 나는 이 감격적인 순간을 한순간도 놓치지 않기 위해 재빨리 카메라를 돌렸다. 답답했던 가슴이 시원하게 뚫리는 기분이었다. 백두산 세레모니는 연일 계속된 편파 판정을 받아들일 수 없다는 그녀들의 의사 표시임과 동시에 중국의 동북공정에 대한 대한민국 국민들의 의사 표시였던 것이다. 그리고 내겐 통쾌한 특종을 건져낸 순간이었다.

2월 1일, 사태의 심각성은 다음날이 되어서야 확연히 알 수 있었다.

중국 정부는 문제의 백두산 세레모니에 대해 보도 금지 명령을 내리면서 모든 TV와 신문을 통제했다. 출국하던 대한체육회장에게 중국 측 대회 관계자가 공항에서 고성이 오고 갈 정도로 크게 항의를 했고, 한국 선수단 측은 이에 공식적으로 유감을 표시했다. 우리 취재단도 뭔가가 달라졌다는 것을 몸으로 느낄 수 있었다. 후속 취재를 위해 찾아간 중국 중앙방송 부스에서는 우리가 트라이포드를 세우기가 무섭게 모두들 달려나와 취재 협조를 거부했다. 첫날 환영했던 것과는 대조적으로, 그날 저녁에 있었던 한국과 중국의 남자 아이스하키 경기는 아예 취재를 통제했다. 문제는 거기서 그치지 않았다.

취재 통제를 하였음에도 불구하고 백두산 세레모니가 한국에서 뉴스로 나간 사실을 알게 된 중국 정부는 누가 영상 취재를 했는지 알아내기 위해 경기장에 설치된 CCTV 화면 중 그날분을 모두 확인했다고 한다. 그렇게 해서 결국 한국의 SBS가 단독 취재한 사실을 알아냈고, 그때부터 우리들에 대한 공안들의 24시간 감시가 시작됐다. 인터넷 송출을 위해 급하게 호텔로 향하던 나에게 중국의 사복 공안은 동행을 요구했고, 심지어 호텔 방문을 두드리며 무슨 일을 하는지 보여주길 원했다. 여권에 취재비자가 아닌 관광비자가 찍힌 나로서는 모든 것을 몸으로 막는 수밖에 없었다. 덕분에 폐회식 날까지 햄버거로 끼니를 때우며 호텔방을 벗어나지 못했다. 그 전까지는 그렇게 허술하게만 보였던 취재 시스템이 한 번 통제되기 시작하니까 정말이지 너무나 무섭게 통제가 되었다.

2월 4일, 원자바오 총리의 폐회 선언으로 대회는 끝이 났다. 하지만 중국의 동북공정이 끝났다고는 말할 수 없을 것이다. 스포츠선수들의

정치적 세레모니가 결코 옳다고 할 수는 없으며, 또한 외교적으로도 충분히 분쟁을 일으킬 만한 사안이긴 하다. 하지만 우리 선수들의 행동은 역사에 이어 스포츠정신까지 왜곡하는 중국의 동북공정 프로젝트를 알리고 우리 국민들에게 경각심을 심어준 계기가 된 것만은 분명하다. 끝없이 펼쳐진 중국의 지평선이 부럽지 않았던 것은 그네들 가슴으론 결코 품을 수 없는 것임을 알았기 때문이다.

| 이재영

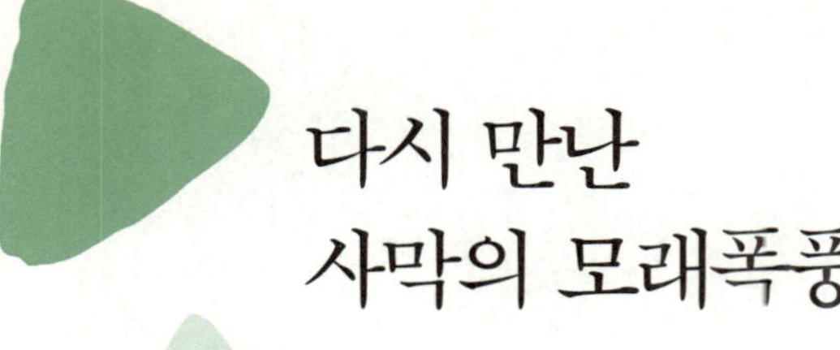

다시 만난
사막의 모래폭풍

한국 축구 대표팀의 월드컵 최종 예선전을 취재하기 위해 도착한 사우디아라비아. 이슬람과 코란, 사막의 낙타, 오아시스, 열사의 땅, 우리를 능가하는 백의민족(남자들은 흰 옷만 입고 다닌다.), 눈만 드러낸 여자들. 대표하는 모든 단어가 신비로운 곳, 사우디아라비아. 중동 진출이 한창일 때는 연 15만 명 이상의 한국인이 이곳에 상주했다는데, 현재는 2천 명 정도만 체류를 하고 있단다. 알고 보니 이곳은 북한 가기보다 어려운 나라다. 초청장이 없으면 입국이 불가능하단다. 참 가기 힘든 그곳을 축구가 인연이 되어 2005년 원정 경기에 이어 이번 최종 예선전 때도 다녀왔다.

24년 만에 치러진 지난 경기의 경험이 있어, 나름 취재보다는 촬영한 화면을 어떻게 시간 내에 송출할 수 있을지에 신경이 쓰였다. 그런

데 첫날부터 일은 꼬이기 시작했다. 리야드 공항에 도착해보니 여섯 개의 짐 중 두 개가 오지 않았다. 차라리 개인 짐이었다면 나으련만 송출 장비가 들어 있는 짐과 트라이포드가 없는 것이다. 짐은 저녁 비행기로 올 수도 있고 못 올 수도 있다. 잠시 후면 카타르에서 평가전을 마친 대표팀이 도착해 몸 풀기 훈련을 시작한다. 이 그림을 어떻게 해서든 한국으로 보내야 할 텐데 걱정이다. 사정이 이렇다 보니 지난 경기 때 승리에 취한 사우디 응원팀의 광기 어린 모습이 떠오르며 이 나라에 대한 험담만 더해간다. "꼬리 꼬리(됴리아 코리아)." 하며 비아냥거리는 손짓을 하며 우리가 탄 차를 뒤엎을 듯 과격했던 그들. 결국 아침 뉴스로 내보내야 할 화면을 사우디 현지에서 보내지 못하고 말았다.

사우디를 떠날 때까지 장비가 안 오면 어떻게 하나 걱정이 태산이었는데 다행히 다음날 아침 공항에서 연락이 왔다. 이제는 저녁 뉴스를 위해 촬영한 화면을 인터넷을 통해 한국으로 보내야 한다. 그런데 느려터진 이곳 인터넷이 사람 여럿 잡을 모양이다. 모뎀을 쓰던 시절보다 속도가 더 느리니 정말 답답할 지경이다. 원본을 편집해 열한 개 파일로 나누어 전체 길이 2분가량의 파일을 올리는 데 무려 아홉 시간이나 걸렸다. 중간에 인터넷이 끊기지는 않을까 노심초사하며 눈이 벌겋도록 노트북을 지켜보아야만 했다.

종교적인 제재가 강하고 사람들이 즐길 만한 문화도 별로 없고 예배의식인 쌀라 외에 여럿이 모일 수가 없는 이곳에서 운동경기, 특히 축구경기는 이들에게 해방구나 다름없다. 지난 대회 때의 담맘 스타디움과 이번 경기가 치러진 킹파드 스타디움은 흰색 물결 그 자체다. 경기장엔 오로지 남자들만 들어올 수 있다. 응원 도구는 녹색 깃발 외에는 별다른 게 없지만 광적인 그들의 박수 응원과 함성은 상대의 기를 압도한다. 지난번에는 붉은 악마 여자 응원단이 몇 명 함께 왔는데 막판까지 사우디 측에서 입장을 시켜주지 않아 애를 태우다 겨우 응원단에 합류할 수 있었다.

경기가 열린 날, 이번엔 현지에 거주하는 우리 여성 교민들도 얼굴을 가린 검은색의 아바야라는 그곳 여성들의 옷을 입고 응원에 나섰다. 흰색 물결에 비하면 초라하기 그지없었지만 우리 축구 대표팀은 19년간 이겨보지 못한 앙갚음이라도 하듯 사막의 모래폭풍을 잠재우며 완승을 거뒀다. 사실 경기가 시작되기 전에는 걱정도 있었다. 자기네 팀이 이겼을 때도 광란에 가까웠는데 지면 얼마나 오죽할까 싶었다. 운동장을 빠져나와 세 시간 후에 출발할 서울행 비행기를 제대로 탈 수 있을지도 걱정이 되었다. 경기가 그들의 패배 쪽으로 기울어가자 힘없이 경기장을 빠져나가는 흰 물결을 보며 그제야 안도할 수 있었다.

평안함도 잠시, 시련은 또 찾아왔다. 경기가 끝나고 운동장에서 이뤄지는 감독과 선수들의 인터뷰를 중계해주기로 했던 사우디 방송사가 경기가 끝나자 중계를 끊어버린 것이다. 어떻게 해서든 감독 인터뷰 하나라도 비행기를 타기 전에 송출해야 했다. 그런데 경기장 프레스 룸에서마저 인터넷이 연결되지 않는다. 정말 난감하다. 결국 우리가 묵던 게스트 하우스로 달려갔다. 6초짜리 인터뷰 화면을 거실에 있는 컴퓨터로 올리며 주인아주머니에게 신신당부했다. "이거 끊기나 안 끊기나 봐주세요. 끊기면 이렇게 이렇게 하면 됩니다." 비행기를

타야만 하기에 내가 취할 수 있는 마지막 방법은 이것뿐이었다.

　공항에 도착하니 파일이 무사히 올라갔다는 주인아주머니의 밝은 목소리가 전해졌다. 그제야 마음이 놓이면서 돌아오는 비행기 안에서 편히 잠들 수 있었다.

| 조정영

그 감동 앞에서
심장이 떨리지 않는다면

스포츠 취재의 장점은 역시 재미가 있다는 것이다. 카메라 너머로 경기장의 생생한 열기를 담아내다보면 나도 어느새 뛰고, 넘어지고, 골을 넣고, 패스를 한다. 한마디로 제2의 선수가 된 기분을 맛본다. 그런데 스포츠 취재인데도 재미가 없는 취재가 있다. 바로 장애인 올림픽 경기가 그렇다. 상대적으로 활동력이 떨어지는 장애인들이다 보니 손에 땀을 쥐게 하는 재미를 기대하기란 쉽지 않다. 그러나 장애인들의 스포츠 경기에선 재미보다 더 값진 감동을 느끼게 된다. 지난 베이징 장애인 올림픽에서 보치아 경기도 내겐 그런 취재였다.

보치아는 뇌성마비 1, 2등급 선수들을 위한 경기로, 선수들이 경기장 안으로 굴리거나 발로 차서 표적구에 가장 가까이 던진 공에 대해 1점을 주는 종목이다. 겉으로 보기엔 간단한 경기일 수 있지만 팔다리

를 가누기도 힘든 중증 장애인들에겐 힘과 집중력이 요구되는 어려운 경기다. 9월 9일 베이징 펜싱홀에서 보치아 개인-BC3 경기 결승전이 열렸다. 대표팀의 막내인 열여덟 살 박건우 선수가 결승전을 치르고 있었다. 박 선수는 신중했다. 표적구인 흰 공과 상대의 빨간 공 위치를 살핀 뒤 홈통의 각도를 조절했다. 상대의 공을 밀어내기 위한 강한 힘이 필요할 때는 홈통을 길게, 거리 조절이 필요할 때는 홈통을 짧게 했다. 홈통의 길이가 길어져 몸을 사용할 수 없게 되면 마우스 스틱을 이용했다. 김진한 대표팀 코치가 그의 곁에서 손발이 되어주었다. 내 카메라도 박 선수를 따라 공을 밀고, 호흡을 조절하고, 조심조심 몸을 움직였다. 드디어 금메달이 확정되는 순간, 박건우 선수가 눈물을 글

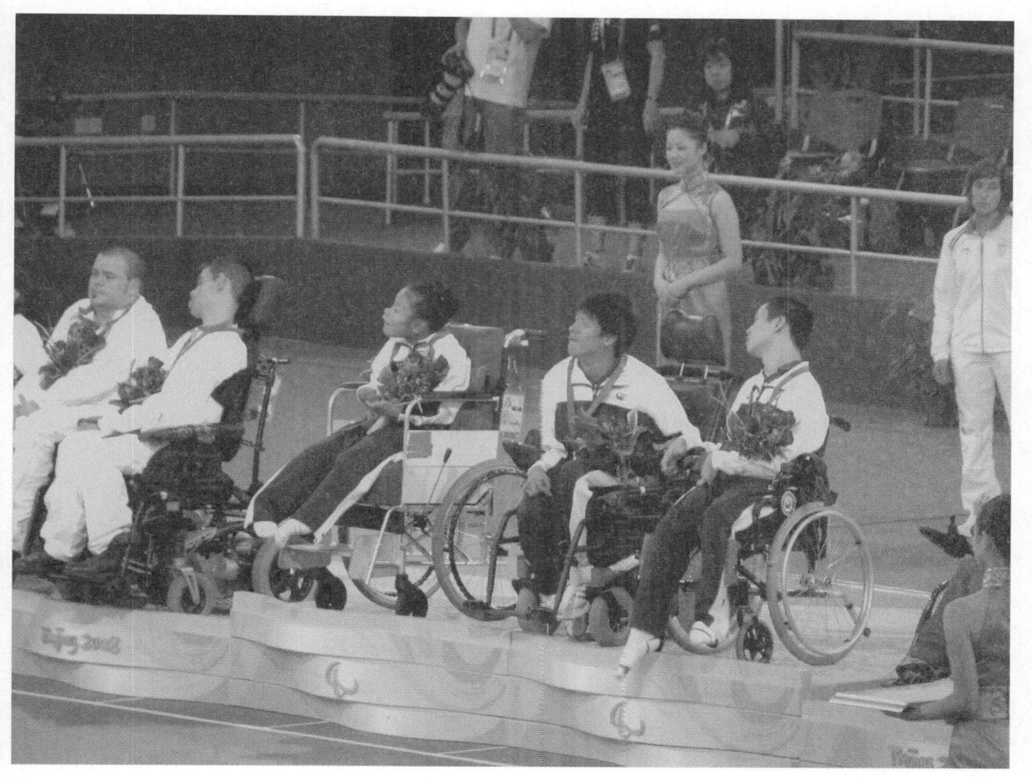

썽이자 무생물인 내 카메라도 뭉클하는 것 같았다.

　태어날 때 양수가 터져 사지가 마비됐다는 박 선수는 혼자서는 잘 가누지도 못하는 몸으로 금메달 시상대에 올랐다. 박 선수는 수상 소감으로 "엄마, 사랑해요."라고 말했다. 박 선수의 어머니는 식당일을 하면서 박 선수와 심장병을 앓고 있는 박 선수의 아버지 뒷바라지를 하고 있다고 한다. 금메달을 따면 지원금을 준다는 이야기에 이를 악물고 연습했다는 박 선수를 보니 자식을 키우는 아버지로서 내 눈시울도 뜨거워졌다.

　기자는 쉽게 울지도, 쉽게 감동하지도, 쉽게 흥분하지도 않는 차디찬 이성을 가져야 한다고 한다. 그래서 내 카메라는 늘 일정한 거리를 두고 냉철한 시선으로 세상을 보고자 했다. 그러나 불편한 몸을 이끌고 불가능을 가능으로 바꾼 박건우 선수 앞에선 그런 취재의 기준이 무용지물로 느껴진다. 그가 준 그 감동 앞에서 심장이 떨리지 않는다면, 그것이 오히려 문제 아닐까.

장애인 올림픽은 결코 화려하지 않았다. 세계 최대 규모가 투입됐다는 베이징 올림픽 개막식의 화려함도 사라졌고, 경기장을 가득 메웠던 응원단의 함성과 열기도 없었다. 그러나 나는 이번 장애인 올림픽 취재를 잊지 못할 것이다. 세상에서 제일 감동적인 취재였기에.

ㅣ유동혁

내 카메라가
눈물을 닦아줄 수는 없을까

2006년 독일 월드컵 당시, 한국 대표팀은 마지막 예선전을 하노버에서 치르게 되었다. 미국의 컴덱스와 함께 세계정보통신 분야의 대표적인 박람회인 세빗(Cebit) 개최 도시이기도 한 이곳 하노버는 전체 면적의 46퍼센트에 달하는 곳이 녹지대로 조성되어 있어 독일 내에서도 초록 도시로 불린다. 또한 도심 중앙에는 마슈 호수가 눈앞에 펼쳐져 있다.

하노버는 이처럼 울창한 숲과 호수로 이뤄져 있어 이제 막 시작된 독일의 여름 무더위를 조금은 달래준다. 축구는 예민하기 그지없는 스포츠다. 선수들의 실력이나 작전뿐만이 아니라 경기가 열리는 곳의 날씨와 기온에 따라 그날의 플레이가 달라진다. 하노버는 낯선 타국에서 우리 선수들이 컨디션을 유지하는 데엔 그나마 좋은 도시인 것 같다.

2002년 월드컵에서 한국 선수들이 기적적인 플레이를 보이자 축구에 대한 국민들의 기대와 눈높이는 한없이 높아졌다. 선수들도 부담스러웠겠지만 취재를 해야 하는 우리들도 긴장감이 높았다. 안방에서 보는 축구 경기 화면은 중계를 받아서 보는 것이다. 축구 경기가 열리는 그라운드를 들어가는 절차는 까다롭기 그지없다. 원칙적으로는 중계를 담당하는 요원만 들어갈 수 있으나, 중계권이 있는 방송국 소속의 카메라기자 중 미리 허가를 받은 기자는 그라운드에서 뉴스용으로 취재를 할 수 있다. 카메라기자는 우리팀이 골을 넣을 수 있는 상황에서는 경기를 촬영하기도 하지만, 대개는 관중석의 돌발 상황이나 경기 외적인 면에 더 관심을 갖고 뉴스거리를 찾는다.

드디어 한국 대 스위스의 경기가 열렸다. 하지만 선수들의 몸은 무거워 보였고 아드보카트 감독의 전술도 효과를 거두기엔 무리수가 많아 보였다. 카메라를 들고 있는 나도 어깨에 힘이 빠진다. 그래도 마지막 예선인 스위스와의 경기 결과에 따라 16강 진출의 가능성은 열려 있는 상태였다.

후반전 현재 스코어 1 대 0. 카메라를 잡은 내 손에도 땀이 차고 있었다. 그런데 후반전이 끝날 무렵, 우리는 주심의 판정 미스로 어이없는 쐐기 골을 허용하고 말았다. 촬영을 하면서 심판 판정에 문제가 있다는 생각을 여러 번 했었는데, 명백히 오프사이드라고 한국 선수들이 손을 드는데도 불구하고 심판은 스위스 선수의 골을 인정했다. 선수들은 두 패로 나뉘어 주심과 부심에게 항의했지만 이미 내린 주심의 결정을 되돌릴 수는 없었다. 아드보카트 감독도 거세게 항의하는 모습이 카메라에 잡혔다. 옆에 있던 독일 FIFA 중계 카메라맨도 오프사이드

가 맞다며 한국팀이 억울하겠다는 이야기를 했다.

계속해서 항의해 보았지만 승산은 없었다. 잠시 후 경기 종료 휘슬이 울렸고 선수들은 그라운드에 주저앉아 울먹였다. 16강 진출의 꿈이 무너지는 순간이었다. 경기는 그렇게 끝이 났다. 나도 카메라를 접고 호텔로 돌아가는 차에 앉았다. 창밖으로 스위스 응원단들이 환호하며 기뻐하는 모습이 들어온다. 저 환호가 우리의 것일 수도 있었다는 생각이 들자 눈을 질끈 감아버렸다.

막상 16강에 오르지 못한 채 서울로 돌아가게 되자 왜 이렇게 발걸음이 무겁게 느껴지는지 모르겠다. 스포츠는 승자의 역사다. 언론 또한 승자의 역사만을 기록한다. 그러나 진정한 승리를 기록한다면 패배했을 때의 눈물과 아픔도 함께 기록해야 하지 않을까. 그날 하노버 경기장 바닥에 주저앉아 울음을 터트리던 선수들의 모습이 아직도 아련한 이유는 무엇일까. 혹시 내 카메라가 그들의 눈물을 닦아줄 수는 없었을까.

| 박진호

거인,
자기만의 정원에 갇히지 않다

제29회 베이징 올림픽은 서울 올림픽 이후 아시아에서 처음으로 열리는 올림픽이다. 〈하나의 세계 하나의 꿈(one world one dream)〉이라는 슬로건 아래 100년을 기다렸던 그들의 잔치다. 취재를 가기 전까지 중국은 사회주의 경제체제에서 자유시장 경제체제를 펼치기 시작한 지 얼마 안 되는 나라로, 오스카 와일드의 「자기만 아는 거인」에 나오는 거인처럼 외부와 소통하기보다는 자기만의 정원에 갇혀 있다고 생각했다. 하지만 내가 본 중국은 결코 그런 갇힌 나라가 아니었다. 중국은 이미 세계를 받아들이고 세계인과 소통할 수 있는, 개방된 거인의 섬이었다. 꽃이 피고 있었고 그 화사함이 가득했다.

2008년 8월 3일, 온 국민의 기대와 희망을 안고 간 올림픽 축구 대표팀은 중국 친황다오에서 카메룬, 이탈리아와 차례로 경기를 펼쳤다. 그 예선전 두 경기를 취재하는 것이 내가 맡은 일이었다. 2002년 월드컵의 환희를 기억하는 우리 국민들이 그 어느 종목보다 큰 기대를 하는 경기다. 하지만 기대가 큰 만큼 실망도 컸다. 올림픽 축구 대표팀은 강호 이탈리아를 맞아 2 대 1로 완패를 당했다. 경기가 잘 안 풀리면 카메라를 잡은 내 손에서도 힘이 빠진다. 경기에서 지고 이기는 것은 늘 있는 일이기에 승패에 대해 이야기하고 싶은 마음은 없다. 다만 아쉬운 점은 평소 사용하던 전술을 채택하지 않고 수비에만 급급한, 색깔 없는 우리 축구의 모습이 개운치 못할 따름이다.

그 아쉬움을 달래기 위해 나간 친황다오 도심공원에서 생각지도 못한 얼굴들을 보았다. 중국 전통악기인 비파를 켜는 어르신들의 진지함, 손수 가져온 악기 상자를 펼쳐놓고 한 명 혹은 두세 명씩 모여 악기를 켜는 사람들. 그들의 손때 묻은 악보엔 신성함까지 묻어 있었다. 아쟁 소리와 같은 그 선율은 내 안에 있는 선조들의 기운까지 일깨워주었다. 그 모습에서 장인정신과도 같은 깊은 색깔을 보았다. 그곳에서 난 한국 축구를 떠올렸다. 전문가도 아닌 내가 감히 이번 올림픽 축구팀의 패인에 대해 이야기하자면, 선수들 각각의 개성을 살린 우리만의 색깔을 만들지 못했기 때문이 아닐까 생각해본다.

중국을 상징하는 홍(紅). 그러나 붉은 색만이 아닌 각자의 색을 가진 친황다오 사람들을 보며 우리의 얼굴도 독특한 색을 지녔으면 하는 생각이 들었다. 이번 올림픽 경기에서 중국인들이 우리에게 외치지 않았던 〈짜이유〉의 함성이 우리에게 으게 하기 위해서는 우리가 먼저 그들의 색을 읽어야 한다. 거대한 대륙과 다양한 민족이 보여주는 그 다채로운 색을 말이다. 그리고 그곳에서 본 많은 색깔들이 우리의 얼

굴에도 피어났으면 좋겠다. 하나로 뭉쳐 나타내는 아름다움보다 각각
의 색이 인정받는 그런 대한민국을 꿈꿔본다.

| 김관일

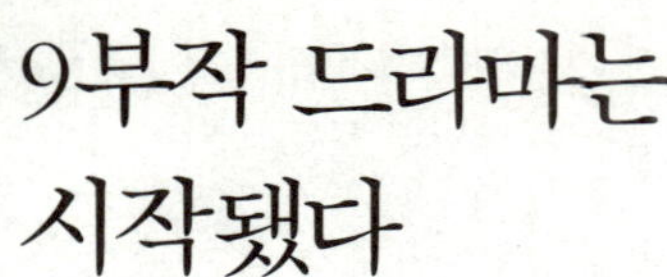

9부작 드라마는
시작됐다

6 대 4로 앞선 9회 초.

지난 베이징 올림픽, 야구 강국 미국과의 한판승 경기가 펼쳐진 날. 엎치락뒤치락하다가 9회 초 한국이 6 대 4로 이기는 분위기가 되자 나와 취재기자는 경기가 끝난 선수들을 인터뷰할 수 있는 공간인 공동 취재 구역으로 자리를 옮겼다. 그곳에서 선수들에게 승리의 소감을 물을 생각이었다. 그런데 웬걸, 9회 초 한기주 선수가 솔로 홈런을 맞더니 연속 2안타까지 허용하는 것이다. 계속되는 미국의 찬스에 공동 취재 구역에 모여 있던 한국 기자들도 긴장하며 경기를 관전하고 있었다. 역전에 역전을 거듭한 끝에 믿기지 않는 9회 말 승리를 이뤄냈을 땐 2002년 월드컵 첫 승리 때처럼 한국 기자들은 기자이기 이전에 한국 응원단의 한 사람으로서 서로 얼싸안고 기쁨을 나눴다. 8 대

7, 9회 말 역전극, 가장 재미있다는 케네디 스코어. 이렇게 9부작 드라마는 시작되고 있었다.

언제 터질지 모르는 한 방을 기다리며 세 시간 이상 자리를 지켜야 하는 야구 경기 취재는 야구를 좋아하지 않는 기자들에게는 유배나 다름없는 일이다. 베이징 올림픽에서 내가 그 유배와도 같은 야구 경기를 독점 취재하게 된 것은 자의 반 타의 반으로 이뤄진 일이다. 1980년대 초반, 딱지나 구슬 이외에는 이렇다 할 놀잇거리가 없던 내게 빨간 유니폼과 장갑을 끼고 홈런을 때려내던 호랑이들은 새로운 영웅이었다. 내 또래들에겐 누구나 야구에 관한 추억 한 가지쯤은 가슴에 품고 있을 것이다. 카메라기자가 되어 가끔이나마 프로야구 현장을 누비게 된 나에게 야구는 더 이상 〈일〉이 아니었다.

8월 22일, 한국은 4강에서 일본을 만났다. 1982년 한대화 선수의 기분 좋은 투런 홈런을 기억하며 카메라를 챙긴다. 경기 시작 시간은 아마추어 야구에서나 볼 수 있는 오전 10시 30분. 일본의 호시노 감독이 미국전 패배 후 묘한 웃음을 지으며 인터뷰했던 장면이나 어제 핸드볼 석패를 생각해서라도 오늘 경기는 반드시 이겨야 한다. 이날도 예선전 때와 마찬가지로 중국이 일본을 응원한다. 절대로 화해가 이뤄지지 않을 것 같던 중국과 일본의 해묵은 감정이 〈한국〉이라는 라이벌 앞에선 사라진 것일까. 4강에서 일본을 만나리라 예상치 못해서인지 한일전임에도 한국 응원단은 별로 보이지 않는다. 응원석을 앵글에 담아보려고 하는 순간 온통 일장기 일색인 경기장 풍경에 내 기분도 좋지 않다. 경기 중 한국 선수들이 삼진을 당하기라도 하면 옆쪽의 일본 기자들 사이에서 환호성이 터진다. 카메라 놓고 한 대 쥐어박고 싶을 정도다. (이러다 기자들끼리도 싸움이 날라.) 그러나 잠시 후 그들이 쥐 죽은 듯이 조용해졌다. 8회 이승엽의 결승 투런 홈런이 터진 순간, 공은 절묘하게 일본 응원석의 두 일장기 사이로 떨어졌고, 한 해설자는 이를 두고 독도를 넘어 대마도까지 날아갔다고 표현했다. 그때 나도 모르게 소리를 질러버렸다. 옆의 일본 중계석은 침통하다 못해 금방 울음을 터뜨릴 것 같은 분위기다. 독도 문제, 교과서 문제 등으로 무거웠던 온 국민의 마음을 후련하게 해주는 한 방이었다. WBC에서의 승리보다 더욱 극적인 이 한 게임이 지난 10년간의 패배를 한꺼번에 날려버렸다. 옆에 있던 쿠바 기자는 "Korea wins this game." 이라고 말해주었다.

경기가 끝나고 인터뷰를 위해 공등 취재 구역으로 들어오는 한국

선수들 모두의 눈에는 눈물이 글썽이고 있었다. 특히 그 동
안의 부진으로 미안한 마음을 감추지 못했던 이승엽 선수는
결국 눈물을 주체하지 못해 인터뷰를 중단해야만 했다. "그
동안 너무 미안해서……"라며 말을 잇지 못한 채 눈물과 울
음을 쏟아내 인터뷰가 진행되지 않았다. 바로 앞에서 촬영
해야 하는 내가 왜 눈물이 왈칵 쏟아지려고 하는 건지.

경기 후 기자회견장에서 망가진 호시노 감독의 얼굴을 볼
수 있었다. 생각보다 표정이 그리 나쁘진 않았지만 인터뷰에
서는 불편함을 감추지 않았다. "한국은 원래 약한 팀이 아니
다. 마무리로 이와세를 고집한 건 내 스타일이다. 오히려 한
국에 잘된 것 아닌가?" 하는 등의 감정이 섞인 말투로 불편
한 속내를 드러냈다.

경기 후 내 카메라는 영웅들의 모습을 담기 위해 우리 선수
단 버스 앞에 자리 잡고 있었다. 선수들은 버스에 오르기 전
내 카메라를 향해 주먹을 불끈 쥐어 보이며 파이팅을 외쳤
다. 땀방울과 환희, 감동이 고스란히 렌즈를 통해 내 심장으
로 파고들었다. 가슴이 벅찼다. 그런데 경기 내내 은근히 한
국이 지길 바라는 것 같던 중국 여자 야구팬들이 손에 펜과
종이를 들고 하나둘씩 내 옆으로 모여들기 시작했다. "Who do you
looking for?", "Do you like Korean baseball player?" 등의 나의
짧은 영어에도 아무런 대답 없이 그들은 무작정 한국 야구선수들을
기다리고 있었다. 야구를 잘 알 것 같지 않아 보이는 이들이 어느새
한 편의 드라마를 만들어온 한국 야구의 새로운 팬이 되고 있는 듯했

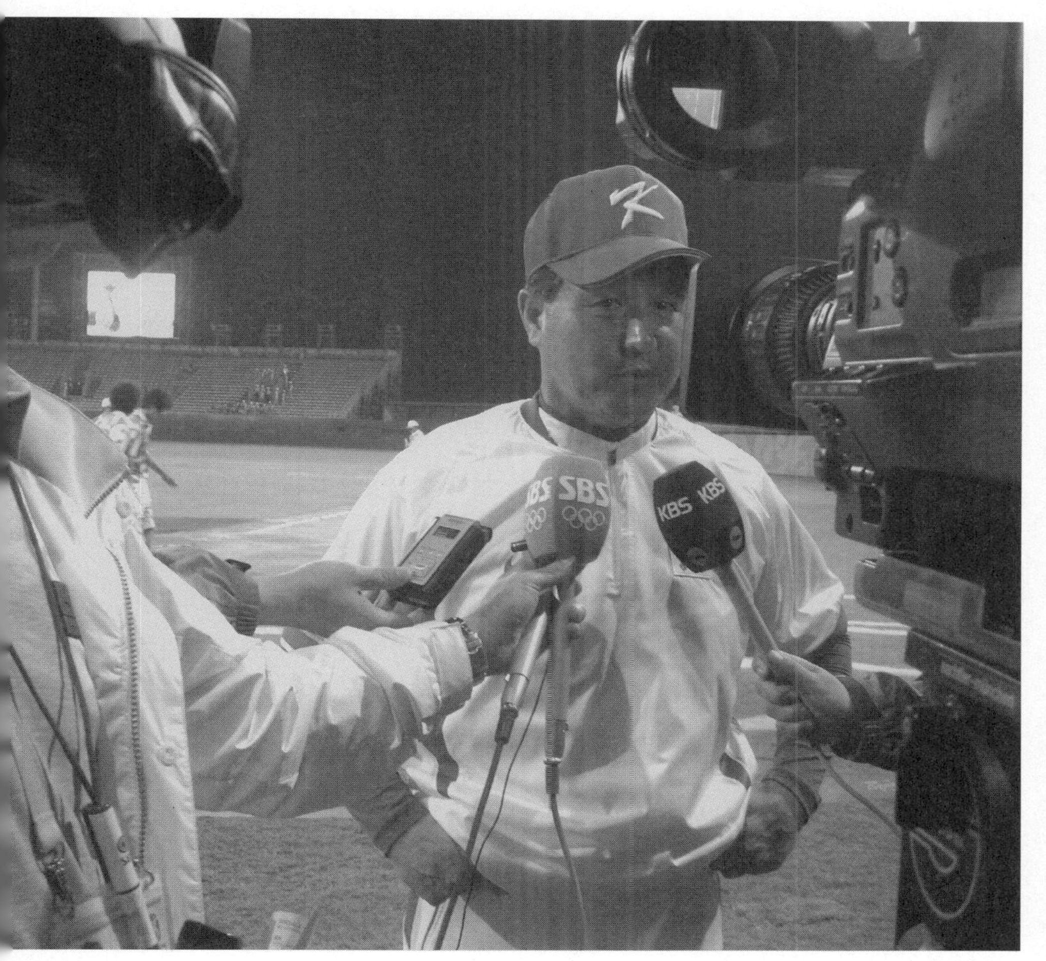

다. 이 새내기 팬들이 내 카메라를 향해 엄지손가락을 들어 보인다.

8월 23일, 역사적인 쿠바와의 결승전. 하루하루 야구사를 새로이 써 나가고 있는 한국은 국제 경기에 심판 한 명도 참가시키지 못하고 있는 실정이다. 그래서 번번히 미국, 남미 심판들의 편파 판정에 시달려 왔다. 오늘 경기도 마찬가지다. 아홉 경기째 극적인 승부를 만들어내고 있는 한국 야구는 오늘도 극적으로 역전에 성공해 9회 말 1점 차로 아슬아슬하게 쫓기고 있었다. 그러나 심판의 편파 판정에 항의하던 포수 강민호의 퇴장으로 상황은 최악으로 치닫고 있었다. 덕아웃으로 카메라를 돌려보니 애꿎은 콜라병을 부수고 있는 강민호, 발을 동동 구르는 정근우, 두 손 모아 기도하는 봉중근, 울분을 참지 못해 흙을 쿠바 쪽으로 뿌리고 있는 김광현 선수 등 긴장이 최고조에 달하고 있었다. 이때 뚝심야구의 김경문 감독이 얼굴색 하나 변하지 않고 그라운드로 걸어나오고 있었다. 그는 확률 게임인 야구에서 대회 내내 1할대 타율을 기록하고 있는 4번 타자를 끝까지 고집하고, 번트가 예상될 때 강공을, 투수를 바꿔야 하지 않을까 생각될 때 오히려 밀어붙이고, 심지어 좌투수에 좌타자를 내보내는 비상식적인 운용으로 연승을 이끌어왔다. 자칫 다 이긴 게임을 놓쳐 비난을 면치 못할 수도 있었지만 짜릿한 승부를 기대하는 나 같은 스포츠팬에게는 더없이 스릴이 넘치는 경기였다. 김경문 감독의 속내가 궁금했다. 그러나 매 경기 인터뷰 때마다 "운이 좋아서……."로 말문을 여는 김 감독은 "내가 남보다 나은 것은 어려움을 많이 겪어본 것밖에 없다. 그게 내 자산이다."라며 인터뷰를 마무리했다.

결국 감독만큼이나 뻔뻔하고 대담한 정대현 선수의 투구와 수비진의 철벽수비로 3 대 2로 경기가 종료되었다. 드디어 한국의 우승. 한국 야구가 사상 최초로 올림픽 금메달을 따는 순간이다. 덕아웃의 모든 선수들이 그라운드로 뛰어나와 승리를 만끽하고 있을 때, 옆 일본 기자석에서 환호성이 터졌다. 같은 아시아라서 한국을 응원할 리는 없고, 자신들을 이긴 팀이 우승을 해야 조금은 할 말이 있어서가 아니었을까. 어쨌든 얼마나 통쾌한 순간인가.

각본 없는 드라마라는 스포츠, 그 중에서도 가장 드라마틱했다고 자부하는 베이징 올림픽 야구 아홉 경기 모두를 현장에서 함께할 수 있어서 그 순간 나는 정말 행복했다.

| 박영일

6부

카메라, 그 앞의 이야기,
그리고 그 뒤의 이야기.

송출 첫날, 서울에서 전화가 왔다.
오디오는 이상이 없는데 비디오 신호에 문제가 있단다.
하루하루 피 말리는 준비를 한 결과가
물거품이 될 수도 있는 상황이다.
더구나 이것은 대통령 해외순방 뉴스가 아닌가.
남은 송출 시간이 별로 없다.

총성 없는
전쟁 치르기

2006년 12월 17일 오전 9시.

베이징 공항에 도착하자마자 차 문을 열고 축 쳐져 있는 몸을 빼낸다. 전날 베이징에 도착하자마자 쉴 시간도 없이 호텔 브리핑 룸에서 장비 세팅을 하느라 늦은 시간까지 일을 한 탓에 몸이 말이 아니었다. 6자회담의 시작을 알리는 북경의 매서운 대륙바람이 나의 잠을 확 깨운다. 장비를 챙겨 공항 VIP 출구로 향한다. 미국 수석대표 크리스토퍼 힐이 베이징 공항에 도착하는 것을 촬영하기 위해서다. 현재 기온 영하 10도. 바람이 심하게 불어 체감온도는 그보다 10도 이상 낮게 느껴진다. 촬영 장소에 도착하자 앞으로의 취재가 쉽지 않을 것이라는 두려움이 엄습해온다. 크리스토퍼 힐 인터뷰를 딸 수 있는 장소는 폭 5미터 내외의 좁은 공간이다. 이미 전날 자전거 자물쇠로 사다리를 묶

어놓은 외신들 덕에 앞자리는 사다리 행렬로 기괴한 모습을 연출하고 있었다. 그나마 우리는 이 시간에 도착했기 때문에 두 번째 라인에 트라이포드를 펼칠 수 있었다. 힐은 오후 1시쯤에 일본 비행기로 도착한다고 하니 네 시간 동안 몸을 바들바들 떨면서 얻어낸 수확이 두 번째 라인인 것이다.

힐이 도착하기 두 시간 전, 외신들이 속속 도착한다. 전날 자물쇠로 채워놓은 사다리 덕에 느긋한 그들과, 반면에 늦게 도착해서 세 번째 라인이라도 차지하려고 트라이포드를 세팅하는 마음 급해 보이는 또 다른 취재진들이 보이기 시작한다. 그야말로 각양각색인 취재진들의 모습이다. 세계 각국의 언어들이 혼재해서 사용되는 것을 들으면서 드디어 세계가 주목하는 6자회담을 취재하러 왔음을 실감하게 된다.

네 시간 동안의 지루한 뻗치기(취재원이 언제 나타날지 몰라 마냥 대기하는 일을 일컫는 기자들의 은어) 끝에 힐이 도착했다. 시끄럽던 취재 현장은 일순간 그의 인터뷰를 따기 위해 조용해진다. 인터뷰를 하는 팀을 제외하고는 대부분 현장 화면을 촬영해야 하기 때문에 최대한 시야가 확보되는 곳으로 부지런히 움직이면서 말 없는 취재 전쟁이 치러진다. 힐이 모습을 보였던 시간은 불과 5분 내외였다. 네 시간의 뻗치기 끝에 얻어낸 것은 3분 내외의 말 몇 마디와 대여섯 컷의 영상이 전부였다. 우리 팀의 첫 번째 취재는 그렇게 마무리되었다.

6자회담의 대부분의 취재는 뻗치기로 시작해 뻗치기로 끝난다. 일주일 동안 우리의 동선은 힐이 머무는 숙소와 북한 대사관, 그리고 회담장소인 조어대가 전부다. 그곳에서 하는 일은 뻗치기 후 각국 대표들을 인터뷰하는 것이다. 대표들이 출발하기 전에 그들의 숙소에 도착해야 하기 때문에 취재는 새벽부터 시작된다. 전날 아무리 늦게까지 취재를 했다 해도 오전 5시 30분이면 어김없이 알람이 울린다. 떠지지 않는 눈에 물을 뿌려가며 의식을 깨게 하고 주섬주섬 옷을 챙겨 입으며 현장에 도착하는 시간은 6시 30분. 호텔 한켠에 설치된 포토라인 앞줄에는 이미 24시간 대기하는 외신 트라이포드로 여유 공간이 없었다. 그나마 우리가 확보할 수 있는 곳은 두 번째 라인이었다. 첫 번째 라인에 세워진 트라이포드들은 수많은 취재진들의 붐마이크에 대표들 얼굴이 가리지 않게 하려고 최대한의 높이를 유지한 상태다. 두 번째 라인에 선 나는 앞 줄의 트라이포드 때문에 사다리 위에 올라가 핸드 헬드(hand held)로 촬영해야만 했다.

힐의 회담장 출발 시간은 미정이다. 그러니 마냥 뻗쳐야 하는 상황이다. 그나마 힐이 머무는 숙소인 이곳 상황은 나았다. 호텔 안에서 진행되기 때문에 북경의 살벌한 추위를 피할 수 있고, 수많은 취재진들 덕에 한국에서 혼자 뻗치기를 할 때만큼의 민망함도 없다. 처음에는 외국 기자들의 동향을 살피면서 긴장된 상태로 있었으나 힐이 출발하기 10분 전에 알려준다는 보좌진들의 설명을 듣고 난 후엔 긴장이 풀어지면서 모두들 휴식 아닌 휴식을 취할 수 있었다. 양탄자가 깔려 있는 바닥에 주저앉아서 게임을 하는 기자들도 보이고 운 좋게 소파를 차지한 사람은 잠을 청하기도 한다. 서로 다른 나라의 기자들이 어느새 친해져 같이 사진을 찍으면서 명함을 주고받기도 한다. 기약 없는 뻗치기가 이어지는 힘든 취재이긴 하지만 그 속에도 이렇게 작고 소소한 재미들이 숨어 있어서 나 같은 카메라기자들이 버티는지도 모른다.

6자회담 취재는 힘든 출장이라고 말한다. 비슷한 시간에 각국의 수석대표들을 동시에 취재해야 하기 때문이다. 물론 우리나라 취재팀들은 미국, 대한민국, 북한, 이 세 나라에만 신경을 집중하면 된다. 그러나 만에 하나 돌발 상황이 생겼을 경우를 대비해 하루라도 긴장을 늦출 수가 없다. 새벽에 일이 시작되고 밤늦은 시간에 다음날 아침 리포트까지 처리해야 하기 때문에 취재가 불가능한 정식 회담 시간만이 우리가 누릴 수 있는 유일한 휴식시간이다. 2005년 이맘때 서울대에서 무한대로 뻗쳐야 했던 황우석 사건 취재와 빗대어 비교할 정도였으니, 그 지루함과 그러면서도 계속되는 긴장의 무게는 겪어보지 않은 사람은 짐작할 수 없을 것이다.

외신들과 비교했을 때 취재 인력이 상대적으로 부족한 것도 힘듦의 원인이 될 수 있다. 가장 단적으로 비교하자면 NHK는 80여 명의 취재진들이 베이징에 도착했다고 한다. 일본의 니혼 TV 역시 여덟 팀 이상을 현지에서 봤고, 중국 중앙방송 취재진들도 곳곳에서 24시간 대기 트라이포드를 펼쳐놓은 상태였다. 각사에서 한두 팀 정도를 보내는 우리나라 방송사들과 비교했을 때 인력이나 장비 면에서 수적으로 앞선 그들과 경쟁을 벌인다는 것이 결코 쉽지 않았다. 몸이 지치기 때문에 당연히 신경도 날카로워지고, 그 틈을 누군가 헤집고 틀어놓는다면 아수라장 같은 상황이 연출되기도 한다. 더구나 우리나라는 각 방송사들 중에서 한두 명 대표를 뽑아 공동 취재를 하기 때문에 공동 취재단에 뽑히면 그 부담은 말로 표현할 수가 없을 정도다.

경력 3년 반, 해외출장은 수습 이후 단 한 번, 위성 송출은 처음. 부끄럽지만 이것이 베이징 출장 전의 나의 현 주소였다. 이미 익숙해져 있는 한국에서는 취재에 여유를 부리기도 하고 매너리즘에 빠지기도 했던 나였다. 이번 출장은 그런 의미에서 나에게 새로운 활력을 불어넣어줬다. 첫날 수십 대의 ENG 카메라를 접했을 땐 당황했고, 수많은 외신들 틈에 끼여 공유되지 못했던 우리의 정보력에 좌절했다. 그러나 일주일간의 취재 동안 많은 것들을 배울 수 있었다. 상황 대처능력과 사람들과의 대면능력, 가장 중요한 위성 송출까지, 한 번에 많은 것들을 얻을 수 있는 계기가 되었다.

ㅣ배문산

단 6초 동안의
촬영을 위해

아침부터 부산스럽다.

이번 칠레 APEC 출장의 하이라이트라 할 수 있는 한미정상회담 취재를 하러 가야 한다. 이라크와의 전쟁 이후 삼엄해진 경호 탓에 회담 예정 시간보다 두어 시간이나 일찍 취재 장소인 산티아고 시내 하얏트 호텔로 출발해야만 했다. 국제회의가 열리면 일반적으로 서너 국가가 함께 호텔 하나를 임대하는데 이번에 미국은 혼자 하얏트 호텔 전체를 임대했다. 그것도 모자라 호텔 반경 1킬로미터 안에 일체의 차량과 행인의 통행을 금지시켰다. 시내 중심부를 이렇게 통제하는 것은 상당히 보기 드문 일인데, 그만큼 상황이 심각하다는 반증이기도 했다. 심지어 산티아고 앞바다에 항공모함을 띄워놓고 회담만 호텔에서 하고 잠은 항공모함에 가서 잔다는 소리까지 들리는 것을 보면 이

정도는 아무것도 아닐 것이다.

호텔 반경 1킬로미터에 이르는 외곽 경계선을 통과한 후 호텔에 도착했다. 호텔 입구에서 깐깐하고 자존심 상하는 몸수색과 장비 검색을 당한 후에야 회담장에 들어갈 수 있었다. 하지만 이것이 전부가 아니었다. 회담장 옆방에서 대기 중이던 취재진에게 미국 경호팀은 장비를 내려놓고 방에서 나가 달라고 한다. 무슨 일인가 했더니 기계는 오류가 있어 믿을 수 없다며 거짓말을 못하는 탐지견들을 통해 다시 한 번 검색을 하겠다는 것이다. 너무한다는 생각도 들었지만 한편으론 철저한 직업의식에 감탄도 나왔다. 사람이나 기계는 실수를 해도 동물들의 본능적 감각은 실수를 하지 않을 테니 말이다.

이렇게 우여곡절 끝에 회담장에 도착한 후 본격적인 취재를 준비했다. 원래 한미정상회담은 우리나라가 주빈국이 돼 주최한 경우를 제외하곤 취재 시간이 너무나 짧다. 취재를 허락한 순간부터 경호원들에게 끌려나오는 시간까지가 불과 1~2분 정도이니 마음을 단단히 먹어야 한다. 녹화 버튼을 누르는 순간부터 마치는 순간까지의 콘티를 마음속으로 생각하고 기계적으로 민첩하게 움직여야 한다. 하지만 치열한 자리다툼과 눈치 속에 시작된 취재는 어이없게도 찰나에 끝나고 말았다. 시작하자마자 나가라는 거였다. 회담장으로 안내하면서 말하던 1분 정도의 취재 시간은 어디 가고 단 몇 초만을 허락하는 것이다. 노무현 대통령이 당선되고 나서 미국에 처음 갔을 때만 해도 1분 이상 비교적 여유 있는 시간을 허용한 것과 비교하면 거의 면피수준에서 공개한 것이다. 한미정상회담을 비공개로 할 수는 없으니 그저 형식적으로 공개한 것뿐이다.

회담장에서 쫓겨나오며 이유를 생각해보니 이곳에 오기 전 로스앤젤레스에서의 노 대통령 발언 때문이 아닌가 하는 생각이 들었다. 미국이 노 대통령의 북핵 발언을 불편하게 생각해서 정상회담을 공개하고 싶지 않았는데, 민주국가라는 체면 때문에 그저 체면치레 정도로만 회담을 공개한 것이 아닌가 싶다. 노 대통령은 로스앤젤레스에서 교포들과의 간담회를 통해 "북핵 문제 해결에 있어서 한반도에 무력 사용은 거부하고 오로지 평화적인 방법으로만 해결하겠다."라는 발언으로 미국과는 다른 입장을 표명했다. 노 대통령의 발언으로 국내 보수 언론과 미국의 대다수 여론은 노 대통령에게 호의적이지 않은 분위기를 형성했다. 어찌 됐건 노 대통령의 발언 때문인지 아닌지는 알 수 없지만 겨우 6초를 촬영한 테이프를 가지고 호텔에서 철수해야만 했다. 미중정상회담에선 몇 분간 친절하게 취재 협조를 해주었다는 말을 들었을 땐 미국의 이중적 태도에 배신감을 느껴야 했다.

APEC 회담은 APEC 공동체의 관심사를 토론하는 것뿐만 아니라 개별 국가끼리의 정상회담을 통해 각국의 이익을 최대화하는 자리이기도 하다. 그러나 무엇보다 가장 중요한 것은 APEC 정상들의 다자간 정상회담이다. 그런 면에서 국제무대에서 디국의 무대뽀 정신을 잘 보여주는 일이 있었다. APEC 회담의 개최국은 참석한 각국의 정상들에게 만찬회를 개최하는데, 이 만찬에는 대통령 부부만이 참석할 수 있다. 가끔 통역을 대동하는 예외가 있긴 하지만 대부분 각국의 정상 부부만이 입장을 허가 받는다. 사건은 미국의 부시 대통령을 수행하던 경호원이 만찬장까지 진입하려다 칠레 측과 부딪히면서 발생했다. 칠레 측 경찰은 만찬장의 통상적 관례에 따라 경호원의 입장을 불허

했지만 미국의 경호원은 부시 대통령의 경호를 이유로 한사코 입장하려 했다. 입구에서 소란이 벌어지자 부시 대통령은 가던 걸음을 되돌려 자신의 경호원을 모셔갔고, 이 일로 다음날 개최 예정인 칠레 대통령 주최의 만찬이 취소되는 등 외교 갈등으로까지 번지게 됐다.

APEC과 같은 다자간 회담에선 개별 국가들의 개별 회담도 수시로 진행된다. 노 대통령도 미국은 물론 일본, 중국, 러시아 등 많은 국가와 정상회담을 했다. 대부분의 시청자들은 미국 정상과의 회담에만 많은 관심을 갖지만, 언론들은 APEC에 참석하는 모든 정상들의 회담을 다 취재한다. 정상회담을 취재하다보면 세계 정상들의 인간적인 면모를 읽을 수 있는 기회도 얻게 된다. 그 중에서 나는 중국의 후진타오 주석을 주목했다. 노무현 대통령과 비슷한 시기에 주석에 오른 후진타오는 보면 볼수록 대국의 지도자다운 풍모를 지닌 사람 같았다. 오랜 시간 지도자 수업을 받아서 그런지 온화하고 겸손한 자세와 당당한 모습은 인간적으로도 매력을 느끼기에 충분하다는 생각이 들었다. 이번 APEC 회담에서도 한중정상회담 때 보여준 여유 있는 모습은 참으로 보기에 좋았다. APEC에서 한중정상회담은 중국의 주최로 이뤄졌다. 주최국 정상은 손님을 맞기 위해 미리 회담장 입구에 서서 상대국 정상을 맞이하게 된다. 이때 양국의 언론은 서로 좋은 화면을 촬영하기 위해 매우 신경질적으로 눈치싸움과 자리다툼을 벌이곤한다. 특히 중국 언론은 어느 나라 언론보다 취재 의욕이 대단하고 상대방에 대한 배려가 없어 그들과 함께 취재를 할 경우엔 항상 신경을 곤두세우곤 한다. 이날도 예외는 아니어서 회담장에 한국 언론이 도착하니 벌써 좋은 자리는 중국 측이 다 차지하고 있었다. 공보 담당자에게 항의해 보았지만 별다른 소득은 없었다. 결국 중국 기자들 사이에서 취재를 할 수밖에 없어 중국 기자들과 우리 기자들 사이에 몸싸움이 있었다. 노 대통령을 맞이하기 위해 나와 있던 후진타오 주석은 이런 볼썽사나운 장면을 보면서도 눈살 하나 찌푸리지 않고 특유의 온화한 모습으로 취재진을 향해 충분한 취재 시간과 촬영 협조를 약속했다.

사실 정상회담은 각 언론사의 사활이 걸린 취재이기 때문에 서로의 경쟁도 대단하다. 이런 취재에서 실수를 하거나 취재를 하지 못한다면 기자들도, 해당 언론사도 막대한 피해를 입게 된다. 후진타오 주석은 이런 언론의 입장을 이해해서인지 노 대통령이 입장하자 예의 여유 있는 표정으로 대통령을 맞이하고 한국과 중국 언론 모두에게 충분히 취재할 수 있도록 포즈를 취해주고 배려해주었다.

언론은 때론 지도자를 비판하고 곤란하게 하는 존재이기도 하지만, 가능한 한 자신의 취재원을 돋보이게 하려는 본능이 있다. 자신의 국가 지도자를 좋게 표현하기 위해 노력하는 기자들을 위해 여유를 갖고 대해준 지도자들을 보면 한편으론 존경하는 마음을 갖게 되기도 한다.

| 조춘동

평양의 사람들을
만나고 싶다

"옥류관 냉면 맛은 어때?"

세 번의 평양 출장을 다녀오면서 가장 많이 받은 질문이다. 남한 사람들이 궁금해하는 것은 회담 내용이나 정치적 합의 내용이 아니라 북한 사람들이다. 2007년 가을, 2000년에 이어 두 번째로 열린 남북정상회담의 〈사람〉은 당연히 김정일 국방위원장이었다. 2000년에 열린 첫 번째 남북정상회담 이후 7년, 그 후 남북은 여러 번의 회담과 교류를 이어왔다. 이산가족의 만남도 이제는 더 이상 톱뉴스가 아니다. 남북경협사무소에는 남북의 직원이 상주하며 동료처럼 일하는 시대다. 그렇다면 그 동안 〈그 사람〉은 어떻게 달라졌을까?

2007년 남북정상회담엔 총 열한 명의 카메라기자가 파견됐다. 백여 곳에 가까운 청와대 출입 언론사 중 대표로 일부만 취재를 가는 공동 취재단이 구성된 것이다. 공동 취재간이 촬영한 영상은 모든 방송사가 공유하게 된다. 취재기자 또한 일정수로 제한했기 때문에 취재기자와 카메라기자가 한 팀을 이뤄 취재하기드 어려운 상황이다. 결국, 모든 취재는 카메라기자가 스스로의 판단에 의해(물론 남북이 합의한 내용에 한정하여) 촬영 및 녹취를 해야 하는 상황이었다. 대통령의 행사는 물론이고 영부인 행사, 특별수행원의 행사도 카메라기자가 단독으로 취재해야 하므로 카메라기자의 역량에 따라 많은 것이 결정된다. 평양 현장에서는 카메라기자는 부족했고 취재기자는 일반 참관을 자원할 만큼 여유가 있었다.

공동 취재단을 구성하기 위해 자리를 배분하는 과정에서 청와대가 업무 이외의 계산을 했을 것이라는 추측이 그럴듯하게 들렸다. 즉 대통령 출장을 수행하는지의 여부가 각 언론사의 위상을 결정한다고 생각하는 경향이 있기 때문에 자리 배분에 정치적인 논리가 개입됐다는 것이다. 겉으로는 개방된 모습을 보이는 청와대지만 카메라기자들을 배제한 채 국가 기록으로만 남기는 경우도 종종 있다. 안보적으로 혹은 외교적으로 카메라기자까지 배제할 만큼 보안이 필요한 상황도 있겠지만, 때에 따라선 이처럼 정치적 유불리의 계산도 작용하는 듯하다.

2007년 정상회담에선 노무현 대통령과 김정일 위원장의 회담이 마지막 서명식 단 한 차례를 제외하고는 모두 청와대 영상 기록 행정관에게만 촬영이 허용됐다. 북한은 최소 세 팀 이상의 동영상 촬영팀이 가까이 접근해 촬영할 수 있었던 것에 비하면 우리 측의 사전협상에 아쉬움이 남는다. 역사에 길이 남을 취재를 할 수 있었던 남북정상회담을 치르면서 카메라기자의 위상을 다시 한 번 생각했다. 역사를 기록하는 사관인 카메라기자가 국가의 중대사에 접근이 허용되지 않는다는 것은 두고두고 곱씹어볼 일이다. 청와대 관계자는 이 부분이 사전협상의 가장 어려운 부분 중 하나였다고 밝힌 바 있다. 후문에 의하면 2000년 남북정상회담 당시, 현장음으로 녹취된 김정일 국방위원장의 발언이 가감 없이 그대로 남한에서 방송되는 것을 보고 북한 측이 예민해 했다는 것이다. 허물없이 대화를 나누는 모습이 김정일 위원장의 권위에 손상을 준다고 판단했다는 것이다.

2000년 당시, 격의 없는 대화를 나누는 양측 정상의 모습을 보고 듣는 것이 우리 국민들에게 감동이자 놀라움이었다면 이번에는 그렇지 못했다. 두 정상의 회담은 취재진이 배제된 채 철저히 비공개로 진행됐다. 2000년과 비교해서 볼거리와 들을거리가 현저히 줄어든 것이다. 우리 국민들이 2007년 남북정상회담을 밋밋하다고 느끼게 된 이유 중의 하나가 바로 여기에 있었다.

"선생, 이 그림은 좀 뺍시다! 별로 아름답지 못하지 않소?"

환영식장에 미리 도착해 우리 대통령을 기다리는 김정일 국방위원장의 화면. 환영인파 쪽을 손가락으로 가리키며 뭔가 불만스러운 내용을 참모에게 말하는 모습이었다. 결국 그 화면은 원본에서 사라졌다. 북한에서 열린 기존의 남북관련 행사와 마찬가지로 이번에도 사전검열은 있었다. 그들의 검열 자체를 문제 삼는 지적은 원론적으로 논란이 있을 수 있다. 북한이 남한을 방문하는 경우 그들이 취재한 영상을 우리 측이 어느 정도 검열하는지 정확히 알지 못하므로 형평성을 논하는 것은 어렵다. 이번 정상회담의 경우에는 송출하기 전에 북한의 검열을 받았다. 검열에 의해 그들이 삭제를 요청한 것은 총 세 번이었다. 김정일 국방위원장이 환영식장에서 인상을 찡그린 대목, 김영남 상임위원장의 옆모습이 이상하게 촬영된 부분, 그리고 또 하나는 기사 송출이었는데, 공동 취재단의 기사 중 〈김 위원장〉이라는 부분이 김정일 국방위원장과 김영남 최고인민회의 상임위원장을 혼동할 수 있으므로 명확히 해달라는 것이었다. 검열관들의 태도는 정상회담이어서인지 예의 바르고 공손했다. 김정일 위원장이 국가 지도자이므로 우리 측 촬영에서 의전상 배려하지 못한 실수 부분을 제외하면 특별한 검열은 없었다 해도 무방하다.

7년 전인 2000년의 첫 남북정상회담은 최초였던만큼 대단히 창조적인 작업이었다. 그 당시 남북정상의 만남에는 역사적 설렘이 있었다. 아주 살짝 비친 평양의 모습에서도 사람들은 눈을 떼지 못했다. 그 후 7년, 세상의 기대는 2000년보다 훨씬 높았다. 빈번한 남북교류로 이제 웬만한 북한의 모습은 다 알고 있다. 남북정상의 만남이 의미가 큰 것은 그 동안 북한의 문이 닫혀 있었기 때문이다. 그 문이 열리고 있다는 것을 보여주려면 북한도 과감히 취재 환경을 개선해야 한다. 정상들의 발언 내용에 대한 공개는 물론이고, 조연을 담당하는 간부들의 취재도 가능하게 해야 한다. 그리고 대단한 열기의 환영과 환송 장면을 보여준 평양 시민들과 우리 취재팀과의 자유로운 만남도 이루어져 북한 주민들의 생각을 직접 들어볼 수 있을 때에 비로소 남북은 함께 호흡한다고 할 수 있을 것이다. 이제는 남과 북, 사람과 사람 사이의 허물없는 만남이, 속 깊은 대화가 이루어져야 할 때다.

| 주범

테이프를 사수하라!

2006년 8월 21일, 다음날까지 싱가포르에서 열릴 예정인 한미 FTA 의약품 협상 취재를 위해 출장을 갔다. 싱가포르 공항에 도착하자마자 협상 전 한국 대사관의 분위기를 찍기 위해 서둘러 취재에 나섰다. 한가로운 일요일 오후, 한국 대사관이 입주해 있는 빌딩의 안내 데스크 직원은 사전에 통보 받은 것이 없다며 취재가 불가능하다고 한다. 아무리 설명해도 취재는 불가능하다며, 당장 나가지 않으면 경찰을 부르겠다는 말만 되풀이한다. 할 수 없이 밖으로 나와 빌딩 앞에 세워진 한국 대사관 현판과 펄럭이는 태극기만 촬영하는데 안내 데스크 직원이 다시 노발대발하며 경찰에 신고하겠다고 한다. 우리 대사관을 찍는데 이런 대접을 받다니. 어쩔 수 없이 재빨리 상황을 수습하고 미국 대사관으로 향했다. 현지 가이드는 몹시 긴장된 얼굴로, 싱가포르는 강력한 법체계를 유지하고 있어서 사전 허가 없이는 공공장소 취재가 어렵다는 말을 해준다. 또 미국 대사관은 한국 대사관보다 더 삼엄한 경비 속에 있으니 그냥 돌아가는 게 어떻겠냐고 묻는다.

하지만 여섯 시간을 날아 여기까지 왔는데 그냥 돌아갈 수는 없지 않은가. 결국 우린 미국 대사관을 정면에서 촬영하는 것은 포기하고, 그 대신 가능한 빨리 찍고 빠지기로 했다. 버스를 타고 미국 대사관을 스쳐 지나가며 적당한 촬영 장소를 찾았다. 미국 대사관 맞은편에 멀리 육교가 보인다. 바로 저기다. 나는 육교로 올라가 순식간에 미국 대사관 외경을 카메라에 담는 데 성공했다. 만족스런 취재에 미소를 머금고 육교를 내려오는데, 육교 아래쪽에 위치한 커다란 철문 틈 사이로 한 남자가 나를 부르는 것이다. 순간 그냥 못 알아들은 척 지나칠까 하는 생각도 들었지만 별 큰 문제 될 건 없다는 생각에 발걸음을 멈췄다.

철문을 열고 나온 남자는 육교 위에서 두엇을 찍었느냐고 물었다. 그냥 거리를 찍었다고 말하자 남자는 찍은 것을 보여 달라고 한다. 나는 보여줄 이유가 없는 것 같다고 말하며 주변을 둘러보았다. 저 멀리 우리가 타고 왔던 버스가 희미하게 보였다. 하지만 뛰어가기엔 너무 멀다. 머릿속엔 오직 촬영한 테이프를 안전하게 보호해야 한다는 생각뿐이었다. 함께 있던 오디오맨과 순식간에 작전을 짰다. 내가 남자의 시선을 끄는 사이 오디오맨이 카메라에 들어 있던 촬영 테이프를 꺼내고 새 테이프로 바꾸는 데 성공했다. 오디오맨은 촬영 테이프를 안전한 곳으로 옮기기 위해 버스로 향했고, 나는 단지 거리만 찍었을 뿐이라는 것을 증명하기 위해 카메라 렌즈를 거리 쪽으로 향한 채 녹화 버튼을 눌렀다.

잠시 후 유니폼을 입은 남자 몇 명과 사복을 입은 남자 한 명이 승용차를 타고 나타났다. 사복을 입은 남자는 자신을 싱가포르 경찰청 직원이라 소개하며 카메라로 찍은 것이 무엇인지 보여 달라고 했다. 나는 새 테이프로 녹화한 화면을 보여주었다. 싱가포르 경찰청 직원은 테이프를 앞뒤로 돌려보며 이상하다는 듯 고개를 갸웃거렸다.

그때 오디오맨이 난감한 표정으로 돌아왔다. 이미 버스 안에도 싱가포르 경찰청 직원들이 들이닥쳐 길가 화단 풀숲에 테이프를 던져놓고 왔다는 것이다. 경찰은 한참 동안 카메라를 돌려보더니 카메라 액세서리 가방 안에 있던 테이프까지 하나하나 꺼내서 확인한다. 그래도 안 되겠는지 우리의 여권 번호를 적고 기어이 우리가 묵고 있는 호텔까지 동행해 나머지 장비를 확인하고서야 돌아갔다.

이런 일이 있는 사이 시간은 훌쩍 지나 한국으로 송출해야 하는 시간이 임박했다. 풀숲에 던져두고 온 테이프를 찾으러 가야 했다. 그러나 지금 곧바로 테이프를 찾으러 가면 또 복잡한 일을 치르게 될 수도 있다. 결국 우린 같이 온 KBS, MBC 기자들이 촬영한 테이프를 공유하기로 했다. 자칫하면 내일부터 있을 FTA 취재 자체가 어려울 수도 있기 때문이다. 한국으로 송출을 마치고 조심스럽게 테이프를 숨겼던 풀숲을 찾아갔다. 다행히 테이프는 그대로 놓여 있었다. 험난했던 싱가포르 취재의 첫날은 그렇게 흘러갔다.

이틀간의 FTA 협상 취재를 마치고 한국으로 돌아가기로 한 아침, MBC 기자한테서 전화가 왔다. 태국에서 탈북자 175명이 현지 경찰에 연행돼 강제 추방될 예정이라며, 자신은 지금 바로 태국으로 간다는 것이다. 나는 곧바로 한국에 연락을 취했다. 낡은 전화선을 타고 들려오는 한 마디. "한국에서 가는 것보다 싱가포르에서 가는 게 가깝지 않겠니?"

아뿔싸! 부랴부랴 짐을 꾸려 헐레벌떡 태국행 비행기에 몸을 실었다. 우리 뉴스는 다른 방송사보다 한 시간이나 빠른데.

| 서진호

0.001초의 승부

열한 개의 화산이 모두 활동을 하고 있어 지진의 위험이 높고, 방송 장비를 임대해주는 곳도 없어 멕시코까지 가야 송출이 가능할 정도로 방송환경이 열악했던 나라 코스타리카. 이곳에서 2005년 9월 11일, 한국 방송 사상 처음으로 위성 송출이 이뤄졌다. 제아무리 좋은 그림도, 특종 인터뷰도 송출을 하지 못하면 뉴스로 나갈 수가 없다.

코스타리카에서 서울까지 송출을 하게 된 것은 대통령 순방 때문이었다. SBS, KBS, MBC 등 지상파 3사는 대통령의 해외순방 시 취재단과는 별도로 송출만을 전담한 팀이 순방에 맞춰 미리 순방 국가를 분담하여 그곳에서 위성 송출을 준비한다.

2005년 9월 노무현 대통령의 해외순방 때는 MBC가 멕시코에서, SBS가 코스타리카에서, KBS가 뉴욕에서 각기 대통령의 동정 취재와 관련된 영상 위성 송출을 담당하기로 했다. 담당 방송사는 각 지역에서 취재한 영상 취재 원본과 리포트 완성물을 위성을 통해 송출하는데, 각 방송사는 이를 수신하여 각사의 뉴스 시간에 소화한다.

나는 대통령 순방을 앞두고 코스타리카의 송출 시스템 점검을 위해 인천에서 애틀랜타까지 열세 시간, 다시 그곳 공항에서 여덟 시간을 기다려 코스타리카에 도착했다. 사전에 전화와 팩시밀리, 이메일 등을 이용해 만전의 준비를 했다 하더라도 현지에 직접 오면 늘 새로운 변수가 생기기 마련이다.

현지에 도착해서는 비상시를 대비해 모든 것을 세 가지씩 준비한다. 이를테면 기기를 작동할 전원까지 세 가지 종류로 준비한다. 상시 전원과 UPS를 통한 전원, 그리고 최후의 수단인 발전기까지 준비한다. 위성 송출 시스템도 마찬가지다. 이것이 잘 안 될 때는 저것으로, 그것도 안 될 때는 테이프를 들고 직접 현지 방송국으로 뛸 준비까지 해야 한다.

5일간의 사전 테스트 끝에 드디어 송출을 시작했다. 송출 과정은 아주 복잡하고 여러 단계를 거친다. 코스타리카 산호세의 위성 안테나를 통해 적도 상공에 떠 있는 팬암 위성(PANAM SAT)으로 영상과 오디오 소스를 보내면 네덜란드에서 이를 수신해 다시 유럽 상공에 떠 있는 유로 위성(EURO SAT)으로 올리고, 이것을 지중해의 키프로스에서 받아 아시아 상공의 아시아 위성(ASIA SAT)으로 보낸다. 이것을 한국의 금산 지구국이 받아 KT나 데이콤 망을 통해 방송국으로 보내면 마침내 TV를 통해 방송이 되는 것이다.

송출 첫날, 서울에서 전화가 왔다. 오디오는 이상이 없는데 비디오 신호에 문제가 있단다. 하루하루 피 말리는 준비를 한 결과가 물거품이 될 수도 있는 상황이었다. 위성 거점 지역에 전화를 했다. 네덜란드 이상무! EBU(유럽방송연맹) 이상무! 키프로스 이상무! 애타게 확인을 하는 동안, 서울에서 전화가 왔다. 비디오 신호가 정상적으로 들어오고 있단다. 드디어 두 시간에 걸친 송출이 무사히 끝난 것이다. 예전 아날로그 방식으로 송출을 할 때는 여러 개의 위성과 기지국을 거치면서 영상과 음성 신호의 상태가 원본에 비해 떨어졌는데, 디지털 방식으로 위성 장비들이 바뀌니 원본과 화질 차이가 없어졌다.

송출 이틀째, 방송은 항상 안심할 수 없다는 것을 증명이라도 하듯 문제가 발생했다. 우리가 확보한 송출 시간이 다 끝나갈 무렵 오디오 신호가 이상하다는 연락이 왔다. 송출을 시작하면 5분 단위로 한국에 전화를 걸어 오디오 상태와 비디오 상태를 체크하는데, 송출이 끝날 무렵에야 한 방송국에서 오디오 이상 신호를 알아차린 것이다.

남은 송출 시간은 약 40분.

위성 거점 지역 별로 이상 유무를 점검하고 지금까지 보낸 분량을 다시 송출하기에는 너무 급박했다. 우선 각 지역 별로 전화를 하면서 위성 송출 회사인 EBU에 전화를 걸어 송출 시간 연장을 요청했다. 다행히 위성이 비어 있어서 한 시간 연장이 가능하다고 한다. 어떻게든 원인을 파악해서 남은 시간 안에 재송출을 해야 하는 상황이 된 것이다. 확인 결과, 각 위성 거점 지역에서는 문제가 없다는 것이다. 정말 난감한 일이다. 가슴이 타들어 간다. 대통령 순방 뉴스를 잘못 내보내기라도 하면 보통 큰 일이 아니다.

오디오 이상 상태는 계속되었다. 이제야 이상이 체크됐다는 각 방송사들의 전화가 빗발친다. 그 사이 벌써 한 방송사는 송출된 영상과 오디오를 수정해 방송을 했다. 자세히 들으면 오디오에 문제가 있지만 어쩌겠는가. 이미 방송으로 나간 것을. 우리가 위성을 청약한 한국의 통신사와 경쟁 관계에 있는 다른 위성 사업자에게 전화를 걸어 도움을 청했다. 그들에게 위성 좌표를 불러주고 수신 상태 확인을 요청했다.

그래서 결국 하나의 위성에 두 개 회사의 통신망이 연결되었다. 그런데 나중에 연결한 회선에서는 아두런 문제가 없었다. 그래서 먼저 계약했던 통신사와 청약을 철회하고 즉석에서 나중의 통신사와 위성 청약을 했다. 문제를 추적해 보니 처음 한 시간 정도는 좋은 상태로 위성 수신이 되었는데 이후에 문제가 발생한 것 같다. 중간 라인을 확인하는 근무자가 이상 유무를 확인하지 않고 있었던 모양이다. 결국 책임 소재는 그렇게 규명됐다.

촬영과 편집에 날개를 달아주는 일인 송출. 코스타리카의 송출 전쟁이 끝난 그날 저녁, 나는 술 한 잔에 하루 종일 졸였던 가슴을 쓸어내렸다.

| 이재경

항공모함 위에서
촬영한다는 것

2003년 3월, 나는 대한민국 방송사 카메라기자 중 유일하게 미 해군 항공모함인 키티호크에 승선하게 되었다. 부시 대통령은 이라크와의 전쟁을 선포하면서 언론이 미 항공모함에 승선해 전쟁을 보도할 수 있게 했다. 나는 바로 그 임베디드 미디어 프로그램(Embedded Media Program)에 참가하게 된 것이다.

우선 미 해군 5함대 사령부의 공보실이 마련된 바레인에 도착했다. 처음 우리가 승선을 허락받은 것은 컨스틸레이션 항공모함이었다. 하지만 승선은 결정됐지만 문제가 있었다. 촬영한 테이프를 송출할 방법이 간단치 않다는 것이다. AP 통신이 컨스틸레이션 항공모함에 위성 송출 장비를 갖추고 있지만 24시간 생방송을 하기 때문에 한국에서 온 우리에게 단 1분의 여유도 내어줄 처지가 못 되었다. 절망에 빠져 있는 우리에게 영국의 스카이 뉴스가 바레인 디플로매트 호텔에 위성 포인트를 설치했다는 이야기가 들렸다. 그렇다면 그들이 설치한 위성 포인트를 이용할 수 있다면 우리도 위성 송출을 할 수 있지 않을까? 스카이 뉴스 팀은 키티호크 항공모함에 승선할 예정이었다. 그래서 우리도 미 해군 공보관에게 우리가 탈 항공모함을 키티호크로 바꿔 달라는 부탁을 해 힘겹게 허가를 받아냈다. 송출을 할 수 있는 가능성이 전혀 없는 컨스틸레이션보다는 1퍼센트라도 가능성이 있는 키티호크에 전력을 기울이기로 한 것이다. 그러나 기대와 달리 스카이 뉴스 팀 책임자가 말하길, 키티호크에서 위성 송출이 불가능할 수도 있단다. 움직이는 항공모함에서는 통신위성과 비디오폰의 위성 주파수를 맞추기가 어렵다는 것이다. 스카이 뉴스 팀이 키티호크에 승선한 지 며칠이 지났는데도 시스템이 제대로 연결되지 않고 있단다. 대비책을 세워야만 했다.

고심 끝에 보급품 수송기를 이용하기로 했다. 수송기가 매일 바레인과 키티호크 사이를 왕복하는데, 키티호크에서 직접 송출이 안 될 경우 그 수송기를 이용해 바레인으로 테이프를 보내면 디플로매트 호텔에 위치한 스카이 뉴스 위성 포인트어서 서울로 송출을 하는 것이다. 그런데 우리가 키티호크에 승선을 하려 대신 바레인에서 송출을 해줄 사람이 필요하다. 다행히 외국계 통신 회사에서 엔지니어로 근무한 적이 있는 교민을 만나 그분에게 부탁할 수 있었다.

덕분에 모든 준비는 끝낼 수 있었다. 이제 승선만 남은 상태다. 바다 위에 떠 있는 항공모함에 착륙한다는 사실에 긴장과 설렘이 교차한다. 우리를 실은 수송기 동체가 좌우, 위아래로 쏠리기를 몇 번 반복하더니 별안간 몸이 앞쪽으로 기운다. 비행기가 급강하할 때 느끼는 울렁거림이 있는가 싶더니 꽝 소리와 함께 키티호크에 착륙한다.

TV에서 흔히 보는, 항공모함 위에서 전투기가 뜨고 내리는 활주로를 플라이트 데크(flight deck)라고 한다. 이 플라이트 데크에서 촬영을 하려면 미군 안전 담당관이 동행해야 한다. 취재팀 단독으로는 절대 접근할 수가 없다. 더불어 반드시 구명조끼, 열 방어용 선글라스와 소음 방지 귀마개가 달린 보호 헬멧까지 착용해야만 출입이 허용된다. 이동할 때에도 안전요원이 먼저 길을 지나가고 우리는 그 뒤를 그대로 따라가야 하는데, 이것은 전투기와 전투기 사이의 안전 유무를 확인한 후 무사히 통과하기 위해서다. 또 항공모함 위에 정지되어 있는 전투기의 프로펠러가 갑자기 돌아가는 경우도 발생할 수 있기 때문이다. 실제로 종종 이런 사고가 일어나기도 한단다. 또 몸에서 떨어져 나갈 수 있는 부착물들은 모두 빈틈없이 제거해야 한다. 몸에서 떨어진 부착물이 전투기 엔진 속으로 빨려 들어갈 수도 있기 때문이다. 따라서 사전에 미리 조심하면서 위험에 대비해야 한다. 상황이 이렇다 보니 이곳에 오기만 하면 취재진이나 안전요원 모두 보통 예민해지는 것이 아니다.

3월 12일, 모든 조치와 검사를 받고 드디어 대한민국 카메라기자 중 최초로 키티호크 항공모함 플라이트 데크에서 촬영을 시작했다. 난생 처음 항공모함 위에서 F-14, F-18 전투기의 이착륙 장면을 화면에 담기 위해 레코드 버튼을 눌렀다. 전투기가 이륙할 때는 강력한 추진 장치를 이용해 짧은 활주로에서 순식간에 날아오르고, 착륙할 때는 와이어 줄로 급제동을 걸어 내려온다. 이처럼 전투기는 순식간에 지나가기 때문에 감각적으로 카메라 렌즈가 빠르게 좇아가게끔 해야 한다. 야구나 골프 경기를 촬영할 때 카메라 렌즈가 기계적으로 공을 좇아가듯이 말이다. 다행히 처음 몇 번 전투기 동체가 뷰파인더 밖으로 빠져나갔던 것 외에는 무난히 촬영할 수 있었다. 보호 선글라스를 써서 그런지 화면의 적정 노출이나 정확한 초점 여부를 판단하는 데 약간의 어려움은 있었지만 이 역시 빨리 적응할 수 있었다.

한동안 전투기 이착륙 장면, 정비사들의 모습, 각종 미사일, 항공모함 전경 등을 열심히 촬영하고 있었다. 그때 갑자기 활주로에서 작은 소동이 일어났다. 하얀 은박지가 춤을 추듯이 활주로 쪽으로 날아가는데 그것을 주우려고 난리법석이 난 것이다. 활주로에는 가뜩이나 바람이 세게 불고 있었다. 알루미늄 호일은 나비처럼 사람 손가락을 요리조리 피해가며 제멋대로 날아다니고 있었다. 그런데 가만히 보니, 그 알루미늄 호일은 다름 아닌 내 카메라를 감싸고 있던 바로 그 호일이었다. 레이더 전자파를 차단시키기 위해 뷰파인더 부분에 감쌌던 알루미늄 호일이 없어진 것을 보니 내 카메라에서 떨어져 나간 것이 분명했다. 분명 녹색 테이프로 단단히 붙어 놓았는데 왜 떨어졌지? 바람이 세서 그만 떨어져 나갔나? 이를 어쩐다? 순간 무척 당황했다. 동시에 난처하고 미안하기도 했다. 그야말로 나 때문에 일순간 난리가 난 것이다. 그렇다고 그 소동을 해결할 마땅한 방법도 없었다. 순간, 이 황당한 위기를 모면하는 방법은 아예 못 본 척하고 촬영을 계속하는 것뿐이라는 생각이 들었다. 그렇게 위기는 모면했지만 나중에 취재진 공보 담당인 백인 소위로부터 분노에 가까운 엄청난 항의가 들어왔다.

　플라이트 데크에서의 알루미늄 호일 사건 이후 한동안 호일을 아예 벗겨내고 촬영을 했다. 또 NHK 카메라기자가 뷰파인더에 줄이 생겨도 실제 촬영 원본에는 아무 이상이 없다고도 했다. 그 동안 장소에 구애받지 않고, 심지어 레이더 바로 밑에서도 촬영을 했는데 정말 별 이상이 없었다. 그런데 오늘 그야말로 그 알루미늄 호일 때문에 엄청난 고생을 해야 했다. 취재기자 스탠딩을 위해 전에 아무 이상 없이 촬영을 했던 장소, 바로 레이더 밑에서 촬영을 시작했다. 그런데 들여다본 뷰파인더의 모니터에 굵은 선이 죽죽 흘러내리는 것이다. 전자파의 영향이었다. 순간 알루미늄 호일을 다시 가져오자는 판단을 했다. 호일을 갖고 와서 정성 들여 뷰파인더와 카메라 몸통을 감쌌다. 이제는 괜찮겠지 싶었는데 이게 웬일인가. 레이더에서 나오는 전자파가 전혀 차단이 되지 않는 것이다. 보통 레이더 전자파를 차단하

기 위해 알루미늄 호일을 씌우는데, 이곳에서처럼 아주 강력한 전자파가 발생하는 곳에서는 그마저도 별 효과가 없다는 것을 그때 알게 되었다.

이런저런 시행착오를 겪으면서 키티호크에서 스무이틀 밤을 보냈
다. 그리고 전쟁은 발발했다. 그곳에 있으면서 무엇을 보고 무엇을 전
하려 했는지, 돌이켜보면 기억이 가물가물하다. 단지 전쟁이라는 행

위 속에서 펼쳐지는 사람들의 이해관계와 갈등을 무의식 속에서 담담

히 겪었던 것 같다.

김균종

"이 비행기는 지금 서울로 바로 돌아가지 못합니다."

카메라기자들 사이에서 청와대 출입기자가 된다는 것은 흔히 농담으로 가문의 영광이라고 한다. 대통령에게 가장 가까이 접근할 수 있는 외부인이 바로 우리 카메라기자이기 때문이다. 그런 만큼 청와대를 출입하는 카메라기자는 대통령의 일거수일투족을 가장 가까운 거리에서 기록하고 보도한다. 오죽하면 이 세상에서 가장 지독한 독재자는 카메라기자라고 김영삼 대통령이 말했을까. 나는 운 좋게도 문민정부와 참여정부 두 차례에 걸쳐 청와대를 출입했으니 가문의 영광이 넘쳤고 독재자도 이런 독재자가 없는 셈이 되었다. 수많은 대통령 관련 행사를 동행하며 취재했지만 가장 기억에 남고 소중한 추억들이 많이 쌓이는 것은 뭐니뭐니 해도 대통령과 함께 코드 원(Code One)을 타고 떠나는 해외순방 취재다.

코드 원은 대통령이 해외에 나갈 때 타는 특별 비행기를 통칭한다. 코드 원이라는 특별기로 불리는 이유는, 장거리 장기간 해외순방 시에는 비행거리가 짧고 수행원의 이동에 어려움이 있는 기존의 대통령 전용기 대신 민간항공사의 비행기를 전세 내어 대통령 전용기처럼 꾸미기 때문이다. 예전에는 대한항공이 일괄적으로 맡아 진행하던 것이 국민의 정부에 들어오면서 대한항공과 아시아나항공이 번갈아 가면서 맡았고, 요즘은 외교통상부에서 입찰에 의해 항공사를 정하는 것으로 되어 있다.

코드 원으로 선정된 비행기로는 두 항공사 모두 보잉 747기의 최신형인 747-400기를 사용하고, 대통령 일정 약 2주 전부터 일반 여객 운항을 완전히 중단한 채 청와대 경호실과 함께 항공기 개조 작업에 들어간다. 대통령 집무실은 물론 침실, 회의실 및 브리핑실, 경호원실, 기자실 등을 꾸미고 비상시 군과 직통으로 통화할 수 있는 통신시설을 설치한다. 이렇게 해서 정원이 410여 명인 비행기가 200여 명 규모의 특별기로 다시 태어나는 것이다. 비록 수행기자에게 항공요금을 받고 있다고는 하나 200여 명 되는 탑승인원으로는 수지를 맞출 수 없을뿐더러, 또 순방국에 도착해서도 다음 탑승 시까지 꼼짝도 하지 못하고 삼엄한 경비를 받는 처지가 되다보니 손해가 막대하다고 한다.

이처럼 금전적으로는 언제나 손해를 보지만 국가원수가 이용한다는 상징성과 돈으로 환산할 수 없는 잠재적 홍보 효과 때문에 두 항공사 간에는 불꽃 튀는 입찰 경쟁이 벌어진다. 특별기로 선정되면 양사 홍보 관계자들은 순방 전부터 자사 항공기 모습이 잘 나갈 수 있도록 기자단에게 수차례 부탁의 전화를 걸어오기도 한다.

　해외순방에 나서면 대통령은 기내 순시를 하면서 기자들과 일일이 악수를 하며 격려를 하는데, 이때는 넥타이를 매지 않고 간편복 차림에 슬리퍼를 신은 대통령의 모습을 볼 수 있는 흔치 않은 기회가 된다. 대통령은 간혹 기내 대통령 집무실로 기자들을 불러서 기삿거리를 주기도 하는데, 나는 2004년 말 노무현 대통령의 유럽 순방 때 있었던 일을 잊지 못한다.

　출장의 피곤이 밀려오는 귀국길, 당시 노무현 대통령이 갑자기 "이 비행기는 지금 서울로 바로 돌아가지 못합니다."라는 깜짝 선언을 했다. 그러고는 눈 깜짝 할 사이에 코드 원에서 내려 쿠웨이트 무바라크 공군기지에 착륙해 대기하고 있던 우리 공군기로 갈아탔다. 서울로 가는 대신, 이라크 북부 아르빌에 주둔하고 있던 자이툰 부대로 향한 것이다. 대통령이 탑승했는데도 공군 수송기는 급상승과 급강하를 반복하며 아찔한 비행을 했다. 그만큼 이곳의 상황이 긴박하다는 뜻이다. 대통령의 불시 방문에 병사들의 사기는 하늘을 찌르는 듯했다. "대통령님 한 번 안아보고 싶습니다."라고 외치며 대통령을 번쩍 안아드는 장병의 모습을 찍을 땐 나도 코 끝이 찡해지고 눈가에 슬그머니 눈물이 맺혔다. 그 기억은 아직도 너무나 생생하다. 지금 생각해 보면 기자로서 가장 엄숙한 사명감으로 뛰었던 사건이었던 것 같다.

　노무현 대통령 시절, 대통령 전용기 구입 이야기가 나왔다가 유야무야된 적이 있다. 현재의 보잉 737 전용기는 탑승인원이 20~30명에 불과한데다 중간 급유 없이는 동북아시아권을 벗어날 수 없어 국내용으로만 주로 이용하고 해외순방 시에는 거의 사용하지 않고 있다. 대만도 보잉 747의 총통 전용기가 있는 가당에 세계 10위권인 한국의 경

제력과 국력을 감안하면 대통령 전용기로 747과 같은 대형기 도입은
오히려 뒤늦은 감이 들 정도다.

| 장준영

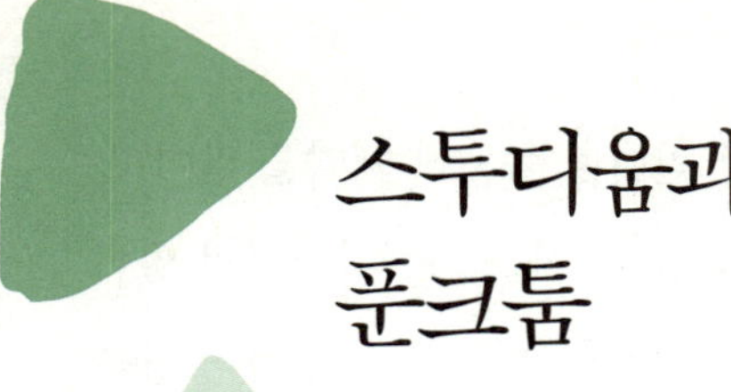

스투디움과
푼크툼

뜨겁게 달궈진 아스팔트를 출입처 삼아 뛰어 다니던 2007년 여름.

외신으로 들어온 한 줄의 속보, 〈탈레반, 샘물교회 아프가니스탄 선교단 20여 명 납치〉. 긴급히 아프가니스탄으로 떠나라는 데스크의 말을 듣고 비행기 편이 있는 두바이로 향했다.

이제껏 경험해보지 못한 두바이의 열기와 습도는 마치 찜질방 한가운데 들어온 듯한 느낌이다. 한 걸음 한 걸음, 또 한 걸음. 불과 세 발자국을 떼었을 뿐인데도 땀은 머릿속에서부터 등줄기까지 흘러내린다. 더군다나 사막 저편에서 불어오는 모래바람은 열사의 땅 한가운데 서 있음을 실감케 한다.

이번 출장은 촬영한 그림을 위성이 아닌 인터넷으로 전송할 계획이었다. 10분 송출하는 데 2천 달러나 드는 위성 대신 인터넷망을 이용

하면 비용이 들지 않기 때문이다. 다만 인터넷 속도에 제약을 많이 받기 때문에 그만큼 품을 더 많이 팔아야 한다. 이는 카메라기자의 일이 하나 더 늘었음을 뜻한다. 국내에서는 100메가바이트 정도의 영상을 인터넷으로 올리는 데 10분 정도면 되지만, 아랍 최고의 IT국가라 자부하는 이곳 두바이에서는 10메가바이트 분량의 동영상을 올리는 데 한 시간이 넘게 걸린다. 그래도 필요한 부분만 편집해서 잘게잘게 파일을 쪼개서 보내면 뉴스 시간에는 댈 수 있을 것이다.

두바이 주재 아프가니스탄 영사관 앞. 턱수염을 기른 남자들 사이에서 한 시간여를 기다린 끝에 비자 신청서를 받았다. 하지만 담당 영사는, 한국 사람은 대한민국 정부의 허가 없이는 아프가니스탄에 들어갈 수 없다는 말로 그 동안의 수고와 기다림을 무색케 만들었다.

그 후 20여 일 동안 나의 두바이 출장은 기다림의 연속이 되었다. 갖가지 수단을 동원해 아프가니스탄으로 들어가는 방법을 수소문해 보았지만 방법이 없었다. 회사에서는 상황 대기를 하라는 지시만 할 뿐. 이렇게 저렇게 몇 날 며칠의 시간이 흘러갔다. 취재 상황은 아무 것도 진전되지 않은 채 말이다.

피랍자들의 모습이 아랍계 위성방송인 알자지라를 통해 동영상으로 공개된 이후, 나는 새로운 소식이 들어오지 않을까 하여 알자지라 방송만을 뚫어지게 쳐다보고 있었다. 그렇게 며칠이 지나고, 주머니 속에서 울리는 전화벨 소리가 순간 섬뜩하게 느껴졌다. 납치된 샘물교회 선교단 중 배형규 목사가 사망한 것 같으니 확인해 보라는 것이다. 누군가의 아들이고, 누군가의 아버지이며, 누군가의 형제였을 사람이 죽었다는 소식을 듣고, 그것도 사고가 아닌 다른 누군가에 의해 살해

되었다는 소식을 듣고 그만 맥이 풀려버렸다. 취재를 해 죽음의 원인을 알아내 보도를 해야 하는 것이 이곳에 온 나의 일이기는 하지만, 한편으로는 다른 사람의 죽음을 중계하여 슬픔을 전이시키고 전파하는 일이 너무 버겁게 느껴진다.

또 며칠을 기다렸다. 두바이 공항은 아랍의 허브이기에 그만큼 배 목사의 시신이 도착할 확률이 높은 곳이다. 기다리는 동안 혹시 시신이 잠시 안치될지도 모를 병원 몇 군데를 취재했다. 하지만 또다시 좋지 않은 소식이 들려왔다. 이번에는 심성민 씨가 살해되었다는 것이다. 협상은 지루하게 길어지고 석방 진전은 없는 가운데, 여기선 아무 것도 할 수 없다는 무력감이 자꾸만 어깨를 짓눌렀다.

뉴스를 취재한다는 것이 이런 것인가. 내가 의도했던 의도하지 않았던 사건은 항상 존재하고, 그 중심에 내 자신이 서 있게 될 경우도 있고 단지 그 주변만을 서성이는 이방인의 존재로 배회하게 되는 경우도 있다. 나는 이번 출장만큼은 내내 그 사건의 중심에 서 있지 못하고 주변만을 맴돌고 있을 뿐이었다.

별다른 소득 없이 3주간의 해외출장을 마치고 서울로 돌아오는 비행기에 앉아 있는 나를 발견했다. 생사의 갈림길에 놓여 있을 피랍된 사람들, 그리고 희생된 두 명의 선교단원. 그들과 달리 나는 사랑하는 가족의 품으로 향하고 있었다.

롤랑 바르트는 사진을 스투디움(studium)과 푼크툼(punctum)으로 구분 지었다. 코드화되어 일반적으로 사람들이 느끼는 감정을 스투디움, 어떤 작은 요소가 자기의 마음을 찌르는 것을 푼크툼이라고 했다. 샘물교회 선교단 피랍 사건에 대한 나의 푼크툼은 한 사건의 중심에

있지 못하고 주변을 배회할 수밖에 없었던, 나의 의지가 전혀 개입할
수 없었던 기억으로 남아 있다.

| 박현철

2인치 프레임 짜기

42인치를 살까, 50인치를 살까?

요즘 디지털 TV를 사려는 사람들의 고민이다. 기술의 발달로 갈수록 대형화되고 저렴해진 TV는 바보상자에서 바보벽걸이로 진화했다. 디지털 TV를 통해 보면 흔히 최고 성능의 카메라라고 일컫는 인간의 두 눈으로 보는 실사보다도 더 선명한 별개의 느낌으로 다가온다.

HD 16:9 화면 비율로 시원한 영상을 담아내면서 시청자들은 한층 더 즐거운 TV를 만나게 되었다. 그런데 이러한 영상을 담아내는 방송용 ENG 카메라의 뷰파인더는 2인치 흑백이다. 세상의 모든 사물을 이 2인치 흑백 프레임 안에 끌어 들이는 작업을 하는 것이 방송 카메라기자의 역할이다. 따라서 카메라기자는 2인치 프레임 안에 사물의 모습뿐만 아니라 그 느낌과 분위기까지 함께 담아내기 위해 항상 고

민해야 한다.

　방송 카메라기자는 시청자들이 거실에서 편안히 시청하는 화면들을
잡아내기 위해 때로는 많은 모험과 위험에 직면하기도 하며, 때로는
역사의 현장에서 기자의 눈으로 보고 느낀 것을 2인치 흑백 뷰파인더

를 통해 기록한다. 그 뷰파인더를 채우기 위해 국내는 물론 해외의 수많은 지역을 누비면서 지위고하, 부자와 가난한 사람을 막론하고 많은 사람과 마주하게 되고 많은 이야기를 듣고 느끼게 된다. 때로는 오지의 텐트 속에서, 때로는 그냥 길 위에서 먹고 자며 눈에 보이는 현상들의 연결고리를 찾고 새로운 스토리를 구성한다. 일반 시청자들의 눈높이에 맞게, 하지만 새로운 시각으로 사물과 현상에 접근하기란 그리 쉬운 일은 아니다.

카메라기자는 주로 뉴스를 취재하고 편집한다. 뿐만 아니라 각종 시사고발 프로그램의 제작과 더 나아가 다큐멘터리 제작에도 참여한다. 통상적인 경우 뉴스 리포트 한 꼭지의 길이는 평균 1분 30초다. 보통 일반인들이 항상 하는 이야기가 많이 찍어가도 조금밖에 방송에 안 나간다고 불만이지만, TV 뉴스는 기사로 전달하는 메시지와 더불어 화면으로 그 이상의 정보가 전달되기 때문에 짧은 시간 안에 많은 양의 정보를 전달할 수 있다는 특징이 있다. 예를 들면 대형 백화점이 붕괴된 사건 기사의 경우, 인쇄매체는 대형 사진 한 장에 각종 그래픽을 동원해서 설명하다 보면 여러 지면을 할애해야 한다. 그러나 TV

뉴스의 속성은 화면 몇 컷만 보아도 그 사건의 핵심을 대부분 파악할 수 있다. 때문에 카메라기자는 사건사고 현장에서 찰나의 순간을 놓치지 않고 기록하기 위해 늘 긴장해야 한다. 국보 1호인 숭례문이 불타 무너져 내리는 순간 현장에는 수십 명의 기자들이 있었다. 그런데 한 후배 기자가 찰나의 순간을 놓치지 않고 단독으로 잡아내 특종을 했다. 바로 숭례문의 상징이라 할 수 있는, 양녕대군이 썼다고 알려진 현판이 어느 순간 무너지면서 떨어져 나가는 모습을 놓치지 않고 잡아낸 것이다.

반면 다큐멘터리의 제작은 좀 다르다고 할 수 있다. 보통 편당 한 시간 정도의 분량이니 우선 긴 호흡이 필요한 프레임들로 구성해야 한다. 객관적인 관찰자의 시점에서 때로는 현장 속으로 깊숙이 파고 들어가 함께 숨 쉬고 느껴야만 작품의 완성도가 높아진다. 더구나 지상파 3사 모두 다큐멘터리 프로그램을 많이 제작하기 때문에 시청률 경쟁도 치열하다. 하지만 시청자의 눈높이도 갈수록 높아져 제작진의 입장에서는 자꾸만 연성으로, 흥밋거리 위주로 흐르는 것을 경계하려고 한다. 또한 다양한 정보를 담아내고 리얼리티를 통한 재미까지 더해야 하는 작업이다 보니 다큐가 개그로 이해되지는 않을까 염려하게 되는 경우도 생긴다. 작품성을 논할 때 걸리는 또 한 가지 문제는 완성도냐 시청률이냐의 문제다. 완성도가 높으면 시청자들이 많이 봐줘야 되는데 현실은 반대로 나타날 때가 많다. 그렇다고 손님 끌기 위한 작품은 다큐멘터리로서의 완성도가 떨어질 수도 있고 지나치게 연성화될 수도 있기 때문에 두 경계 사이에서의 줄타기는 제작진에게는 쉽지 않은 고민거리다.

때로는 2인치 흑백 뷰파인더를 통해 세상을 보는 것이 편할 때도 있다. 어느 끔찍한 사건현장에서 도저히 눈 뜨고 보기 힘든 장면을 보아야 할 때가 그렇다. 그렇게 끔찍한 장면은 어차피 방송에는 나갈 수 없지만 취재상 안 볼 수는 없다. 현장에 있는 기자가 사건의 전반적인 상황을 파악하지 않을 수는 없기 때문이다. 이럴 때는 차라리 흑백 뷰파인더를 통해 현장을 보는 편이 훨씬 마음의 부담을 줄여준다.

SBS 스페셜 「국과수 사건 파일」 제작 때의 일이다. 한국판 CSI가 가능할까라는 주제로 그 동안의 사건을 통해 재구성하고 선진국의 사례까지 들여다보는 기획이었다. 주제가 그렇다 보니 시신의 흔적을 찾는 국립과학수사연구소 부검실과 미드로 잘 알려진 마이애미 CSI 부검실까지 직접 들어가 취재를 해야 했다. 현장에서 시체를 검안하는 모습을 직접 담기 위해 한강에 떠내려온 시체에 카메라를 들이대기도 했다. 멀쩡한 시신도 아닌 많이 훼손되었거나 부검을 위해 해부 중인 시신의 모습을 촬영한다는 것은 비위의 강약을 떠나 정말 참아내기 힘든 고역이다. 코끝에 전해오는 냄새는 몇 달이 지나도 가시지 않는 것 같다. 국과수의 한 여성 부검의는 마스크도 쓰지 않고 열심히 칼질(?)을 한다. 나중에 안 사실이지만 마스크를 쓰나 안 쓰나 냄새는 똑같단다. 냄새 입자가 너무 작아 일반 마스크로는 걸러지지 않는단다. 생각해 보면 불과 2인치밖에 되지 않는 공간을 채우기 위해 참 별일을 다 했다.

40인치 이상의 TV가 거실을 차지하는 시대에 2인치는 정말 작은 공간일지도 모른다. 그러나 그 2인치에 촬영장의 분위기가 생생하게 들어가야 하고 출연자의 감정이 고스란히 전달되어야 한다. 그래서 내

게는 그 2인치가 40인치보다, 세상 그 어떤 공간보다 넓고 크게 느껴
진다. 내 어깨에서, 내 손 끝에서 세상이 움직인다는 신념으로 오늘도
나는 2인치 프레임을 짜고 있다.

| 한일상

7부

나의 카메라는
그들을 따라갔습니다.

이 방 저 방 뒤어다니며
춤을 추는 꼬마 아가씨 덕쿤에
비록 온몸은 땀으로 흠뻑 젖었지만
그 순간 카메라는 분명 행복을 담고 있었다.

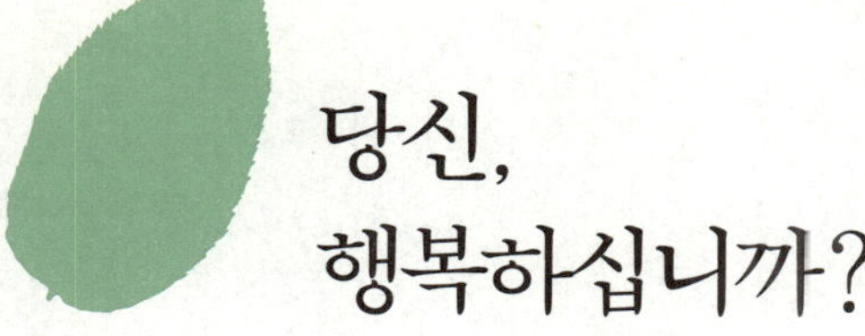

당신,
행복하십니까?

"당신은 행복하십니까?"라는 질문을 안고 세계에서 가장 행복한 나라로 꼽히고 있는 덴마크, 스웨덴, 핀란드를 취재하러 가는 비행기 안에서 나 스스로에게도 같은 질문을 던져보았다. 예스도 노도 아닌, 선뜻 뭐라고 답해지지가 않는다.

처음 도착한 곳은 스웨덴이었다. 눈이 수북이 쌓여 있는 조용한 시골 마을에서 미아 가족을 만났다. 한눈에 봐도 그들은 그리 부유한 가정은 아니었다. 하지만 말괄량이 삐삐를 연상시키는 주근깨투성이의 열세 살 소녀와 그 부모님은 스스로를 행복하다고 자신 있게 말했다. 행복하냐는 우리의 질문에 왜 그런 당연한 질문을 하는지 의아하다는 표정까지 짓는다. 미아는 정말 삐삐처럼 밝은 아이다. 카메라의 빨간 불이 켜져 있을 때는 물론이고 꺼져 있을 때도 부모님과 끊임없이 대

화하며 웃음이 끊이지 않는다. 호기심도 많아서 낯선 동양의 나라에서 온 우리 취재팀에게도 많은 질문을 던진다.

얼굴에 그늘이라곤 찾아볼 수 없는 미아. 그러나 그 소녀는 5년 전 이 집에 입양된 아이다. 친어머니가 돌아가시고 아버지도 뇌출혈로 쓰러져 아이를 돌볼 수 없게 되자 스웨덴 정부에서 새 가정을 찾아주었다고 한다. 스웨덴에선 이렇게 부모 품에서 자랄 수 없는 아이들에게 새 가정을 찾아주는 입양제도가 보편화돼 있다고 한다. 정부는 입양 가정에 매달 양육비를 지원하는 대신 까다로운 심층면접을 통해 아이의 부모를 선정한다. 미아가 입양아라는 말을 듣고, 나는 미아의 표정을 다시 한 번 면밀히 살폈다. 혹시나 다른 사람이 보는 앞에서만

밝고 맑은 척을 하는 건 아닐까? 입양한 부모님이 좋은 분들이라고 해도 학교나 친구들에게 입양이라는 사실이 알려지면 상처가 되지 않을까? 입양에 대한 한국적 고정관념에 사로잡혀 있던 나는 미아에게 여러 가지를 물었다. 하지만, 아이는 부모의 아이만이 아니라 사회의 아이라는 개념이 분명한 이곳 스웨덴에선, 핏줄이란 단어는 빛을 바랜 지 오래인 것 같았다.

"뭐가 그렇게 재미있어요?"라는 질문에 "우리 세 사람이 함께하고 있는 시간, 함께할 시간, 그리고 지난 추억들이 이 순간 우리를 재미있고 행복하게 해주네요."라고 답하는 미아네 가족을 보면서, 나는 소박하지만 세상에서 가장 진한 행복을 만날 수 있었다.

이번에는 코펜하겐 시내에 위치한 한 아파트에서 병 때문에 다니던 직장을 그만둬야 했던 핀 아저씨와 그 부인을 만났다. 젊은 시절 기자 생활과 왕성한 음악활동을 하던 그에게서 병은 모든 것을 앗아갔다. 핀 아저씨는 그 후로 11년간 정부로부터 연금을 받아 생활해오고 있다. 핀 아저씨는 인터뷰 도중 무엇보다 음악 이야기 하는 것을 좋아했는데, 음악 이야기를 할 때는 마치 화려했던 젊은 시절을 회상하는 듯 유독 활력이 넘쳐 보였다. 취재진 앞에서 눈을 지그시 감은 채 건반을 치고 북을 두드리며 즉흥 연주를 하는 모습은 감동적이기까지 했다. 아저씨는 요즘 젊은 시절에 만들었던 곡들을 정리하는 음반을 만드느라 바쁜 나날을 보내고 있었다. 몸은 병들어 힘들지만 좋아하는 일을 할 수 있다는 그 자체가 행복한 것이고, 만약 정부의 보살핌이 없었더라면 이는 꿈도 꿀 수 없는 일이라며 정부에게 고마워했다. 죽는 그날까지 경제적으로 어려움 없이 좋아하는 것을 하며 살 수 있는 덴마크 사람들, 그리고 이들을 보살펴주는 정부. 미래를 걱정하지 않아도 된다는 것이 그들에게서 행복한 웃음을 잃지 않게 해주는 것 같다.

북유럽 출장의 마지막 일정인 핀란드. 3월 초라고는 믿기 어려운 영하 15도 이하의 강추위가 연일 이어지는 가운데 헬싱키 외곽의 한 보육시설에서 벙어리장갑, 털모자로 중무장한 채 뽀얀 얼굴을 드러낸 다섯 살 소녀 마이아를 만났다. 카메라를 보고 신기해하며 다가오는 또래 아이들과는 달리 카메라가 부담스러운 듯 연신 수줍게 미소 짓던 아이. 이 어린 소녀는 엄마와 단둘이 살고 있는데 보육시설에는 마이아와 마찬가지로 아빠가 없는 편모 가정에서 자라는 아이들이 전체의 20~30퍼센트를 차지하고 있었다. 보육원 선생님들은 아이들에게 다양성과 평등성을 지속적으로 가르치며, 세상에는 다양한 가정이 존재하고 우리 모두는 동등한 인격체임을 강조하는 교육을 하고 있었다. 그렇기 때문에 핀란드에서는 어릴 때부터 서로의 차이를 존중해주는 문화가 자연스럽게 싹틀 수 있다고 한다.

오후 4시가 가까워오자 퇴근하는 부모들이 하나둘씩 아이들을 데려가기 시작했고 마이아도 어느새 엄마의 손을 꼭 잡고 있다. 집에 도착한 마이아는 빨간 바탕에 검정 체크가 들어간 원피스로 갈아입더니 엄마 옆에서 재롱을 부리기 시작한다. 그 모습을 카메라가 따라간다. 이 방 저 방 뛰어다니며 춤을 추는 꼬마 아가씨 덕분에 비록 온몸은 땀으로 흠뻑 젖었지만 그 순간 카메라는 분명 행복을 담고 있었다. 일을 하느라 많은 시간을 아이와 떨어져 지낼 수밖에 없지만 그래도 자신의 삶이 너무나 행복하다고 말하는 스물네 살의 엄마도 카메라에 잡힌다. 그녀는 미혼모에 대한 사회적 편견이 없고, 자신이 선택한 가정을 인정해주는 문화가 있고, 거기에 정부가 매달 양육비까지 지원해주기 때문에 마이아와 함께 소중한 가정을 지켜내는 데 조금도 부족함이 없다고 말한다.

나는 다시 내 자신에게 묻는다. "나는 행복한가?" 세상에서 가장 행복한 나라인 스웨덴, 덴마크, 핀란드를 취재하며 나는 차이가 곧 차별로 이어지지 않는 그들의 포용력 있는 문화가 행복을 가져온다고 생각했다. 그리고 그 포용력 뒤엔 차별을 받지 않을 수 있는 복지정책이 자리 잡고 있었다. 이 북유럽 3국은 소득의 절반 이상을 세금으로 낼 정도로 세금이 많기로 유명한 나라다. 그러나 낸 만큼 돌려받는다는, 정부에 대한 강력한 믿음이 있기에 그들은 불만이 없다. 그렇게 따지면 복지후진국이라는 불명예를 아직 벗지 못한 나라 대한민국에 사는 난 아직 행복할 자격이 없는 건가?

행복하기 위해선 분명 개인이 노력해야 한다. 더 많이 웃고 더 많이 긍정적이어야 한다. 하지만 그 뒤엔 사회와 정부의 복지정책이 뒷받침되어야 하지 않을까?

ㅣ이용한

바르셀로나,
스쳐간 추억의 그림자

사람들에겐 자신만의 장소가 있다. 쓰라린 추억과 달콤쌉싸름한 초콜릿 같은 첫사랑의 설렘이 어우러진 곳, 마치 소설 속 주인공이 된 것 같은 현실과 환상이 교차하는 곳, 어느새 기억 속에서 지워질 수 없는 노스탤지어. 나에겐 바르셀로나가 그런 곳이다.

내가 바르셀로나에 처음 매혹을 느낀 것은 1999년의 FC 바르셀로나 축구팀('바르싸'라는 애칭으로 더 유명하다.) 때문이다. 위성방송을 통해 히바우두, 피구, 과르디올라의 환상적인 플레이를 보면서 언젠가 바르싸의 홈구장 깜노우(Camp nou)에서 클럽 송을 함께 부르며 환호를 질러보리라 마음을 먹었다.

그리고 6년 뒤, 나는 바로 그 깜노우에서 턱수염이 텁수룩하고 맘씨 좋은 바르셀로나 아저씨와 함께 또엘 깜(Tot el camp~, 경기장이 모

두~)으로 시작되는 까딸란 노래를 부르며 담배를 피우고 맥주를 나눠 마셨다. 이후로 나는 바르셀로나를 세 번 더 다녀왔다. 그런데도 내가 발붙이고 살고 있는 이 땅 서울보다 바르셀로나가 더 그리울 때가 있다. 때때로 왕의 광장에서 멍하니 앉아 몇 백 년이 지났을 벽돌을 쳐다본다든가, 고딕 지구의 고풍을 음미한다든가, 시끌벅적한 람블라스의 거리를 걷는다든가, 몬세라트의 깎아진 절벽길을 오른다든가 할 때 비로소 나는 낯설음 속에서 무심함으로 저 2의 고향을 마음속에 묻어두게 된다.

바르셀로나는 많은 소설과 영화의 배경으로 등장하기도 하는데, 현대 소설사에 큰 족적을 남긴 카를로스 루이스 사폰의 『바람의 그림자』도 내전 후 바르셀로나를 배경으로 이야기가 펼쳐진다. 바르셀로나를 한 번이라도 가봤던 사람이라면 람블라스 거리를 중심으로 벌어지는 이 소설 속의 짙은 사랑과 복수의 스토리에 적잖이 공감할 것이다. 때론 위트 넘치면서 때론 마음을 촉촉히 젖게 하는 수사로, 어떤 때는 발자크이기도 했다가 어떤 때는 도스토예프스키이기도 했다가 어떤 때는 코난 도일이기도 하는 이 소설은 그러나 때로 그 내용보다는 배경만으로도 가슴 설레게 하는 매력이 있다. 아마 그것은 배경이 되었던 곳을 직접 걸어본 이들에게는 더더욱 공통된 느낌일 것이다. 그것이 바르셀로나를 직접 경험하는 또 하나의 묘미다. 어느새 소설 속 주인공이 되어 바닷바람의 향내를 맡고 람블라스 거리를 배회하는 바람의 그림자 속으로 스며드는 것 같다.

　까딸란은 까딸루냐 주(州)의 공식 언어다. 까딸루냐는 북으로는 북프랑스와 안도라를 거쳐 바르셀로나, 레우스, 따라고나, 지로나까지, 남으로는 발렌시아까지 걸쳐 있는 넓은 땅이다. 지역의 영향을 받아서인지 까딸란은 스페인의 공식 언어인 까스티야어와 프랑스어의 영향을 공유하고 있다. 라틴 속어의 계승자임을 보여주듯 세 언어는 많은 단어에서 동일한 어근을 공유한다. 프랑코의 독재 시절 이래로 까딸루냐 사람들은 자신만의 언어와 정체성을 지켜왔다. 그들은 스페인 땅에 속해 있을지언정 언제나 스페인 사람이 아닌 까딸루냐 사람, 바르셀로나 사람들이었다. 그래서 나 또한 사람들에게 스페인에 가는 것이 아니라 바르셀로나에 간다고 말해준다. FC 바르셀로나의 홈구장 카드섹션에서부터 프랑크푸르트 공항 화장실에까지 적혀 있는 "Catalonia is not Spain."이라는 문구에서도 알 수 있는 것처럼 이 자존심 강한 사람들에게 제1언어는 까딸란이다. 공공장소의 표지판과

지하철, 버스 노선도까지 대부분 까딸란과 까스티얀(흔히 알려진 스페인어)을 병기하되 언제나 까딸란이 더 높은 위치에 자리한다. 그런 만큼 그들에게 "무차스 그라시아스(muchas gracias)."가 아닌 "몰테스 그라시에스(moltes gracies)."라고 감사의 인사를 전하면 표정부터 달라진다. 여기서 주의해야 할 점은 젊은 사람들은 비교적 영어에 능통한 편이지만 중장년층은 대부분 그렇지 못하다는 것이다. 혹여나 그들과 의사소통을 시도해보겠다고 어설픈 스페인어를 구사했다간 기관총 수준의 속도로 작렬하는 스페인어가 돌아온다. 그럴 땐 "페르동, 운 뽀꼬 렌타멘테, 뽀르 빠보르(Perdon un poco lentamente, por favor. 죄송해요. 조금만 천천히 말해주세요)."라고 말하면 된다.

나는 바르셀로나 여행객으로서 하루를 시작하는 원칙을 몇 가지 정했다. 무엇보다 관광객 티를 내지 말고 동네 마실 나온 청년처럼 지내자는 것이었는데, 그 첫 번째 원칙은 절대 지도를 뒤적이지 않는다는 것이다. 호기 있게 시작했지만 왕의 광장을 찾으려고 시청 건물에서 코너를 하나 잘못 들었는데 어느새 지중해 바다가 보이는 항구에까지 와버렸다. 이때 길을 잃었다고 지도를 펼쳐 보는 대신, 이 정도야 산책도 할 겸 짠내 나지 않는 바닷바람도 맞을 겸 오히려 기분 좋은 경험이라 생각하며 그 상황을 즐긴다. 두 번째 원칙은 굶어 죽는 한이 있어도 KFC나 맥도널드 같은 패스트푸드점엔 가지 않는다는 것이다. 최대한 돈을 아끼기 위해 가스 없는 물에다 까딸루냐의 소울 푸드인 '빵 콘 토마토' 만 죽어라고 먹었다. 그래도 퍼드스푸드점에 가는 것보다 훨씬 여유로웠다. 세 번째 원칙은 목말라 죽는 한이 있어도 스타벅스에는 가지 않는다는 것이다. 차라리 뻔뻔하게 카페 한 자리를 차지하고 앉아서 바르셀로나 지역 스포츠 잡지를 뒤적이며 호기를 부렸다. 네 번째 원칙은 민박집을 제외하고는 그 어디에서도 절대 한국어와 영어를 쓰지 않는다는 것이다.

몬주익 언덕은 어느 곳에서나 아름답지만 성벽을 따라 난 오솔길은 더욱 아름답다. 지중해를 옆으로 하고 고즈넉하게 나 있는 그 길은 마치 사진이 전해줄 수 있는 아늑함이 곳곳에 배어 있는 듯하다. 길 따라 걷다보면 노천카페가 나오는데 긴 의자에 앉아 푸른 바다를 마주하며 마시는 맥주와 소시지의 맛은 그야말로 최고다. 푸른 눈을 가진 카페 아가씨는 내가 쓰고 있는 언어가 어느 나라 말이냐고 묻는다. 그곳에서 나는 나의 옛 베아트리체에게 볼펜으로 꾹꾹 눌러 엽서를 썼다. 이미 다른 사람의 연인이 되어버린 그녀에게 12년이라는 세월을 거슬러 올라가 그녀의 이름을 불렀으니 그것으로 이미 지난 회환과 미련은 다 떨쳐버린 것 아니었을까. 아마도, 여전히, 쉬운 일은 아닐 것이다.

지인들에게 농담 반 진담 반으로 회사를 그만두면 바르셀로나에서 민박잡을 운영하며 여생을 살리라 말한다. 물론 내가 몇 넌째 묵었던 민박집 주인의 푸념을 듣자면 그곳 한국인 민박집끼리의 경쟁도 살벌한 지경에 이르렀기 때문에, 내가 생각하는 것처럼 주중에 여행자들과 담소하고 주말에 축구경기를 보며 즐기는 편안함이란 쉽게 이루기는 어려울 것 같다. 그래도 어차피 이방인에겐 그런 현실적인 문제보다는 람블라스 거리를 마실 나온 총각의 낭만이 더욱 끌린다. 바르셀로나는 영원히, 내게 참을 수 없는 유혹이 될 것이다.

| 양두원

무엇이
아일랜드의 슬픈 역사를
달래줄까

2004년 2월 1일, 우리나라보다 선진 교육 환경을 구축한 나라들을 찾아가 그들의 교육 시스템을 배우고 동시에 우리에게 알맞은 교육 환경 모델도 찾고자 하는 특집 다큐멘터리 촬영에 들어가게 되었다. 이른바 교육 선진국이라고 하는 아일랜드, 핀란드, 네덜란드 등 3개국을 취재하는 과정이었는데 그 중 첫 취재지가 아일랜드였다. 처음 만난 아일랜드의 수도 더블린은 평화롭고 조용한 모습이었지만 흐린 날씨와 변덕스럽게 내리는 비는 어딘지 모르게 음산한 느낌을 주었다.

촬영은 전형적인 아일랜드 가정의 자녀 교육법과 학교 공교육 시스템부터 시작하였다. 그런데 취재를 할수록 그들의 인터뷰 속에는 한결같이 기네스, 감자, 타이타닉 등의 단어들이 등장했다. 시간이 흐를

수록 그 단어들이 이곳 사람들에게 어떤 의미가 있는지 궁금해지기 시작했다. 그들에게 이 세 가지는 상징적 의미가 있는 듯했다.

아일랜드 사람들은 펍에 모여 동료들과 함께 기네스라는 흑맥주를 마시면서 하루 일과를 마무리한다고 한다. 아일랜드 사람들의 생활 모습도 필요했던 우리는 말로만 듣던 아이리시 펍으로 향했다. 필요한 그림을 촬영한 후 우리도 기네스 맥주로 하루를 마무리하기로 했다. 까만 맥주에 하얀 크림과 같은 거품, 구수한 향이 나를 자극했다. 거침없이 한 입 들이키는 순간, 양주와 아주 진한 블랙커피를 섞은 듯한, 아니 아주 쓴 에스프레소를 마신 느낌이었다. 술을 좋아하는 나도 처음에는 한 잔을 다 마시지 못했다. 오히려 부드럽게 목울대를 넘어가는 한국의 맥주들이 너무나 그리워졌다. 몇 번의 망설임 끝에 다시 한 번 도전했다. 그렇게 한 모금을 더 마시자 쓴 맛이 입 안을 덮는 듯했다. 하지만 곧 부드러운 거품이 퍼지면서 달콤하면서도 쌉싸름한 액체가 시원하게 넘어갔다. 처음에는 어려웠지만 점차 그 맛에 익숙해지면서 기네스만의 독특한 향취와 분위기를 즐길 수 있게 되었다.

아일랜드에서는 기네스 맥주의 안주로 감자요리가 첫 손가락에 꼽힌다. 펍의 테이블마다 감자요리가 빠지지 않고 놓여 있었는데, 아일랜드 사람들이 감자를 좋아하는 데는 특별한 이유가 숨어 있었다. 19세기 아일랜드인의 주식은 감자였는데, 당시 감자 농사의 흉작으로 백만 명이 대기근으로 사망하고 8백만 명의 인구 중 2백만에서 3백만 명이 신대륙으로 떠나게 되었다. 꿈을 안고 떠난 이들이 탄 배가 그 유명한 타이타닉 호였다. 1912년 4월 10일 목요일 정오, 영국 사우샘

프턴 항에서 세계의 이목이 집중된 타이타닉 호가 처녀항해를 시작했다. 최첨단 시설의 초호화 여객선인 타이타닉 호는 2,208명을 태우고 대서양을 최단시간에 횡단하려 했으나 빙산과 충돌하면서 침몰하게 된다. 이 배의 마지막 출발항이 아일랜드 남쪽의 퀸스타운(현재 코브 항)이었고, 3등칸에 탄 아일랜드인들은 차가운 북대서양 바다에 가라 앉게 되는 슬픈 역사를 맞게 되었다. 취재차 들른 퀸스타운에는 엄마가 아기를 안고 바다를 가리키는 동상이 있었다. 그 동상을 보니 그들의 슬픔과 고통이 흐린 날씨와 함께 더 깊이 전해진다.

검은색 맥주 위의 하얀 거품, 그 거품 위에 새겨주는 문양, 영국의 오랜 식민지 생활 속에서 감자로 끼니를 때우면서도 잘 살아보겠다고 신대륙을 향해 떠났던 수많은 아일랜드인이 마셨던 기네스 맥주. 그들

은 지금도 밤이면 펍에서 240여 년의 역사를 가진 흑맥주 기네스 잔
을 기울이며 그렇게 자신들의 슬픈 역사를 달래고 있는지도 모른다.

| 오영춘

그 할머니는
지금도 살아계실까

불가리아 하면 딱 떠오르는 것은 〈장수(長壽)〉다. 나라 이름과 유사한 유산균 음료 광고가 한몫하긴 했지만 불가리아 사람들이 건강하게 오래 산다는 것은 의학적으로도 잘 알려진 사실이다.

불가리아의 수도 소피아에 첫발을 내딛었을 때 나는 솔직히 조금 실망했다. 장수 국가의 이미지에 맞는 청정자연의 맑은 나라일 거라는 기대와는 달리 소피아는 음울한 도시였다. 자본주의를 받아들인 지 십 년이 넘었지만 공항에서부터 공산주의 시절의 느낌이 배어 나왔다. 시내로 나와서도 왠지 모를 칙칙한 건물 색과 사람들의 표정 또한 그랬다. 그래도 유럽에서 가장 오래된 도시가 주는 볼거리는 적지 않았다. 우리는 우선 장수 마을 취재를 위해 소피아에서 동남쪽으로 290킬로미터 떨어진 로도피 산맥의 스몰리얀이라는 마을로 향했다.

스몰리얀은 불가리아의 대표적인 장수 마을이라고 했다. 그러나 가는 길 어디에도 장수 마을이라는 표시는 없다. 마을 입구부터 "이곳은 장수 마을입니다."라는 현수막, 돌비석 등이 화려하게 놓여 있는 한국 정서에 익숙한 우리는 가는 길 내내 장수 마을이라는 표지판을 찍기 위해 사방을 두리번거렸지만 허사였다. 마을에 도착하기 전에 들른 공동묘지에서 말 그대로 장수를 누린 고인들을 찾아보았다. 장수를 했다고 하려면 그래도 100세는 넘겨야 된다는 생각에 묘비에 새겨진 고인들의 나이를 일일이 확인했다. 그런데 수백 개의 묘비를 둘러보았지만 100세 이상 살다가 돌아가신 고인들은 몇 분 되지 않았다. 순간 장수 마을을 잘못 찾은 건 아닌가 하는 불안감이 밀려왔다.

스몰리얀 마을은 비교적 옛 모습을 잘 간직하고 있었다. 해발 1,500미터가 넘는 높은 산들이 병풍처럼 마을을 감싸고 있어서 한겨울인데도 춥지 않았다. 산 중간 중간엔 계곡이 흐르고 봉우리들은 굽이굽이 장관을 이루고 있었다. 동서남북 어디를 봐도 초록색이 보이는 게 마음을 편안하게 해준다.

일단 그곳이 장수 마을이 맞는지부터 확인해 보기로 했다. 6백여 명의 마을 주민 중 80세 이상이 55명이다. 이 가운데 90세 이상이 아홉 명, 100세 이상은 두 명이나 됐다. 불가리아의 평균 수명이 우리나라보다 5년 정도 짧다는 점을 감안하면 스몰리얀은 불가리아의 대표적인 장수 마을임에는 틀림없다. 우리나라는 가장 장수하는 지역이 전남 함평인데, 100세 이상 인구가 10만 명 당 28명 정도 된다고 한다. 하지만 스몰리얀 마을 사람들을 보고 있자니, 장수란 우리가 꿈꾸는 것처럼 건강하고 즐거운 것이 아닐 수도 있겠다는 생각이 들었다. 우리가 만난 100세 노인은 거동이 불가능한 수준이었다. 오래 사는 것만으로도 의미 있는 일이겠지만, 건강하게 오래 사는 것이 아니라면 당사자는 물론이고 가족들에게도 오히려 고통이 될 수 있겠다는 생각이 들었다.

스몰리얀 마을에서 만난 노인들은 이상하게도 나이보다 굉장히 늙어 보였다. 농사 짓는 시골분이라는 점을 감안한다 해도 한국 사람과 비교하면 대략 20년 정도는 더 늙어 보인다. 인종 차가 없진 않겠지만, 내 눈에 90세는 넘어 보이는 노인에게 나이를 물어 보니 올해 60세라고 한다. 동갑인 우리 어머니와 비교해 보아도 상당히 나이 들어 보인다. 왜 그럴까? 정확한 이유인지 아닐지는 모르겠지만, 술과 담배를 즐겨하는 그들의 생활 방식에 원인이 있는 게 아닐까 싶었다. 내가 본 스몰리얀 사람들은 담배를 많이 피웠다. 거의 대부분의 노인들이 수시로 담배를 피운다. 실내 실외 가리지도 않는다. 마을 회관에 노인분들을 만나러 갔는데, 단체로 너구리집을 만들어 카메라 앞이 뿌옇게 느껴질 정도였다. 특히 여성의 경제 활동이 활발해서인지 80퍼센트 이상의 여성들이 담배를 피운다고 한다. 담배도 독한 담배만 피운다. 내가 한국에서 가져간 담배는 약해서 십대 여자 아이들조차도 피우지 않는다. 담배만이 아니다. 마을 사람들은 술도 좋아한다. 날씨가 추운 동유럽 사람들이 그렇듯이 불가리아 사람들도 독주를 연일 마셔댄다. 그런데도 장수하는 것을 보면 참 신기한 일이다.

불가리아에 가면서 궁금했던 것 중 하나가 바로 유산균 음료였다. 광고에 나오는 것처럼 이 나라 사람들이 유산균 음료를 잘 먹는지, 그리고 그곳 유산균 음료 맛은 어떤지 무척 궁금했다. 하지만 아쉽게도

불가리아 장수의 상징으로 여겨졌던 유산균 음료는 최근 그 섭취량이
많이 줄었다고 한다. 이 마을에서 가장 어른이신 103세 할머니 집엔
아예 유산균 음료가 없었다. 몇 집 들러 식사도 했지만 손으로 직접
만든 유산균 음료를 먹어보기는 쉽지 않았다. 그 이유는 바로 어려운
살림 탓이었다. 과거 사회주의 체제를 그리워하는 사람이 있을 정도
로 그들의 생활은 궁핍했다. 그러고 보면 술과 담배에 의지하는 생활
도 팍팍한 살림살이 탓이 아닐까 싶었다.

　지금도 불가리아와 이름이 비슷한 유산균 음료를 볼 때마다 스몰리
얀 마을에서 만난 그 103세 할머니가 생각난다. 그 할머니는 지금도
살아계실까?

| 최준식

이곳에선 잠시
카메라를 내려놓는다

비행기가 이륙하면서 서울이 부감으로 보인다. 알록달록 색깔도 다양하고 크기도 천차만별인 간판들이 눈살을 찌푸리게 한다. 서로 잘 보이겠다고, 서로 눈에 띄겠다고 톡톡 튀는 모습이 오히려 고개를 돌리게 만든다.

열두 시간 후 나는 파리에 도착했다. 예술과 문화의 도시로 불리는 파리. 나는 그 예술과 문화라는 정제된 개념을 건물의 간판들에서 읽을 수 있었다. 세계 패션의 중심지인 파리, 그 중에서도 파리 유행을 주도한다고 하는 샹젤리제 거리에 카메라 포커스를 맞췄다. 저녁시간의 샹젤리제 거리는 개선문의 웅장함과, 그 웅장함을 한껏 더 멋스럽고 조화롭게 비추는 조명으로 더 아름답다. 샹젤리제는 세계 최고의 명품 거리로도 유명하다. 명품 매장이라 화려함을 떠올렸지만, 실제

샹젤리제의 명품 매장은 화려함과는 거리가 멀었다. 더 정확히 표현하면 화려하지만 현란하지 않다. 왜일까?

건물 하나하나가 문화재인 프랑스는 색상에 대한 규제와 조명에 대한 규제가 엄격하다. 예를 들어 패스트푸드점인 맥도널드의 간판은 노란색이 대표적이다. 전 세계 어디를 가도 맥도널드 간판은 노란색이다. 하지만 파리는 예외다. 파리에서 맥도널드의 간판은 노란색은 찾아볼 수 없고 오직 흰색뿐이다. 색상에 대한 규제 때문이다. 조명도 마찬가지다. 프랑스에선 직접조명보다는 간접조명을 주로 쓴다. 또한 우리나라와 같이 현란한 네온사인보다는 은은한 멋을 살린 조명을 주로 사용한다. 언뜻 봐선 초라한 간판이지 않을까 생각했다. 하지만 카메라 뷰파인더로 본 파리의 간판은 예술적인 분위기에 집중도는 한층 더 높아 보였다. 파리에선 네온 조명에 대한 규제가 엄격하다. 파리 시청의 한 담당자는 취재진에게, 간판은 상점과 도시 이미지를 결정하기 때문에 매우 중요하고 품격이 있어야만 한다고 강조했다. 따라서 단순한 광고 수단을 넘어 문화 예술로까지 승화될 수 있다는 표현까지 했다.

다음날, 파리 시내에서 가장 높다는 몽마르뜨 언덕에 올랐다. 순교자의 언덕으로 불리는 몽마르뜨는 근대미술 발전의 근원이라 한다. 파리에서 초상화를 그리는 화가들이 가장 많이 모여 드는 이곳은 예술의 언덕답게 화려한 색감과 섬세한 장식으로 한 편의 미술 작품과도 같은 간판들의 전시장 같다. 화구 판매점은 아무런 글씨 없이 작은 팔레트 그림 하나로 간판을 대신하고, 찻집은 큰 주전자 조형물 하나로 손님을 기다린다. 글씨가 없어도, 설명이 없어도 무엇을 하는 곳인

METROPOLITAIN

지 금방 느낄 수 있었다. 간판은 광고다. 광고의 측면에서 보자면 몽마르뜨 언덕의 간판은 충분한 전달력을 갖고 있었다. 파리 시내가 한눈에 들어오는 몽마르뜨 언덕은 예술적 미와 더불어 사람으로 하여금 잠시 여유를 즐길 수 있게 해주는 인상 깊은 곳 중 하나다. 나도 이곳에서 잠시 카메라를 내려놓는다.

파리엔 공공 표지판에도 미적 감각이 흐른다. 재미있는 예로 우리나라의 신호등은 신호등 본연의 의무만을 할 수 있도록 제작한다. 차량 신호등은 가로로 길게, 동그라미 모양은 빨강, 노랑, 파랑만을 운전자에게 전달한다. 하지만 파리의 신호등은 일률적인 동그라미 대신 십자가나 하트 모양으로 만들어 그들의 장난스러운 귀여움을 엿볼 수 있게 했다. 작은 부분 하나로도 즐거움을 줄 수 있다는 생각이 든다.

파리는 밤이 아름다운 도시다. 저녁 해가 뉘엿뉘엿 질 무렵이면 도시를 아름답게 만들어줄 조명이 하나둘씩 점등할 준비를 한다. 조명은 자연광이 아닌 인위적인 빛을 말한다. 그러므로 태양광처럼 모두를 밝게 해주는 것보다 사물의 포인트를 비춰준다면 효과는 더욱 클 것이다. 그래서 조명은 이 도시의 필스 요건이다. 현란하지 않은 은은한 외부 조명이 간판과 아름다운 건축물을 비추며 고급스런 분위기를 연출한다. 동시에 도시를 품격 있게 한다. 파리는 잘 알려진 대로 아름다운 도시다. 그 아름다움은 설계, 건축부터 시작해서 간판, 조명에 이르기까지 모든 것이 조화를 이뤘을 때 가능한 것이다.

파리 출장을 마치고 다시 서울로 왔다. 서울 거리의 난잡하기 이를 데 없는 간판을 보면서 마음까지 어지러워지는 느낌이다. 간판까지 아름다운 서울은 언제쯤 가능할 수 있을까.

| 김세경

에든버러에 가면
즐거움이 있습니다

2006년 8월 14일.

"이번에 미수에 그친 영국발 미국행 항공기 테러 시도뿐 아니라 조사 결과 여러 차례의 대규모 테러 음모가 영국에서 있었던 것으로 밝혀졌습니다."

잠을 깨우는 알람 소리보다 더 먼저 귀에 들어온 건 다름 아닌 아침 뉴스의 이 한 구절이었다. 비록 런던이 아닌 에든버러 축제를 취재하러 가는 것이지만 그래도 마음 한켠엔 왠지 모르는 두려움이 엄습했다. 암스테르담을 경유해 에든버러에 도착하기까지는 무려 열일곱 시간이 걸렸다. 가는 여정도 힘들었지만 보안이 강화된 영국에 방송장비를 반입하는 것도 쉬운 일은 아니었다. 그래도 공항을 빠져나와 축제의 중심지인 로열 마일 거리에 도착하자 테러로 긴장됐던 마음은

스르르 허물어져 버렸다. 거리 곳곳에서 흘러넘치는 젊은이들의 끼와 열기가 가슴속에 카타르시스를 만든다.

에든버러 프린지 페스티벌 기간에는 세계 각국에서 참여한 수준 높은 연극, 퍼포먼스, 콘서트, 오페라 등이 여름 내내 공연된다. 또한 인파로 북적이는 거리 곳곳에는 낙타 모형을 뒤집어쓰고 부시의 얼굴을 한 채 퍼포먼스를 벌이는 사람들도 보였고 돈을 주면 움직이는 살아 있는 동상도 눈에 띄었다.

하지만 이곳 분위기를 압도한 건 다름 아닌 우리나라 비보이들이었다. 비트가 강한 음악에 브레이크 댄스의 빠른 리듬이 입혀진 그들의 움직임 하나하나에 관중들은 열광하기 시작했고 우리도 잠시 하나가 되어 그들을 응원했다. 공연과는 별도로 열리는 필름 페스티벌에서는 2백여 편의 출품작 가운데 가장 먼저 우리 영화 「괴물」이 매진되었다. 할렘가를 연상시키는 음침한 골목에 위치한 상영관에는 밤늦은 시간

임에도 「괴물」을 보기 위한 사람들로 북적였다. 매진이라고 적혀 있는 매표소 앞에서 괴물의 표정을 하고 앉아 있던 한 외국인이 나에게 다가와 표를 구할 방법이 없냐고 물을 정도였다. 영화 상영 시간이 훨씬 넘어서야 봉준호 감독이 나타났다. 인터뷰를 위해 두 시간여를 기다렸던 우리는 그의 동선을 따라 영화관까지 들어갔다. 많은 관객들이 그의 움직임에 시선을 집중했고 감독은 왠지 어설퍼 보이는 말투와 웃음으로 짧은 인사말을 남겼다.

"Please enjoy the movie. Thank you."

카메라의 불이 반짝거리기도 전에 그는 간단한 인사말을 마무리하고 급히 자리를 떴다. 약간은 긴장된 기분으로 그를 지켜본 사람들은 너무나도 빨리 끝나버린 그의 인사말에 다소 의아해하는 모습이었다. 하지만 사실 무슨 말이 필요하겠는가. 이만큼 언론과 관객의 반응이 뜨거운 영화도 흔치 않을 텐데 말이다.

다음날, 공연 「점프」가 폭발적인 인기를 얻고 있다는 소문을 듣고 현장으로 달려갔다. 「점프」가 공연되고 있는 에든버러 어셈블리 극장에는 개막 2주째 연일 매진 행렬이 이어지고 있었는데, 특히 주목할 만한 것은 서양인들의 관심이 폭발적이라는 것이다. 내가 만난 독일의 한 관객은, 무술 가족의 집에 도둑이 들면서 펼쳐지는 해프닝을 뛰어난 무술과 곡예 등으로 표현한 비언어 코믹극이라며, 이야기와 곡예의 아름다운 결말이 마음에 든다는 등 칭찬을 아끼지 않았다. 태권도와 택견 등 동양 무술을 코믹스러운 분위기로 연출한 「점프」는 한국 문화에 익숙지 않은 서양인들에게도 편하게 다가갈 수 있는 좋은 공연이었다.

　　무르익어 가는 축제의 분위기를 담기 위해 에든버러 성이 올려다 보이는 광장 앞으로 발걸음을 옮겼다. 이곳 역시 많은 젊은이들로 분주했는데, 예쁜 엉덩이에 새겨진 문신을 자랑하는 여성과 악기를 연주하는 거리의 악사, 공연을 홍보하기 위해 나온 배우들, 그리고 이 모든 것들을 즐기기 위해 나온 관광객들로 광장 전체가 하나의 축제의 장으로 바뀌었다. 내 카메라의 움직임에 민감하게 반응하던 한 여성이 내게 다가와 카메라를 달라고 손짓을 했다. 키다리 복장을 한 그녀가 날 도와주고 싶었는지 3미터가 훌쩍 넘는 높이에서 능숙한 솜씨로 내 카메라를 어깨에 걸고 촬영을 했다. 카메라를 돌려받고 그녀가 찍은 영상을 확인한 순간 내 밥줄에 위기를 느꼈다. 흔들림이 전혀 없는 하이앵글은 그 어떤 부감보다 훌륭했다. 내가 그녀에게 해줄 수 있는 건 영광의 사진 한 장을 남기는 것뿐이었다.

축제와 어우러진 이곳은 공연 이외에도 볼거리가 많아서 카메라에 영상을 담기 위해서는 서둘러 움직여야 했다. 그 중 가장 먼저 눈에 띈 건 에든버러 성이었다. 도시 한가운데 우뚝 솟은 성곽은 튼튼하게 쌓아올린 구조뿐 아니라 성을 받치고 있는 독특한 바위산으로도 유명하다. 아주 오래전에는 화산이었다는 설명에 흔적이라도 찾고 싶었지만 쉽지가 않았다. 하지만 우릴 더 아쉽게 한 건 성 안에서 열리는 밀리터리 타투 퍼레이드였다. 백파이프와 체크무늬 스커트를 입은 스코틀랜드 군악대가 아름다운 색깔의 조명 아래 일사분란하게 움직이는 모습은 쉽게 담기 힘든 좋은 영상이 될 수 있었는데 이미 두 달 전에 매진된 표를 구할 방법은 없었다. 그래서 실제로 여왕이 스코틀랜드를 방문하면 숙소로 사용한다는 홀리루드 궁전과 칼튼힐을 화면에 담는 것으로 만족했다.

새벽에 일어나 밤늦게까지 일하며 빨리빨리를 외치며 살아온 나라 사람이라서 그럴까. 나는 여유 속에서 즐길 줄 알고 놀 줄 아는 에든버러 축제의 사람들이 한없이 부러웠다. 바쁘고 열심인 삶도 아름답다. 그러나 그 속에서 가끔은 이런 여유와 즐거움을 누린다면 금상첨화일 것이다. 답답한 일상이 다가올 때마다 에든버러 축제를 떠올린다. 인생엔 가끔 이런 축제가 필요한 건 아닐지.

| 김학모

배가
산으로 가다

　　2008년 5월, 이명박 대통령 취임 석 달이 다 됐지만 대운하공약 논란은 오히려 더 뜨거워졌던 그때, 나는 독일의 운하 취재를 위해 출장길에 올랐다. 대운하공약이 국민들의 뜨거운 관심사였던 만큼 언론의 취재 경쟁도 치열했다. 이미 다른 방송사 누스와 프로그램들에서 대운하문제가 여러 차례 다뤄진 상황이었다. 이미 빛이 바랜 프로그램을 한다는 것은 그들이 미처 생각하지 못했던 부분을 보여주고 최소한 그들보다 더 재미있게 만들어야 한다는 강박관념을 갖게 되기 때문에 제작진에게도 여간 부담스러운 일이 아니다. 더구나 나는 갑자기 오디오맨으로 출장을 가게 된 것이다. 표면상 카메라기자를 도와주는 오디오맨 역할이긴 하지만 같은 카메라기자를 오디오맨으로 보낸다는 것은 일종의 보험과 같은 일이기에 나름 부담도 됐다.

5월 14일부터 23일까지 열흘간의 일정. 그 중 독일로 이동하는 이틀을 제외하면 대략 7박 8일의 일정으로 60분짜리 프로그램을 만들어내야 한다. 뮌헨을 거쳐 바이마르, 라이프치히, 베를린, 하노버, 함부르크, 뮌스터, 그리고 국경을 넘어 네덜란드 암스테르담, 벨기에 엔트워프를 거쳐 다시 독일 쾰른으로 도착하는 일정이다. 한마디로 독일을 한 바퀴 일주하는 죽음의 일정이다. 더구나 현지 가이드의 운전면허가 취소됐다고 해 나라도 급히 국제운전면허증을 발급받아야 했다.

운전을 별로 좋아하지 않는 나로서는 낯선 길에서 운전하는 일이 부담스럽긴 했지만 이것저것 가릴 수 있는 상황이 아니었다.

빠듯한 일정에 맞춰 하루하루의 취재 분량을 마쳐 가면서 슬슬 걱정이 되기 시작했다. 사실 운하라는 것이 물길만 쭉 펼쳐져 있는 것이니 이삼일 계속 촬영하다 보니 별 차이점을 찾을 수 없게 되었다. "강이 또 있구나." 이런 정도의 감흥이 전부였다. 그러다가 처음 만났던 신기한 녀석. 처음엔 그저 강 위에 다리가 있는 줄 알았다. 그런데 자세히 보니 사실은 고가도로가 아닌 고가수로였다. 운하 다리라고나 할까. 경이적인 이 다리를 보면서 그 동안 느꼈던 불안감이 조금은 날아간다. 카메라기자의 비애는 계속 같은 그림을 촬영하는 것 아니겠는가. 이렇게 새로운 조형물을 취재하면서 뭔가 새로운 볼거리를 건졌다는 생각에 조금이나마 안도하게 되었다.

며칠 후, 물길 스케치와 전문가들의 인터뷰만으로 화면을 채우게 돼 또다시 마음이 심난해질 무렵 우리는 또 다른 엄청난 녀석을 만날 수 있었다. 옛말에 사공이 많으면 배가 산으로 간다고 했는데, 여기서 우리는 사공이 많지 않아도 배가 산으로 가는 모습을 볼 수 있었다. 벨기에에서 본 두 개의 선박 기중기였는데, 하나는 스트레피 티유(strepy-tieu: 승강 높이 73미터, 적재 무게 3,000톤)였고, 다른 하나는 인

클라인(incline: 승강 높이 67.5미터, 적재 무게 3,000톤)이었다. 둘 다 어이없는 발상에 어이없는 규모였다. 물론 유럽은 18세기 산업혁명 시절부터 운하를 사용해 왔으니 그 사용법은 다양할 수밖에 없겠지만 이렇게 배가 산으로 갈 줄은 상상도 못했다. 고정관념을 깨는 그들의 운하들을 보니 정말 놀랍기 그지없었다.

출장을 마치고 돌아온 지 얼마 후, 이명박 대통령은 국민들이 원하지 않으면 대운하를 추진하지 않겠다고 발표했다. 연일 추락하는 지지율에 배가 산으로 가는 운하가 멈추게 된 것이다. 대통령의 발표로 배가 산으로 가던 그 놀라운 영상은 지금도 창고에서 대기 중이다.

| 김현상

이소룡을 찾아서

1970년대, 이소룡은 청춘들의 가슴에 아로새겨진 별이었다. 왕년에 골목길에서 "아뵤~!"라는 특유의 기합소리와 함께 현란한 발차기를 따라해 보지 않은 사내는 드물 것이다. 우리나라에 소림 무술이 알려지기 시작한 것도 바로 이소룡 덕이 컸다. 실제 소림사에서 무예 훈련을 받았던 그는 대중에게 소림 무술을 알렸고, 뒤를 이어 이연걸이 등장하면서 소림사는 중국 무술의 본산으로 입지를 굳히게 되었다. 때문에 소림사에 대한 나의 막연한 환상은 1970년대를 경험한 남자로서 당연한 것일지도 모른다.

10여 년간의 해외촬영 경험이 있었지만 중국 출장은 이번이 처음이었다. 2부작 다큐멘터리 「차이나 스토리」를 준비하면서 중국 각지의 면면을 살필 수 있었다. 그 중 소림사에서의 촬영은 어린 시절 지녔던

막연한 환상이 다시 되살아나는 순간이었다.

　중국 허난성 덩펑시, 쑹산의 험준한 산자락이 둘러싸인 곳에 소림사
가 있었다. 노란 장삼에 붉은 빛 가사를 두른 스님들, 전 세계에서 몰
려든 관광객들, 회색 승복을 입은 수십 명의 무승들. 소림사는 그야말
로 인산인해를 이뤘다.

　우리가 도착한 날은 마침 종교 참관단이 소림사를 방문한 날이었다.
방장 스융신은 직접 손님들을 맞이했다. 곧이어 참관단의 방문을 환
영하는 의미로 무승단 시범이 이어졌다. 격파를 시작으로 창 검술과
동물의 움직임을 모방한 동작들까지, 절도 있는 소림 무술을 확인할
수 있는 자리였다.

　소림 무술을 연마하는 무승들은 소림사 사찰에만 있는 것은 아니었

다. 소림사에서 반경 2~3킬로미터 주변에 늘어서 있는 소림 무술 학교에서도 그들을 만날 수 있었다. 소림사라는 브랜드네임을 붙여 각종 사업에 뛰어든 전략은 성공적이었다. 덩펑시 한 도시에서만 소림 무술을 가르치는 학교가 76개, 무술을 연마하는 학생 또한 6만여 명이라는 어마어마한 숫자가 그 결과를 말해준다.

이른 새벽, 쑹산의 산길은 무술 소년들의 발길로 메워졌다. 스무 살 청년에서 아홉 살 아이까지 나이와 체격의 차이는 있지만 모두 소림 무술을 꿈꾸는 열혈 청춘들이었다. 그곳에서 우리는 아홉 살 황리안과 스무 살 쓰헝융을 만날 수 있었다. 그들은 소림 무술 학교에서도 수준급의 무술 실력을 자랑하는 무승단 학생이었다. 따로 연령 제한을 두지 않는 만큼 학교엔 다섯 살 미만의 학생들도 여럿 눈에 띄었

다. 이들 중에는 두 살 무렵 젖을 떼고 바로 입학한 아이들도 있다고
한다. 말보다 소림 무술을 더 빨리 익힌 것이다. 학생들은 무술 훈련
과 더불어 정규 교육, 숙식까지 모두 학교 내에서 해결하고 있었다.
때문에 열 시간이 넘는 고된 훈련뿐만 아니라 가족에 대한 그리움도
온몸으로 겪어내야 한다. 순간, 만약 내가 지금 중국에서 태어났다면
이 학교에 와 있지 않을까 하는 생각이 들었다. 나도 한때 이소령을
꿈꿨으니까.

　수업을 마치고 밤이 되어도 쓰헝융과 황리안은 분주했다. 〈소림선
종 음악대전〉 공연 준비에 만전을 기하는 것이다. 소림 무술을 활용한
이 공연은 2006년 처음 시작되어 이제는 소림사 탐방의 백미가 되었
다고 한다. 어둠이 짙게 내린 산자락 전체가 스크린이고, 그 위에 배

치된 무대 장치들은 중국답게 대규모를 자랑했다. 공연 중에 보이는 낮익은 무술 소년들의 모습은 보는 재미를 더해주었다. 어렴풋이 들리는 계곡의 물소리, 무승들의 절도 있는 동작, 고요한 가운데 또렷이 들리는 목탁 소리. 자연과 인간이 하나가 되어 보여주는 최고의 호사를 누릴 수 있었다.

다음날 새벽에도 6만여 명이 넘는 젊은이들의 무술 수련은 계속되었다. 혹자는 사찰이 관광지가 되고 승려가 배우가 되는 현실에 안타까움을 드러내기도 한다. 그러나 종교의 상업화를 우려하는 목소리 속에서도 소림 무술은 한동안 더 기세를 떨칠 듯하다. 중국 젊은이들에게 소림 무술은 이미 미래를 걸어볼 만한 대상으로 자리 잡았기 때문이다.

촬영을 마치고 나는 좀체 알 수 없는 기분에 빠져들었다. 더 이상 소림사에 이소룡은 없었다. 포스트 이소룡을 꿈꾸는 사람들만이 남아 있었다. 그곳은 꿈에 그리던 장소이기도 했고, 꿈과는 사뭇 다른 현실이기도 했다. 어릴 적 소림 무술에 다한 꿈과 이소룡이라는 별을 가슴에 새겼던 나는 소림사 취재를 통해 잠시 그 시절로 타임머신을 탔었는지도 모르겠다.

| 최호준

칭기즈 칸의
후예를 찾아서

1997년 1월, 비행기는 러시아와 중국의 국경을 넘어 중앙아시아를 호령하던 몽골 하늘에 다다랐다. 멀리서 보이는 몽골의 수도 울란바토르 상공에는 이미 서울과 같이 거뭇거뭇한 안개가 머물러 있었다. 울란바토르 공항을 나와서 느낀 몽골의 첫 인상은 가스 냄새였다. 대부분의 가정집이 아직도 연탄과 석탄을 사용하고 있어 시내가 온통 가스 냄새로 뒤덮여 있었던 것이다. 또한 거리에는 아직도 공산주의 산물이 여기저기 남아 있었다. 레닌 동상, 백화점을 이용할 수 있는 전표, 천편일률적인 회색빛 건물들. 한때 천하를 호령하던 몽골의 역사는 이제 책에서나 볼 수 있게 되었다.

칭기즈 칸은 몽골에서도 신화적인 인물임에 틀림없다. 울란바토르 시내에서 가장 좋은 호텔의 이름도 칭기즈 칸이라는 이름을 붙이고 있었는데, 시내의 그 어떤 건물도 이 칭기즈 칸 호텔보다 높으면 안 된다는 무언의 법칙이 존재하고 있단다. 칭기즈 칸의 신화는 역사 속으로 사라졌지만, 아직도 몽골엔 현대판 칭기즈 칸의 삶을 따르는 이들이 많다. 우리는 그들을 찾아 난방도 안 되는 러시아 차량을 타고 두 시간가량 달려갔다.

사방을 둘러봐도 지평선만 존재하는 곳. 칭기즈 칸의 후예인 유목민들이 생활하는 곳이다. 이들은 많은 사람들이 함께 모여 살지는 않는다. 주변엔 시냇물이라고 봐주기에는 약간 부족한 냇가가 하나 있었지만 이들의 얼굴엔 하나같이 묵은 때가 찌들어 있었다. 이들은 아직도 한곳에 정착하지 않는 유목민족을 표방하고 있었다. 다만 다른 것은 차량으로 이동한다는 것이다. 그리고 나름 통신시설이 있다는 것이다.

때마침 이들은 설날을 준비하고 있었다. 멀리서 차를 타고 자식들이나 친척들이 찾아온다. 이날을 위해 며칠 전부터 준비해온 양고기가 잔칫상에 오른다. 3~4일간을 아무것도 넣지 않고 양만 넣고 끓이다 보면 고기의 형체는 잘 볼 수 없고 거의 국물만 남는다. 찜이라고는 하지만, 우리네 찜과는 모양새가 많이 다르다. 정성껏 만든 특식이지만 많이 권하지는 않는다. 너무 고단백이라 한 그릇 이상 먹으면 배탈이 난단다. 냄새가 조금 나기는 했지만 그래도 최고의 진국이었다. 아마 칭기즈 칸이 이 국물과 말린 양고기를 주식으로 하면서 중앙아시아를 호령했을 것이다.

칭기즈 칸의 후예들에게 차는 어떤 의미일까? 그들의 차는 겉모습부터 이채롭다. 벤츠 위에 소가죽을 싣고 달리는 모습을 상상해보라.

물론 중고차다. 하지만 이들의 소득 수준으로 봤을 때 중고차라도 가지고 있는 사람들은 상당히 여유 있는 축에 속한다. 엔진이 얼까봐 소가죽으로 차량의 보닛을 덮고 달리고, 가죽시장에서 구입한 소가죽들을 스스럼없이 벤츠 위에 놓고 끈으로 묶어서 달리는 그들의 모습. 그속에서 한곳에 머무르지 않고 늘 유랑하며 대륙의 기개를 펼쳤던 칭기즈 칸의 호기로움이 느껴진다.

중국과 러시아를 거쳐 유럽까지 가는 대륙횡단 열차는 이들의 유일한 대외 국가 연결망이자 보따리장수들의 수입 통로다. 열차가 도착하자 타려는 사람과 내리려는 사람이 인산인해를 이루며 역을 빠져나간다. 내리는 사람들은 하나같이 두툼한 상자와 보자기를 수십 개씩 가지고 내리고, 이들을 마중 나온 일행들은 환한 표정으로 그들을 맞는다.

아시아에서 유럽까지 호령하던 칭기즈 칸은 이미 역사의 뒤안길로 사라진 지 오래다. 그러나 비록 지금은 경제력으로나 국력으로나 영웅의 나라라고 하기엔 부족하지만, 한곳에 정착하지 않고 늘 새로움을 찾아 떠나는 칭기즈 칸의 기개만큼은 몽골 땅 곳곳에 살아 숨쉬고 있다.

| 이무진

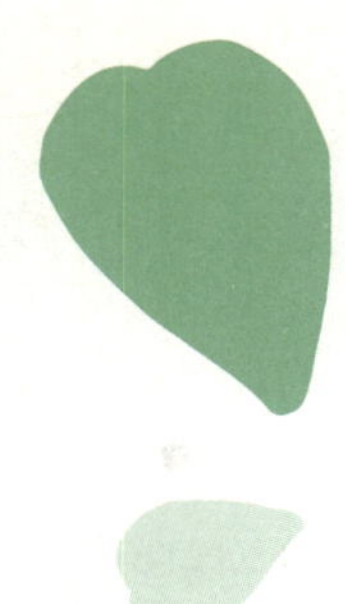

카메라 뒤가 아니라
카메라 앞에 서다

영국의 BBC는 전 세계 언론인들에게 모범 답안처럼 여겨지는 곳이다. 급변하는 사회에서 방송이 어떤 기능을 해야 하는지, 그리고 시청률 경쟁 속에서 방송 제작자들이 어떤 기준을 갖고 일을 해야 하는지에 대해 BBC는 먼저 고민하고 먼저 답을 보여주고 있다고 해도 과언이 아니다. 물론 그 과정에서 시행착오도 있고 부족한 점도 있지만 BBC의 경험은 전 세계 방송사에게 살아 있는 교훈이 되곤 한다.

나는 영국 노팅엄 대학의 대학원 연수 과정을 통해 BBC의 방송 시스템을 배울 수 있었다. 그곳에서 BBC 외에도 전 세계에서 가장 빠르게 진행되고 있는 영국의 디지털 방송 시스템도 경험할 수 있었다. 뚝배기 같은 한국 남자의 영국 생활엔 크고 작은 에피소드들이 많았지만, 그 중에서도 동양의 이방인인 내가 영국 TV에 출연한 것은 지금까지도 잊지 못할 추억이다.

"하이!"

프랑스의 민방 TF3 기자와 남아프리카에서 온 흑인 기자가 인사를 잊지 않는다. 매주 금요일은 〈텔레비전 뉴스데이〉라고 해서 세 사람이 한 조로 뉴스를 직접 제작하는 날이다. 현장 취재와 제작 및 편집을 모두 직접 해야 하는 것이다. 제작이 된 뉴스는 그날 저녁과 다음날 아침까지 BBC 이스트미들랜드에 방송된다.

현직 BBC 취재 부장이면서 센터 담당 교수가 나와 오늘의 취재 아이템을 결정한다. 학생들이 아이템을 제안하기도 하고 교수가 이런저런 아이템을 제안하기도 한다. 대개 아홉 개에서 열두 개 안팎의 아이템을 발제하고 취재 방향과 내용에 대해서도 자유롭게 심도 깊은 논의를 한다. 그런 다음 4~5개의 현장 취재 아이템으로 압축된다. 아이템이 결정되기까지의 과정은 말 그대로 민주적이다. 주말 뉴스인 만큼 대부분의 아이템은 연성이면서도 기획성 있는 기사가 많고, 정치와 지역경제, 환경, 이민 사회, 사건사고, 날씨에 이르기까지 다양하게 다룬다. 한국 방송국의 보도국 편집 회의 방법과 크게 다르지 않다.

"뭘 하러 가실래요?"

교수의 제안으로 한국의 어버이날과 비슷한 영국의 〈마더스 데이 (Mother's Day)〉 취재에 동행하기로 했다. 취재 장비로는 소형 디지털 카메라와 트라이포드, 마이크 및 액세서리 가방이 전부다. 취재 차량도 대부분 개인 차량을 이용한다. 우선 시내의 백화점에 들러 케이크와 초콜릿 등을 사러 나온 시민들을 취재했다. 그 다음 꽃집으로 들어가 보았다. 그런데 국화, 튤립, 수선화, 장미 등 다른 꽃들은 많은데 오직 카네이션만 보이지 않는다.

"우리는 카네이션으로만 선물하는데요."

"그래요? 그거 이야기 되는데요. 그 내용으로 인터뷰 좀 해주실래요?"

예쁜 여기자의 느닷없는 요청에 어쩔 수 없이 카메라 앞에 섰다. 매일 카메라로 다른 사람을 찍을 줄만 알았지 카메라 앞에 서본 일은 없었던 나로서는 조금 당황스럽고 긴장이 되었다.

"나는 해마다 어버이날에 아이들에게서 카네이션과 조그만 선물을 받는데, 우리나라의 그런 모습을 매우 자랑스럽게 생각합니다."

나의 인터뷰는 그날 저녁과 다음날 아침까지 BBC 로컬 뉴스를 통해 방송되었는데 우리 아이들이 그때 방송을 두고 지금껏 나를 놀리고 있다. 평생 카메라 뒤에 서서 저 사람이 어떻게 하면 잘 나올까만 고민했던 내가 막상 카메라 앞에 서려니 어쩌나 쑥스럽던지. 더구나 모국어로 이야기하는 우리나라 방송도 아닌 영국의 BBC가 아닌가.

하지만 그날의 경험은 내가 카메라 앞에 서는 사람들의 마음을 좀 더 이해할 수 있는 계기가 되었다. 이제 그들이 왜 그렇게 NG를 냈는지, 왜 그렇게 어색해 했는지 조금은 이해할 수 있게 됐다. 더불어 한국의 어버이날을 낯선 영국 땅에 알렸다는 것에도 자부심을 느낀다.

| 박영철

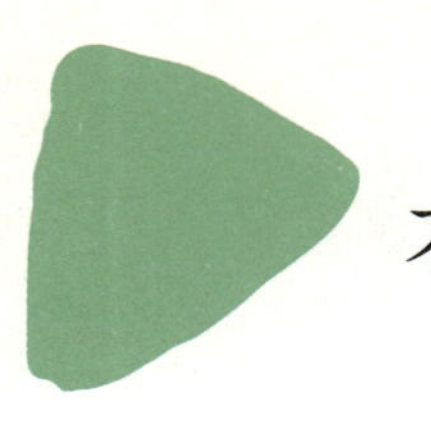

길 위에서

달린다는 것은 참 기분 좋은 일이다. 자신이 살아 움직이고 있다는 것을 확인하면서 한 걸음 한 걸음 내딛는 쾌감은 의의로 사람을 빠져들게 하는 마력이 있다. 일견 단순한 행위를 반복적으로 하다보면 곧 지루해질 것이라 짐작하기 쉽지만 흘러 지나가는 장면이 하나도 같은 것이 없으니, 달리다 보면 내가 세상을 향해 달려가는지 세상이 내게 다가오는지도 불분명해지고, 여기에 낯선 세상의 새로운 장면들이 더해지면 시간의 흐름마저 잊게 된다. 잘 만든 영화를 보고 느끼는 몰입의 정도도 이와 별반 다르지 않으리라.

해외출장을 다니다 보면 아무리 건강한 사람이라도 피해갈 수 없는 것 중의 하나가 시차다. 시차 적응을 위한 비결은 사람에 따라 제각각이라 정답이 따로 없지만 내 경우에는 운동을 하고 한 차례 땀을 흘리고 나면 거기가 바로 한국이고 서울이 된다. 때문에 현지 호텔에 도착하면 꼭 챙겨보는 것이 호텔 안내 책자인데, 피트니스 센터가 있는지 없는지, 있다면 몇 층에 있는지, 주변에 조깅할 만한 곳이 있는지 없는지를 훑어보고 물어봐야 비로소 내 집 같은 생각이 든다. 그리고 다음날 새벽길을 달리면서 주변의 풍경을 하나하나 뜯어보는데, 이렇게 몸으로 익힌 풍경은 기가 막히게도 잊히지 않아 추억도 챙기고 길눈 트는데도 도움이 된다. 그러나 인생이 그렇듯이, 항상 보고 싶은 것만 보고 원하는 것만 얻을 수 있는 것이 아니라는 데 문제가 있다.

아테네 올림픽은 그리스 로마 신화뿐만 아니라 교과서에서만 보던 파르테논 신전, 제우스 신전 등 스토리면 스토리, 볼거리면 볼거리로 누구나 가고 싶어 했던 출장이기도 했다. 그토록 남들이 부러워하던 출장길에 비명횡사할 뻔했으니 인생사 새옹지마라는 옛말이 살면 살수록 와 닿는 것 같다. 아테네에서의 첫밤을 설렘 속에 보내고 다음날 아침 이로데스 아티쿠스 음악당 앞에서 준비운동을 마치고 파르테논 신전 주변을 달리기 시작하는데 분위기가 영 심상치 않다. 주인도 없이 돌아다니는 개가 한두 마리도 아니고, 가면 갈수록 개가 사는 동네인지 사람이 사는 동네인지 구분이 안 갈 정도로 개판이 따로 없었다.

대체로 성질은 온순하다는 이야기를 듣고는 나왔지만 어디나 이상한 놈은 있게 마련이라 쫓아오는 녀석들이 생겨나기 시작했고 급기야 나는 계단을 타고 주택가 아래로 방향을 틀었다. 이제는 못 쫓아오겠지 하는 순간 바로 옆집에서 벼락 치는 소리가 들렸다. 개 짖는 소리에 살기가 느껴져 기겁을 하면서도 설마 줄은 매어 있겠지 했는데 2~3초 있더니 대문을 뛰어넘어 날아오는 새까만 물체가 보였다. 도베

르만. 군살 하나 없는 커다란 사냥개가 내 목을 노리고 달려오는 것이다. 두세 발 물러서니 막다른 벽이다. 황급히 둘러보니 발 아래 돌이 하나 있어 얼른 집어 들었다. 아, 세상에 이런 일도 있구나. 부지런한 새에게 벌레는 고사하고 짐승 같은 사냥개라니. 더 이상 도망갈 수도 없어 벌렁거리는 가슴을 누르고 어설픈 기마 자세를 갖추면서 녀석이 신중해줄 것을 학수고대했다. 한동안 으르렁거리며 노려보던 팽팽한 긴장감 끝에 거짓말처럼 녀석이 머리를 돌렸고, 그제야 정신이 든 나는 후들거리는 다리를 추스르고 무조건 시내 쪽으로 내달리기 시작했다. 조깅은 무슨.

부릉부릉 버스가 달리고 행인이 오가는 시내로 나와서야 겨우 맥을 놓고 터덜터덜 걷다가 도무지 믿을 수 없는 광경을 보고 일순 굳어버리고 말았다. 시내버스 정류장 귀퉁이에 곰 같은 개가 한 마리 웅크리고 있는데 그 옆의 할머니는 거들떠도 보지 않고 있었다. 무서운 사람들.

청와대 출입을 하던 시절, 노무현 대통령을 수행해 인도네시아를 방문했을 때의 일이다. 기자단 숙소와 대통령 일행이 묵는 숙소가 조금 떨어져 있긴 하지만 그 일대가 모두 해변이 지척이라 경치가 아름답기 그지없었다. 야자수를 끼고 달리면서 느끼는 이국의 정취 또한 각별해 이를 즐기기 위해 새벽의 단잠과 맞바꿀 만하다. 다음날 아침, 웨이크업 콜이 울리자마자 이 닦고 고양이 세수를 한 다음 뛰쳐나와 이리저리 부근을 탐색하기 시작했다. 내딛는 한 걸음 한 걸음에 가슴이 설레고 낯선 풍경은 낯설어 더욱 눈이 시리다. 돌고 돌다 보니 정문부터가 근사한 유명 호텔이 보인다. 내친 김에 조금 더 안으로 들어가니 바다가 보인다. 어둠이 걷히면서 햇살이 비집고 들어오는 시각. 쏴아 하는 파도소리와 함께 부서지는 흰 포말이 끝도 없이 펼쳐져 있다. 역시 유명 호텔은 감탄할 만한 위치에 자리하고 있었다.

눈부신 햇살과 시원한 바람이 가슴과 등으로 사정없이 파고들었고 결국 나는 상반신을 벗고 말았다. 꿈길, 나는 달리면서 꿈을 꾸었다. 모퉁이를 도니 부서지는 파도 위로 햇살이 박혀 그대로 보석이 되었고 또 한 모퉁이를 도니 수많은 보석들이 꽃밭으로 변하다가 포커스 아웃 되면서 갑자기 대통령과 영부인이 나타났다. 낯익은 경호실장과 경호원의 모습도 눈에 들어온다. 그런데 평상시 모습보다 조금 경직되어 보이는 것이 이상하다. 이건 뭐지 하는 순간 "안녕하십니까." 하는 내 목소리에 내가 놀라고 말았다. 그럼 여기가 VIP 숙소란 말인가? 황망 중에 옷을 찾아 입는 동안 "부지런도 하다."는 대통령과 영부인의 따뜻한 말씀과 배려가 있었기에 망정이지 하마터면 머리가 팔 쪽으로 들어가 용쓰는 괴이한 모습을 연출할 뻔했다.

2006년 6월, 우리는 히딩크의 기적을 떠올리며 독일로 향했다. 한국 월드컵 대표팀은 토고와 첫 경기를 앞두고 쾰른 인근의 베르기쉬 글라드바흐라는 작은 도시에 머물며 훈련 중이었고, 우리 취재진의 숙소 역시 그곳에 위치한 한 가톨릭 수도원에 자리를 잡았다. 그런데 이곳 정문을 나와 몇 분만 뛰어가면 도시보다 몇 배가 큰지도 모르는 어마어마한 숲이 있었다. 저 멀리 까마득히 보이는 쾰른까지 모두 숲이니 베르기쉬 글라드바흐는 말 그대로 숲 속의 도시다. 이런 행운이 찾아오다니. 감사한 마음에 절로 성호가 그어진다.

다음날 아침, 부푼 가슴으로 숙소를 나서서 숲으로 들어섰다. 이전과 달라진 것이 있다면 내비게이션을 자칭하는 부서 후배가 레이스를 같이 한다는 점이다. 나 역시 길눈이 그리 밝지도 않은 터에 동행을 하겠다고 나서니 광활한 숲 속에서 그런 원군이 따로 없었다. 덕분에 이정표 신경 안 쓰고 며칠 잘 보냈다.

그런데 문제는 토고와 첫 경기를 치르기 위해 프랑크푸르트로 이동해야 하는 당일에 일어났다. 그날따라 후배는 빠지게 되어 홀로 길을 나섰는데 평소 코스에서 조금 욕심을 냈다가 그만 길을 잃고 말았다. 크게는 벗어난 것 같지 않아 길을 묻지도 않고 이리 갔다 저리 갔다 하다 보니 방향감각이 완전히 없어져 그 넓은 숲 속에서 미아가 돼버리고 만 것이다. 몇 차례 시도 끝에 확실히 길을 잃었다는 생각이 들자 갑자기 심장 박동이 빨라지고 시계바늘까지 빨리 도는 것 같았다. 해는 중천에 올라 목덜미는 점점 따갑고 다리도 무거워지기 시작한다. 더 이상 늦으면 비행기를 못 탄다. 이리 뛰고 저리 뛰어 필사적으로 숲을 탈출해서 보이는 대로 무조건 차를 불러 세웠다. 동서양을 막론하고 그래도 정이 많은 사람들은 보통사람들이다. 멋진 차들은 속도 높여 지나가는데 봉고 비슷한 화물차가 서더니 구원의 손길을 내밀었다. 당케 쉰 도이치란트.

조깅을 즐기다 보면 여러 갈래 길 중 어느 한 길을 택해야 하는 경우가 무수히 많아 뛰다가 잠시 휴식을 취할 때면, 내가 뛰고 있는 이 길은 어디로 이어지고 나는 왜 이 시간에 이런 모습으로 앉아 있지 하는 생각이 뜬금없이 들 때가 있다. 나를 이렇게 달뜨게 하는 것이 운동인지 세상에 대한 호기심인지 명쾌한 결론이 안 나면 숨을 고르고 다시 달리기 시작한다. 달리면서 생각하면 생각이 날 듯도 한데 아직도 정답이 떠오르지 않으니 좀 더 달려야 할 것 같다. 「길에게 길을 묻다」라는 어느 방송 프로그램의 애틋한 사연들처럼 누구에게나 자기의 길이 있게 마련이다. 그 길이 자신이 원했던 길인지 선택의 여지가 없이 걸어온 길인지도 불분명하게 사는 날이 많고 생각대로 되지 않는 것이 인생이라지만 당당하게 나의 길을 걸어야 하는 것만은 분명하리라.

|김영창

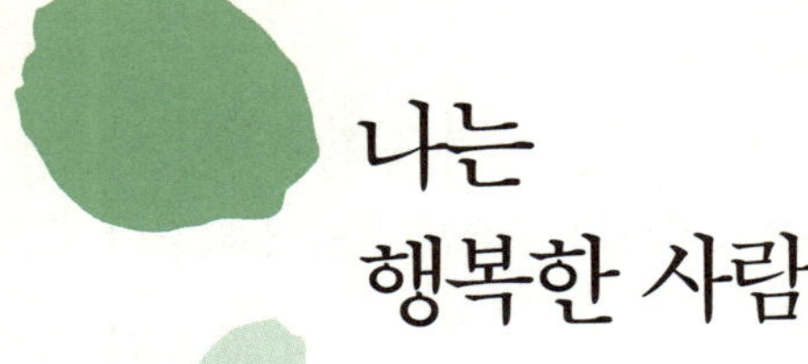

나는
행복한 사람

컬러 TV 선풍이 일던 1981년, 나는 이 일을 업으로 택했다. 내 마음을 잡아끌던 채용 문구 한 구절. "난지도에서 백악관까지 전 세계를 무대로." 말 그대로 당시 쓰레기 매립지였던 난지도에서 뒤집어쓴 먼지를 씻으러 이듬해 갠지스 강의 인도로 향했고 청와대, 백악관을 거쳐 지난 5월 국무총리의 중앙아시아 4개국 순방까지 짧지 않은 세월, 내 곁에는 늘 카메라가 있었다. 지구촌 곳곳을 돌면서 담았던 영상들은 시청자의 뇌리 속엔 이미 넘어간 현대사의 한 페이지가 되었고, 내겐 흘러간 세월의 아스라한 추억으로 남아 있다.

첫경험은 생명력이 길다고 했던가. 1982년 뉴델리 아시안게임이 그러했다. 그곳에서 생전 처음 북한 사람들을 대면했다. 혼자 호텔 엘리베이터를 타는 순간 빙 둘러싼 북한 임원들의 냉랭한 눈길이 일시에 내게 쏠렸다. 좁은 공간에서 내 목에 걸린 ID 카드를 보더니 북한 단장이 목소리를 낮게 깔았다. "동무! 인민을 사랑하라우." 해외에 나가기 어렵던 그 시절, 나이 지긋한 그들의 눈에는 이국 땅에서 만난 새파란 남한 청년이 상당한 부르조아 계급으로 보였던 것이다.

당시 아시안게임에 출전한 우리 선수들 중에는 최윤희, 윤정 자매가 수영에서 금메달과 은메달을 함께 거머쥐어 3관왕이 되기도 했다. 태극기가 가장 높이 올라갔고 그들의 인기 또한 대단했다. 당시 수영연맹 회장이 무척이나 좋아했던 기억이 새롭다. 26년 후 그는 대통령이 되었고 내 카메라의 불빛은 그가 조각한 내각을 주시하고 있다. 파인더 속의 역사는 이렇게 시대를 뛰어넘는다.

1984년 동계올림픽. 동화 속 나라보다 더 고풍스런 사라예보 시청 앞. 훨훨 내리는 흰 눈과 함께 시상식이 거행되었다. 메달을 걸고 기뻐하는 선수들, 원색의 유니폼을 입고 국가를 연주하는 악단과 박수를 치는 시민들, 그리고 전 세계에서 날아온 각양각색의 카메라기자들이 설국의 축제를 지구촌 곳곳에 뿌리고 있었다.

유난히 시선을 끄는 여인 하나. 미국 ABC 방송에서 특파된 카메라 기자였다. 갈색의 긴 머리에 ABC 로고가 커다랗게 새겨진 점퍼를 입은 150센티미터 정도의 아주 작은 여인이었다. 키가 작다보니 카메라 삼각대를 최대한 높이고 3단 사다리 꼭대기에 두 발을 앙팡지게 딛고 선 파인더를 벗어나는 그 무엇도 놓치지 않겠다는 듯 두 눈을 반짝이고 있었다. 우뚝 선 카메라의 시선도 그렇거니와 야무진 그 모습은 군계일학이었다. 반면 같은 유니폼을 입고 땅바닥에 쪼그리고 앉아 오디오를 체크하는 동료는 거구의 털보였다. 기묘한 비대칭의 조화, 위

아래 두 사람의 머리와 어깨 위로 소복이 눈이 쌓인다. 눈 내리는 광장은 한 폭의 화선지가 되었고 빛나는 그녀의 눈동자는 카메라를 붓 삼아 눈꽃송이 화려한 춤사위를 그렸다. 동방에서 날아온 내 카메라도 이에 질세라 주변을 압도하며 카리스마를 내뿜기 시작했다. 내가 직업 하나는 잘 택했구나.

스키 활강 경기장. 각국의 선수들이 코스를 점검하며 줄지어 내려왔다. 순간 눈이 크게 떠졌다. 파란 눈의 카메라기자 한 명이 선수들을 뒤따라오면서 촬영을 하고 있지 않은가. 폴대를 잡아야 할 그의 손엔 카메라가 들려 있었다. 솜씨가 여간 아니었다. 나라고 못할 것인가. 그날 이후 겨울만 되면 슬로프를 찾았다. 그러나 스포츠국을 떠나 일반 취재로 옮기는 바람에 지금껏 시도를 못하고 있지만 아직도 기회를 엿보는 중이다. 올림픽 기간 내내 눈이 내렸던 사라예보는 그 이후 내란으로 황폐화되었고 유고슬라비아라는 이름은 역사 속에 묻혔다.

이후 내 카메라의 앵글은 서유럽을 겨냥했다. 사회체육을 돌아보는 기획이었는데 라인강을 보여주기 위해 독일에서 항공 촬영을 섭외했다. 그런데 바람이 많이 불어 비행기 이륙이 어렵단다. 일정에 쫓기는 상황이라 고집을 부렸다. 돈을 더 주겠다고 하니 망설이던 비행사가 올라가잖다. 2인승 경비행기 조수석에 앉아 카메라를 어깨 위에 올려놓으니 머리를 움직이기조차 힘들었다. 그것도 잠시. 강한 바람으로 인해 하늘로 올라가자마자 문제가 생겼다. 기체가 100여 미터 아래로 곤두박질치다가 다시 솟구치기를 수없이 반복하면서 땅에 있는 동료들의 시야에서 우리가 사라졌다. 마치 놀이공원 롤러코스터처럼 수천 미터 상공에서 수직 상승과 하강을 되풀이하면서 제멋대로 날아간 것이다. 그때 동료들은 내가 죽은 줄 알았다고 했다. 강풍에 숨도 제대로 쉴 수 없을 만큼 조종사도 나도 기진맥진이었다. "유서라도 써놓고 올걸." 하는 후회가 밀려 왔지만 그 와중에도 기를 쓰며 라인강을 찍었다. 부감 장면을 중간 타이틀에 7~8초 편집해서 방송으로 내보내긴 했는데 10초도 쓰지 않을 영상을 위해 남은 생을 담보로 했던 것이다. 다시는 이런 미련한 짓을 하지 않겠다고 다짐했지만 오래가지 못했다. 이후에도 다양한 종류의 크고 작은 비행을 했는데 사전 경험의 학습효과 덕분에 웬만한 악천후나 기압차로 비행기가 흔들리는 것에는 끄떡도 하지 않게 되었고 때론 쿨쿨 자기도 했다.

세월이 흘러 국력도 커졌다. 1989년, 나는 모스크바로 향했다. 당시는 고르바초프의 개방정책으로 소련의 사회주의체제가 붕괴되던 때였다. 사회 혼란기라 유통망은 마비되었고 모스크바 시내에선 생필품을 구하기도 힘들었다. 특급호텔에서도 식빵이 부족했고 시내의 쇼윈도도 텅 비었다. 거리에선 한 청년이 자기가 갖고 있는 물건들과 바꾸자며 내가 입고 있는 청바지를 벗어 달란다. 아니면 운동화라도. 냉전시대 한 축이었던 거대한 나라 소련의 몰락을 이렇게 현장에서 맛본 것이다.

그 다음해인 1990년, 노태우 대통령과 고르바초프 서기장의 정상회담 취재차 또 다시 크레물린 궁전으로 들어갔다. 한소 양국 정상이 처음 만나는 역사적인 자리였다. 나는 유럽의 덩치 큰 기자들 숲을 헤치고 최대한 앞으로 나아갔다. 찰나 내 파인더 안에서는 두 정상의 악수와 짧은 대화가 교차되었다. 그들의 환한 미소가 내 얼굴로 전이되는 순간 갑자기 내 몸이 붕 떠올랐다. 회심의 미소가 놀라움으로 바뀌면

서 후다닥 돌아보니 소련 측 경호원이 내가 너무 두 정상에게 근접했다 싶었는지 한 손으로 내 목덜미를 덥석 들어 뒤로 옮기고 있는 게 아닌가. 내가 메고 있는 카메라의 무게가 13킬로그램, 내 체중이 73킬로그램인데 그 무게를 달랑 한 손으로 움켜진 경호원의 완력이 놀라웠다. 그나마 내가 뛰지 않아서 다행이지, 정상들의 만남에서 뛰었다면 그들은 총부터 빼냈을 것이다. 각자 위치에서 최선을 다하며 흘리는 땀방울은 간혹 이런 남다른 경험도 선사해준다.

　1992년 평양에서 열린 남북총리회담을 시작으로 나의 카메라는 외교전의 한복판을 줌인했다. 대통령과 국무총리의 해외순방, 외교부 장관의 국제회담 등 세계 각국이 힘을 겨루는 5대양 6대주에서 정치인들의 외교현장을 발 빠르게 전달했다. 격변의 세월, 카메라기자를 실은 비행기가 이륙과 착륙을 거듭하는 동안 군사정부, 문민정부, 국민의 정부, 참여정부가 오버랩되었고, 지금은 디지털 시대 이명박정부가 파인더 속에서 고군분투하고 있다.

처음엔 글쓰기가 망설여졌다. 기억이 가물가물했기 때문이다. 아시아를 출발해서 사할린, 알래스카를 거쳐 캐나다 그리고 중남미에 이르기까지 헤아릴 수 없이 많은 곳을 다니면서 수많은 사람들을 만나고 동시에 이별을 아쉬워했지만 그들의 이름도, 지역도 얼기설기 엉킨 채 기억 저편으로 사라지고 있다. 하나가 떠오르면 다른 건 잠수하고 이것을 알 만하면 저것이 헷갈린다. 애시 당초 깊은 울림은 사라졌고 두루뭉수리 앙꼬 빠진 찐빵이 된 것 같다. 그럼에도 힘 빠진 글을 마무리하려는 것은 이 일을 진정 좋아하기 때문이다. 오늘은 내가, 내일은 후배의 카메라가 언제 어디서든 현장의 생생함을 전할 것이다. 이 얼마나 신나고 멋진 일인가. 사연 많은 삶의 질곡에서 유독 행복했던 일 하나, 바로 카메라기자의 세월이었다. 이 땅의 모든 카메라기자들에게 행운이 있기를.

| 서정곤